花 折

花村萬月

集英社文庫

花折

1

私は逆子だった。

幼いころ母と風呂に入っていると、濛々《もうもう》と湯気が立《た》ち籠《こ》める洗い場で、ぐいと引きよせられて必ず囁《ささや》かれた。

「あんたは逆子やったから。ほら、見てみ。ここ。この傷。ちゃんと見いや。見飽きた言わさへんで。あんたはここから出てきたんやから」

母は人差し指で下腹の傷を示す。薄墨を刷《は》いたかの細い眉の淡さと裏腹に、思いのほか密な漆黒の絹糸の生え際ぎりぎりに沿うかたちで残されたケロイドを、私のちいさな手をとってなぞらせる。おなかのここがぱっくり割れて私はでてきたのか——と息を詰める。傷の隆起は頼りなげで、ほかよりも幽《かす》かに熱をもって感じられ、すこし力を加えると膿《う》んだおできを押したときに似たぶよっとした粘液の行方の定まらぬ感触があった。

私はこの手触りと、本物の蛭《ひる》など見たこともないくせに、父がなんらかの折に語って聞かせた血を吸った蛭の話、その連想から赤黒い傷痕《きずあと》が苦手で、耳許《みみもと》で逆子逆子と繰り返されるので、いつだって得体のしれない不安と罪悪感を覚えて涙ぐんだものだ。母は私の瞳が潤むのを見やって、一呼吸おいて横柄に頷《うなず》き、気まぐれというには多すぎる頻度でこんな言葉を付け加えもした。

「なんでやろな、あんただけ奥二重。家族みんなくっきり二重やのに、なんでやろ」

確かに母も姉も兄も、彫刻刀の扱いを間違えて傷つけてしまったのではないかと皮肉を言いたくなるような、あるいは遠慮のない人ならば整形したのかと一瞬凝視してしまいかねないほどにくっきり濃い二重瞼《まぶた》だった。父も母ほどは刻みが深くないにせよはっきりとした二重で、その血が合わさったのになんで私はこんな眠たげな目をしているのだろうと幼いながらに劣等感を抱かされたものだ。

もっとも母とは二十ほども歳《とし》がはなれていて、伝統を敷衍《ふえん》しつつも、ときに破壊的と称されるほどに新たな表現を目指す日本画家として知られ、画壇の重鎮とされている父は、その美の基準がいわゆる西欧的なものとは隔たったところにあって、私の目、そして全体の顔だちを至上のものとして幼いころから慈しんでくれた。くっきりを若干通りこした妻の眼瞼《がんけん》をこよなくいとおしんでいるくせに、それを差《さ》し措《お》いて、京言葉なのか古《いにしえ》の言葉なのか私にはわからないが、二重瞼のことを二皮目《ふたかめ》と揶揄《やゆ》を含んだ口調で言いあらわしもした。

「ついこないだまではな、二皮目は身分が低いとか卑しいと同義やったんやで。遊女の二皮目や」

ときに、私には真偽のほどがわからない、こんなことまで教えこんだ。

「ええか。チンパンジーも日本猿も、猿いう猿はみんな二皮目や。よう見てみ。猿はみんな額が飛びだして彫りが深いで。なにが彫りや。なにが二重や。白人はオランウータンにそっくりや。おまえのような瞼はな、寒冷地に適応してな、二重から進化したんや。人としては位が上や」

そんな色気の欠片《かけら》もないことを口にしながら、中指の先でそうっと私の瞼に触れる。私が直立したまま思わず目を閉じてしまうと、父は飽かずに綺《いろ》うたものだ。それはまさに愛撫《あいぶ》で、瞼ごしに私の眼球のまろみをなぞる指先の微妙さ絶妙さに甘やかな不穏とでもいったものが迫《せ》りあがり、胸の奥底がとくとくとあやしい動悸《どうき》を打ちはじめると、なぜか同時に幼いながらに秘事につきものの昂《たか》ぶりを心窃《こころひそ》かに孕《はら》んで居たたまれなくなり、そんな遣る瀬《せ》ない気持ちを抑えようと狼狽《うろた》え、二皮目の身分云々《うんぬん》の冒頭の、ついこないだ――が、いったい、いつごろを指すのかと苦笑いにまで至らぬ子供らしくない作り笑いのようなものを泛《うか》べたりもした。

成長にしたがって瞼の脂肪が薄くなり、多少は目鼻立ちがくっきりしてくると、父は靄《もや》った気配がのうなってしもて――と眉を顰《ひそ》めるものだから、私は母の二重自慢と父のぼやきの合間でゆらゆら揺れて、はてさて私の貌《かお》は好《い》いのか悪いのか、心落ち着かず戸惑わされたものだ。

その不明瞭な惑いはいまも続いていて、私は自信をもっているときと喪《うしな》ったときの落差がやたらと大きい。いや、正直に言えば私はおおむね矜恃《きょうじ》が薄い。折あるごとに母から逆子、逆子と吹きこまれたせいで、幼いころは自分の名前が鮎子《あゆこ》ではなく逆子だと思い込んでいた——というのは嘘《うそ》だけれど、逆子という言葉によいイメージがあるはずもなく、小学校にあがるころにはすっかり自分に対して否定的な心が育ってしまっていた。

そのプライドの低さから逆に居丈高に振る舞うようになったのは、生理をある程度違和感なしに受け容《い》れるようになった中学二年くらいのころからか。相手を抑えつけるような態度をとると、なぜか私の価値が上がったかの扱いを受けることを悟ってしまい、とりわけ異性に対してはやや性悪といっていいくらいの不遜さで見おろすように接するようになった。もっともプライドが低いというのは勝手な思い込みで、本来、私は母に似て、尋常でない自尊心の持ち主なのかもしれない。

逆子であったこと。それによる母のおなかの帝王切開のケロイド。母による否定と父の称讃を得た奥二重。これらが私の根源を形づくったものであるようだけれど、それに加えて顔貌は遺伝が薄かったのに、よいのか悪いのか画才とでもいうべきものを私は父から受け継いでいた。

三歳半くらいだったそうだから記憶にはないが、最初に幼児の殴り描きに目を瞠《みは》ったのは、東京藝術大学《とうきょうげいじゅつだいがく》の油画を卒業しながらも画家としてはまったく物にならなかった母だったという。その落書き以前を父に見せたことにより、私に対する英才教育とでもいうべきものが始まってしまった。

絵を教えられること自体はいいのだが、いまどき世襲でもないだろうに、父の跡を継いで絵描きになるつもりだった兄が微妙に拗《す》ねた。また父がなにくれとなく世話を焼く様子に姉がいじけた。父は母を溺愛していたくせに、ふしぎなほどに母に顔貌が似かよっている姉をあまり可愛《かわい》がらなかった。そういったこともあって姉との密《ひそ》やかで冷たい確執は、小学生時分の私にとってそれなりのストレスとなっていた。

ところがいつの間にかそれが逆転して、父に過剰に干渉される私に姉は哀れみの眼差《まなざ》しを向けるようになった。成長して自意識が確立していくにしたがって、姉は父の期待を背負わされている私の歪《ゆが》みと苦しみを感じとったのだろう。いまでは割り切りが根底にあるとはいえ姉は異性関係も含めて自由に滑空している。じつにしなやかで、羨ましい。

父は平然と私に絵さえ描いていれば学校になど通わなくてもいいと言い、実際に小中とよく休まされて、白狸毛《はくり》の面相筆をもたされた。描画の手ほどきだけでなく、父が用いる筆や画材の用意、三千本膠《さんぜんぼんにかわ》を中火で煮溶かして母のお古のストッキングで濾《こ》して不純物を取り除いたり、岩絵具や金泥、胡粉《ごふん》を溶くことも私の仕事だった。獣臭いというか、肉が腐った臭いとでも言えばいいか、膠を溶かすときの臭気にはいつだって閉口させられて息を詰めたものだ。朱を溶くときのエチルアルコールのひやりとした香りは嫌いではなかったが、皆が教室にいる時刻に私はなにをさせられているのだろうという疑問は常についてまわった。

写生旅行にもよく同行させられたものだ。日本中どこにでかけても道行く人から、お祖父《じい》さんといっしょでいいですねえ——とか、笑顔と共にお孫さんですかと訊《き》かれることばかりの父との旅は気遣いの連続で、まったく愉《たの》しくなかった。なによりも山中の宿で水気が失《う》せて色のくすんだ鮪《まぐろ》の刺身などを食べさせられることが耐えがたかった。

もちろん鮪は私の父に対する微妙な嫌悪が凝固した象徴のようなものだったが、私は父に抜き難いといってよいほどの強い愛着と憎しみにちかい厭《いと》わしさを覚えていた。なんで私ばかりかまうの？　と幾度、詰問してみたかったか。

けれど胸中では烈《はげ》しく爆《は》ぜているくせに問い詰めるのは憚《はばか》られ、父が一人で旅立ってしまえば妙な物寂しさを覚え、おなじく父が自作の制作に集中して私の修業が疎《おろそ》かになればなんとも落ち着かず、ふと貧乏揺すりしていることに気付いて、膝頭を叩《たた》くように押さえ込んだものだ。

義務教育以降の進路を決めなければならなくなったころ、絵描きに学歴はいらんと父は平然と言い、私はそれを胸中では強く肯《うべな》っていたにもかかわらず、人並みに高校に行きたいという思いもあって、ベッドで煩悶《はんもん》し、画材を壁に叩きつけたりもした。

いや、叩きつけた、は、おおげさだ。私の奥底には解き放ってはならない激情が隠されていて、かたちだけでもそれを発散してしまうと取り返しのつかないことになることを心窃かに感じとっていて、だから画材を破損しないようにごくごく加減して壁に投げ、その弱さ、処世じみた曖昧さを自嘲し、しかも投げた画材を拾うときには無意識のうちにも宝石を扱うかの叮嚀《ていねい》さだったことに気付き、なにか得体のしれない鋼の鎖で全身を縛りつけられているかのような不安と苦痛にきつく頬を歪めもした。そういった悖反《はいはん》した感情が思春期に内攻して、父という存在、絵画といったものに制御不能な固執と強烈な反撥《はんぱつ》を覚えて、情緒不安定となった。

そのころの私の様子を、鮎ちゃんの虚《うつ》ろな笑い――と母は言いあらわし、実際、私はどこを見ているかわからないような焦点の合わぬ目つきをしていたらしい。

姉と兄ばかり見ていたはずの母がめずらしくお節介を焼いてきた。鮎ちゃんかて人並みに学園生活をおくるべきだと父に談判してくれ、それを知った当時の私は、いまどき学園生活はないやろ、死語や――と虚ろな笑いで母を小莫迦《こばか》にしたという。けれど私にはそういった記憶が見事に欠けていて、虚ろな笑い云々は母の作り話ではないかと思うこともある。

ともあれ母が強硬に主張してくれた結果、自宅から離れた岩倉《いわくら》にあるキリスト教系の私立高校に通うようになり、私は父をはぐらかして絵筆をあまり手にしなくなった。画材に触れなくなったとたんに重力から解き放たれて、私は傍目《はため》にも快活に飛翔する女子高生となった。

高二のころだ。年齢なりに理屈としての男女の性的メカニズムを理解してはいたが、私は処女だった。けれど自身の性的なあれこれは明確にせずに、同級生たちにはなんでも知り尽くしているかのように振る舞って、ときに皆にあわせて奥手な友人を嗤《わら》ったりもしていた。

そんな私を、母が久々に一緒に風呂に入ろうと誘った。銀閣寺《ぎんかくじ》まで五分ほど、法然院《ほうねんいん》に程近く、我が家は大文字《だいもんじ》のほぼ真下の山裾にある。東山《ひがしやま》の紅葉が見事なころで、開け放った浴室の窓からしんしんと秋の気配が這入《はい》りこんできていた。きつい傾斜はあるが、やたらと広い、けれどいつのころからか父が庭師を忌避するようになって荒れ放題の庭園で野放図に伸びた楓《かえで》の葉が夜風にのって舞い込んで湯に浮かび、その血の色じみた艶《あで》やかな七本指の周囲を表面張力でほんのわずかだけ盛りあげたりもした。

「楓いうのは、蛙《かえる》の手からきてんやで。蛙手や」

蘊蓄《うんちく》を聞きながすと、ほんまやで——と若干気色ばんだ。そんな母の裸体は、薄気味悪いほどに以前と変わらず、ただ白すぎて青褪《あおざ》めてさえ感じられる皮膚の奥の奥が幽かに撓《たわ》んでいるというか、弛《ゆる》んでいる気配は伝わってきた。開け放たれた窓から静かな弧を描いて流れこむ藍色の秋の夜、その冷涼に私は首をすくめて顫《ふる》えだす一歩手前だったが、いまさらながらに母は遠慮会釈なしに私の軀《からだ》に視線をはしらせ、とりわけ乳房の大きさを自らと比較して、実際には双方並み以下にして大小を云々するほどの差はないのに、負けた――と真顔で呟《つぶや》いたあげく、自身の下腹を幼いころにしたのと同様に指し示した。

「厭《いや》な顔せんと見いや」

「あれ――」

「うん。消えてもうた。ケロイド、のうなって、ただの淡い線になった」

「いつから」

「よう、わからん」

「自分の傷やん」

「鮎ちゃんにつけられた傷やんか」

いまや目を凝らさなければ見落としてしまいそうな幽かで柔らかな楕円《だえん》の傷に視線を落としたままごく軽い口調で心ないことを口走る母を見据える。

「お母さん」

「なんや、あらたまって」

「帝王切開は私のせいか」

母の口許に嘲笑に似た歪みが泛ぶ。

「逆とんぼりやったあんたのせいやんか」

「お母さんがお父さんとせえへんかったら、私かて生まれてへんし、帝王切開かてせんですんだやんか」

「言うなあ」

「言うにきまってるわ。ちっちゃいころからいちいち傷示して私のせいにされて、どれだけ傷ついたことか」

「傷だけに、傷ついたってか」

「おどけてる場合ちゃうやろ。しかも、気落ちするくらいつまらへん」

「ごめん。堪忍」

「――ええけど」

「あんな」

「うん」

「肌に傷が残ってもうたのもなんや怨《うら》めしかったけどな」

「――うん」

「それよりもな」

「うん」

「それよりも、いちばんの快楽、奪われたんが癪《しゃく》やったんや」

母はいったん息を継いだ。

「ちっちゃい鮎ちゃんには言えへんかったけどな、あんたはな、いちばんの快楽、味わわせてくれへんかったんや」

なにを言いだすのかと呆《あき》れつつ、悪ぶった口調で問いかけた。

「すごいな、いちばんの快楽。なんや」

「出産」

私と母にしてはめずらしく、わりとぽんぽん言葉の遣り取りが続いていたのだが、出産のひと言でなぜか私は言葉を喪い、沈黙してしまった。

母は磨き抜かれた木肌の上に片膝を立てて直接座り、地中海産とかいう高価な海綿にカナートで店員の御世辞に負けて買ってきたこれまた高価なボディソープを泡立て、どこか石油くさい薔薇《ばら》の香りを浴室に漂わせ、ちいさな未成熟の胡桃《くるみ》を想《おも》わせる喉仏を見せつけるかのように首筋を伸ばし、大仰に軀を洗いはじめた。

私は肌寒いのと居場所がないのとで、ざっと湯をかぶり、全体は大振りなくせにこれ見よがしに頼りない四本脚の琺瑯《ホーロー》の骨董《こっとう》じみた浴槽にそっと軀を沈めた。父の趣味なのだが、浴室自体のつくりは翌檜《あすなろ》の精緻な木組みと木肌を活《い》かしたもので、そこにどこのお城にあったものかといった大仰な洋式の浴槽が置かれている。この和洋折衷の浴室は落ち着かない。母は手を入れていない腋《わき》を半眼でこすっている。黙っていることに耐えられなくなって、湯の中に顎《あご》まで沈めて上目遣いで問う。

「出産て、お産て苦しいんやろ」

母は痩せぎすのせいで尖《とが》って見える腰骨の左右に両掌をあてがい、前後に揺するような仕種《しぐさ》をした。

「骨盤割れてな」

「うん」

「罅《ひび》割《わ》れてもうてな」

「うん」

「ばらばらになってまうかもって、本気で怖なる痛みや」

柳腰というのだろうか。やや小ぶりな腰部だ。ぱんと左右に張りだした、たとえばローライズのジーパンが似合うような洋風のしっかりした腰つきではない。私も含めて、こんなちいさなおなかに胎児がおさまっていたなんて信じ難いし、骨が割れるような痛みと共に出産する力があるとも思えない。嘆息に似た声が洩《も》れた。

「――すごいな」

「すごいで」

「それのどこが」

「快楽やてか」

「うん」

「維《ゆい》ちゃんと哲《てつ》ちゃんが抜けてくるときの痛みな」

姉と兄の名を口にして、私を揶揄するような目つきで見やる。

「とりわけ初産やったし、大きめやったし、維ちゃんときは気ぃ喪いそうな痛みでな、呻《うめ》いて、喘《あえ》いで、悶《もだ》えて、あげく切って切ってって叫んでもうた」

「切って――」

「そんくらい、痛かったいうこと」

「それのどこが快楽や」

「どこがて、人生最大の苦痛や」

浴槽の縁に肘をつき、母の下腹に遠慮のない視線を投げつつ、蟀谷《こめかみ》のあたりを人差し指と中指で押さえるようにして呟いた。

「よう、わからんくなってきた」

「わからんやろな」

「わからんわ」

母が顎をしゃくった。舌打ちこそしないけれど、シャワーを浴びればいいではないかと苛《いら》つきながら、上体を折って湯桶《ゆおけ》に手をのばし、浴槽の湯を汲《く》んで、加減せずに母の躯にぶち当ててやる。

「敵意剝《む》きだしや」

「私、お母さん、嫌いやし」

「お母さんもな」

「うん」

「鮎ちゃんが大嫌いや」

「——帝王切開で生まれたからか」

「そうや。女の最上の快楽、奪いよったからや」

「そやからな、それは私のせいではないわ。不可抗力いうんやで」

「ま、そうやね」

めずらしく母は譲歩した。けれどほんのわずかの沈黙のあと、捲《まく》したてた。

「そうやけどな、鮎ちゃんの次に妊娠して出産するときは、ここが裂けてまうから否応《いやおう》なしに帝王切開って言われたときな、ほんま、がっくりきたで。あと十人は嘘やけどな、もう二人くらい産んでもええかな思てたしな。産道抜けてこれへん赤ん坊産むくらいやったら、打ち止めや。経膣分娩《けいちつぶんべん》やのうて麻酔で割腹して産むなんて無粋すぎるわ。鮎ちゃんで打ち止めや」

経膣だの割腹だの、苦笑いするしかない。私はあらためて加減して湯をかけて泡を流してやりながら、小声で訊いた。

「そんなに痛いのんが、気持ちええの」

「脊椎いうんやっけ、背骨か」

「うん」

「骨盤割れる痛みが脊椎伝って、頭の後ろで大爆発、もう真っ白いうか、銀色に燦《きら》めくいうか――」

母は首を左右に振った。その唇の端が幽かにまくれあがるようになって、母独特の嘲笑に似た笑みのかたちに歪んでいった。

「産んだもんちゃうと、わからへん」

確信のこもった母の眼差しに、私は反射的に頷いてしまった。すると母は念押しする口調で続けた。

「高齢出産な」

「うん」

「なんで、ずっとほったらかしてたあげく、いい歳してリスクも考えんとあせって産もうとするんかいうとな、無意識のうちにもな、いま産んどかんと、この快楽、逃してしまうて、いきなり感じとる瞬間があるからや」

母は普段でも話が逸脱していくことが多いが、私としては骨盤が割れる痛みが脊椎を伝って後頭部で白銀に燦めく瞬間のことを知りたかったのだ。母の言葉に、脳裏に目《め》眩《くるめ》く光を見たのだ。焦れた。なぜ高齢出産を強引に快楽と結びつけるのか。そもそも、なぜ、いま、高齢出産なのか。よくもまあここまで的外れな愚にもつかない持論を展開するものだと醒《さ》めた目で見やる私を睨《にら》みかえして、母は断言した。

「子ぉが欲《ほ》しいんちゃう。未知の快楽、己の軀が無理やり裂かれてもうてな、断ち割られる快感が欲しなるねん」

素人考えに過ぎないが、高齢出産ほど帝王切開の確率が高まるのではないか。母があれこれ強調すればするほど真実味が薄れ、私は高齢出産快楽希求説も経膣とやらの出産至上の快楽説も却下した。そんな私を鼻で笑い、呟いた。

「あんたも産んでみればええねん。産みもせんと、よう知った顔しはるわ」

産むどころか、まだ異性を知らなかったころだ。私は口を噤《つぐ》むしかない。母は首をまげて自身のあの傷に中指の先を這《は》わせている。ふと、直感した。父はこの傷に舌を這わせているのではないか。父はケロイドが消えてしまって、失望しているのではないか。私は思いもしなかった性的なものが泛びあがってきてしまったことに狼狽えた。母は下を向いたまま、相変わらず傷をなぞりつつ囁きと呟きの入り交じった気配の声で言った。

「鮎ちゃんが逆子ちゃうかったらな、普通に生まれてたらな、鮎ちゃん、依怙贔屓《えこひいき》して、猫可愛がりしてたわ」

「よう、そんなこと言うな」

「言うて、すっとしたわ」

「――もうええわ。冷えるし、お湯入り」

「手ぇ、もって」

「あんたは子供か」

「あんたのお母さんや。うだうだいわんと、ちゃんと引っ張りや」

和風の翌檜の浴室にロココ調のバスタブなんて出来損ないのシュールレアリスムめいていて薄気味悪い。しかも幅は肩幅程度でも湯がなければ眠ってしまえるくらいに棺桶《かんおけ》じみた長さがあり、無駄に大きいのだ。深さもあるのでまたぐのが一苦労だ。本来は踏み台のようなものも附属していたはずだ。けれどこのサイズのおかげで母と一緒に入ることができないわけでもない。もっとも幼いときはともかく、いまでは一人入れば一人出ることが暗黙の了解だった。入れ違いに軀を洗うためにでようとすると母が引きとめ、妙に幼い口調で迫る。

「いっしょに、ぺったんしよ。ぎゅー、したげるわ」

「――どういう風の吹きまわしや」

「風の吹きまわし。なんか鮎ちゃんて、言うことが古くさ」

「──お父さんといっしょが多かったから」

「ええ加減にせえへんと、ことわざ辞典みたいになってまうよ」

「それは、ちょっといややな」

母は湯に沈むと、胡坐《あぐら》をかくようにして座り、その上に私を安置した。私は緊張してしまい、上体が逃げている。ほんとうに背後からぎゅーとしてきた。肌が過敏になってしまい、母の乳首の尖りが背に触れるのがよくわかる。もじもじして動くと、首に腕をまわしてきた。軽く絞めてきた。

「鮎ちゃん、未熟児やったから、お父さん、鮎ちゃんが可愛くてしょうがない」

私はほとんど意識せずに、けれど未熟という言葉が耐えがたく、言い換えていた。

「早産──」

「うん。きっとな、二重くっきり形成される前に、奥二重のまま生まれてしもたんや」

まったく言いたい放題だ。けれど喉仏を圧迫されているので、でてきたのは妙にくぐもった声で、そのつもりもないのに釈明するような調子だった。

「私かてお母さんや維ちゃんみたいな目ぇに生まれたかったわ。けどな、お父さんは、この目がええて言うてくれたもん」

「たしかに色っぽいで。その目は、いやらしい。あいてても、どこ見てるかわからんときあるしな」

なんと返していいかわからなくなり口をすぼめていると、すっと腕から力を抜いてきたので、とりとめのない空白ができた。

「逆子の鮎ちゃんが、ちびの鮎ちゃんが、こんなに大きなるなんてな」

いまでは母よりずっと背が高い。クラスでも整列のときは後ろの方になる。生まれたときは大きめだったという維ちゃんだが、いまでは母に似て顔つきだけでなく背丈までもいっしょだ。哲ちゃんは父に似てすっと背が高い。私も背丈は父に似たのだ。そんな思いに沈んでいたのに、母がしつこく繰り返した。

「な、逆子の鮎ちゃんがな、こんなに大きなってな」

「逆子逆子いうけどな、体勢からいうたら頭が上で足が下、人として当たり前やんか。逆子の問題は産むお母さんの問題であってな、私にとってはなんの問題もない」

「よくもまあ、屁《へ》のつく理屈を」

母はまわしていた腕にふたたび力を込めてきた。私はしばらくじっとしていたが、やや苦しくなってきたのでおおげさに身悶えしてみせた。母が醒めた声をあげた。

「嘘くさ」

「――ばれてんのか」

「お父さんは絞めるの、巧《うま》いで」

「え――」

「だから、首絞めるのが巧いて」

「どういうこと」

「なんでもない」

けれど微温湯《ぬるまゆ》のなかで密着した母の肌から伝わってくるものは、ねっとり根深く痙攣《けいれん》気味な甘く澱《よど》んだ性的なものだった。父が母にのしかかりながらその首に手をかけている姿を、そして母が眉間に快と苦悩の入り交じった縦皺《たてじわ》を刻んでそれを受け容れている姿をありありと想像してしまい、呼吸がひどく不規則になって乱れた。それを悟られたくなく母から身を離そうとしたが、ふたたび首に手がまわされて引き寄せられた。

今夜にかぎって母は、なぜ私にこうして言わなくてもよいようなことを口にするのか。本来ならば娘には絶対に言わないようなことだ。その一方で私という娘だからこそ囁き続けているような気もする。

思い巡らせる私は、首に腕をまわされていることもあって、なにやら抗《あらが》いがたく虚脱した。そんな私の様子を察したのか、母が耳朶《みみたぶ》を咬《か》むようにして囁いてきた。

「巧みに踊り、美しく苛《さいな》む」

「――なんのこと」

「わかってるやろ。夜のこと」

「すごいな」

「茶化さんとき。ほんまのことやで。お父さんがな、そう、褒めてくれるんえ」

なにを口走っているのか、この人は。ひょっとして、私をライバル視しているのだろうか。そんな直感に首をねじ曲げると、視野の端に母の薄笑いが映じて、あわてて正面に向きなおった。動悸が乱れているのは、ずっと湯の中なので逆上《のぼ》せてしまっているせいにして、開き直り気味に問う。

「お父さんは、お母さんを絞めんのか」

「うん。喉仏潰さんよう案配してな、きつく絞めてくれはる」

「それのどこが――」

「ええんかって。子供にはわからんわ」

「わかりたくもない」

「相手に完全に身をまかせるよろこび、知らん鮎ちゃんやもんね」

「命がけや」

「揶揄したんか。鮎ちゃんやのうて、揶揄ちゃんやね」

「つまらん」

「ごめん。お母さん、ほんま冗談へたや。吉本興業いけへんわ」

母のしょうもない軽口を無視し、思いに耽《ふけ》る。私だってネットで男女のかたちを盗み見ているのだ。だから、男と女の絡みあう姿はくっきりはっきり泛ぶ。

——巧みに踊り、美しく苛む。

もちろん巧みに踊るのも美しく苛むのも母だろう。けれど、そうだとすると母のほうが首を絞められていることに納得がいかない。それだったら、美しく苛まれる、だろう。たぶん、私には語るつもりがない事柄がある。秘されていることがある。母が父を美しく苛んでいる光景だ。

「なあ、鮎ちゃん」

「なに」

「勢いで話してまうけどな」

「うん。あまりの衝撃に、逆にすっかり心構えができてもうた。ええよ、どうぞ」

「ふふ。あんたのお兄ちゃん、哲ちゃんな、細長いやろ。ずいぶん細長いわ」

「背丈」

「あほ。軀の真ん中や」

声にならない声で軀の真ん中と繰り返して唐突に悟る。

「哲ちゃんな、自信あるんやで。大きい、思ててな、得意なんや」

含み笑いをはさんで、続ける。

「ま、色といいかたちといい出来の悪いごんぼみたいなもんや」

あなたの息子なんですけれど、と鮎ちゃんならぬ揶揄ちゃんは言ってやりたかったけれど、もちろん言えるはずもない。そもそも兄が男の姿になったところを目の当たりにしたことがあるのか。この女は、自分の子供たちにいったいなにをしているのか。母は私の思いなど頓着せずに、耳朶に妙な息を吹きかけながら囁きかけてきた。

「でな、お父さんな」

「うん」

「あれ、落ち着いてもうた」

「そうでもない」

「そうか。どきどきしてるか」

「そうでもない」

「なに言うても、そうでもないて返しそうやから、勝手に進めるわ。ええか。あんたのお父さんな、見てくれは普通や。自分で俺は凡庸やて言うてた」

凡庸——なにやら莫迦らしくなってきて、私は母の下膊《かはく》に顎を突き立てたまま小声で笑った。母は委細かまわず続けた。

「ほんま、見てくれは凡庸やねん。可もなく不可もなし。お母さんな、結構たくさん見てきたから」

「結構たくさん試してきたから、やろ」

「言うなあ。そうや。試みてきたから、ちゃんと基準をもってるんえ。でな、お父さんの見てくれ一見、ほんま凡庸やけどな、実際に遭うとな、女の軀にじつにいい絵を描かはるんえ」

「あのな」

「うん」

「ほんまにアホらしくなってきてんやけど」

「のろけ話やもんな。聞いてられへんよね」

「ちゃうわ。アホらしい、言うてん」

「気持ちはわからんでもない。でも、ちゃんと聞き。聞いといたほうがええで。勉強や。後々のためや。あんた、まだ知らんやろ」

即答できずに微妙な間があいてしまった。

「――どうかな」

「間違いないわ。処女や。なんも知らんと突っ張ってるねん」

「はいはい、その通りでございます」

「醜い開き直りやね」

「じゃあ、どうすればええの」

「凡庸の続きな。鮎ちゃんも、お父さんのしょうもない女性関係、薄々知ってるやろ」

「うん。歳のわりに元気やなあって」

「あんたは娘やから、面白がってればええけどな、妻はそうはいかんやろ」

「そうやろね。お母さんは、黙ってられへんよね。嫉妬深いし」

「あんた、言うやんか。そうや。お母さんは嫉妬深いで。鮎ちゃんにも嫉妬してるしな。けど、わかってへんねん」

「なにが」

「あの人の女道楽はな、うちの好さを確かめるためのルーティンワークいうやつや」

ついに失笑してしまった。遠慮会釈なしに笑ってしまった。母はいきなり腕に力を込めてきた。私は怒りをぶつけた。

「いいかげんにして。死んでもうたら、どうすん」

「鮎ちゃんが笑うからや。ええか、もう言わんし、最後まで聞き」

「――わかった。けど、私、もうすっかり逆上せてんねん。はよ、あがりたいし」

「これ話したら、解放したげるし」

「お願いします」

「うん。お父さん、あれですごくもてるの知ってるか」

「――なんとなく」

「各界著名人から一般の方まで、食べ放題」

各界著名人のところでまた吹きだしそうになって、けれど絞められてはたまらないので、どうにか怺《こら》えた。

「お父さんな、浮気して帰ったくせにな、たいがい不機嫌やねん」

「気まずさごまかす演技じゃなくて」

「うん。ほんまに不機嫌。あるとき、だったら、せえへんかったらええんちゃいますか——て言うたらな、俺も絵描きやから不味《まず》いもんも試さなあかんて。美味《うま》いもんばっか食っとっても幅が拡《ひろ》がらんて。女いうやつは才能あっても綺麗《きれい》でも不味いもんは不味い。逆に性格が悪くて鈍くさくて不器量で、けど色香に充ちて味がええときは頭を抱えてまう——て威張って言わはるねん」

「それは、たぶん、男かてそうやろ」

「鮎ちゃん、ええこと言うな」

母はすっと首から腕をはずした。私は上体をねじ曲げて母の貌を窺《うかが》った。自信に充ちた笑みを泛べていた。さもありなん——という父が時折口にする古臭い言葉がにじみだすように泛んだが、もちろん揶揄されるにきまっているから唇を結んでいた。

とにかく、ときめくような、気まずいような、苦々しいような、この得体のしれない時間からやっと解き放たれる。私は母の気の変わらぬうちに逃げだすことにした。

浴槽からでると、くらりと目眩《めまい》がして周囲の景色が反転し、暗いところが明るく、明るいところが暗く明滅して、もうすこしで倒れてしまうところだった。

この日以降、私は家族を見る目が変わってしまった。正確には父と哲ちゃんを否応なしに男として見るようになり、維ちゃんに対してはほんの少しだけれど高みから見おろすようになって、以前のような羨望を覚えなくなった。

加えて、父は当然のこととして、哲ちゃんが私を微妙な目つきで眺めやっていることに気付いた。それまで私は哲ちゃんが兄であるということで暢気《のんき》に構えていて、男であることを失念していたのだ。それこそ、わりと平気で哲ちゃんの前で着替えたりもしていた。けれど、もう、そういうことはできなくなった。哲ちゃんに隙をみせなくなった。

その一方で揶揄ちゃんの本領発揮で、哲ちゃんの視線に気付いた午後、言ってやった。

「ねえ、ごんぼ君」

「なんや、ごんぼて」

兄は小首をかしげかけて、舌打ちした。

「ひょろ長いからか。けど残念やね。誇るとこちゃうけど俺は色白やからな」

「色黒かもしれへんやん」

「なにが」

兄は私の含みに気付いて、ふたたび小首をかしげかけ、やや臆したかの眼差しで私を一瞥《いちべつ》した。

「おまえなあ」

「大きいて自信あるんやろ。女の子に妙に居丈高やん。理由がわかったわ」

維ちゃんにも向けない見くだす笑みを浴びせてやると、兄は逡巡《しゅんじゅん》し、それでも挑みかかるように睨みかえしてきた。即座に反応する性悪な私だ。

「誰かが言うてたわ。色といいかたちといい出来の悪いごんぼみたいなもん――て」

私が母との関係にさぐりを入れていることに気付いたのか、そうでないのか、兄は笑顔に似た不明瞭な引《ひ》き攣《つ》れを頬に刻んで、黙りこんでしまった。

翌朝、色気の欠片もないぺったんこのローファーに足を挿しいれ、登校するためにいったん玄関をでた。青空が地上の冷気に押しやられて淡く遠のいて感じられるほどに見事に晴れわたっていて、山裾にそって凍えた風が落ちてくる。庭園の枯葉のほとんどが霜をまとって薄い銀色に光っているのを目の当たりにして、私はしばらく白い息がたなびくのを目で追い、胸の奥がぴしっと爆ぜる音をたてるのを聞いたとたんに、室内に駆けもどった。甲が痛くならない程度に哲ちゃんの部屋を雑にノックする。

「ごんぼ、ごんぼ」

潜め声で呼ぶ。反応がない。

「ごんぼ、ごんぼ、ごんぼ、ごんぼ！」

昼夜逆転している哲ちゃんは、耳の穴を人差し指で、大仰な仕種で穿《ほじ》りながら閉口した眼差しでドアをひらいた。パジャマ代わりのよれたジャージの上下から汗じみて垢臭《あか》い男の臭いがする。いままで気にもしなかったが最低最悪の臭気で、まったく私に馴染《なじ》む気配がない。なまじ痩せた長身だけに、だぶだぶのジャージ姿は見窄《みすぼ》らしい。上目遣いで、けれど蔑んだような笑みを意識して見つめると、哲ちゃんはあきらかに怯《ひる》んだ。

「――なんや」

「送ってって」

「俺な、寝付いたばかりやねん」

「聞いてない。はよ、送って」

兄の黒眼《くろめ》が左上に泳いだ。その泳いだ目が揺れながら私に据えられ、私はその眼差しの奥で揺れる黄金色の焔《ほのお》のようなものを見た。あからさまな慾望《よくぼう》だった。

私の家族は、おかしい――と唐突に確信した。それともどこの家庭でもこんなものなのだろうか。一呼吸おくと、哲ちゃんの慾望を感じたということそれ自体、思い込みのようなものだという気もしてきた。結局、よくわからないというのが本音だ。

もっとも、なにかあったとしても、私と兄のあいだにはなにも起こらない。哲ちゃんの体臭に気付いた瞬間に、それがなにかの拍子に引っ繰り返って、私にとって好ましい香りに変貌するといったことが絶対に有り得ないことを確信したからだ。悪臭は好ましい香りと紙一重であることくらい、私にだってわかっていた。けれど哲ちゃんの臭いは、台所の生ゴミの臭気と等価だ。大仰に忌避する気もないかわりに、愛翫《あいがん》の余地もない。

レストアというらしいのだが、哲ちゃんの愛車は七〇年代初頭の国産車を叮嚀に修復したもので、高価な外車が買えるくらいお金を注《つ》ぎ込んだらしい。ソレックスとかタコ足とか意味のわからない能書きのあげく、シンクロがどうこうという自慢らしきものを無視すると、哲ちゃんは気まずげに黙りこんだ。渋滞しはじめている白川通《しらかわどおり》を北上しているのだが、併走する車の車内から視線がとどく。信号待ちでも横断歩道を行く男の人が亀のように首を伸ばして凝視してきたりもする。

「ふーん」

「なんや」

「費用対効果ていうんやろ。中途半端な外車乗ってるよりはよほど目立つみたいやから、よかったね」

「なんやねん、その皮肉っぽい言い方は」

「皮肉や。いい歳してブーブーに入れ込んでる気持ちがようわからんわ」

見られること、注目を浴びることは悪い気分ではない。ブーブーに夢中になっている人は幼児性が強いだけと思っていたが、安っぽい自己顕示欲を充たす方策でもあったのだ。無様なのは、乗っている人ではなくて車が主役ということだ。これでは隣にもっと高価で目を惹《ひ》く車がやってきたらお仕舞いではないか。金銭で解決してしまうことがいかに陳腐かをわからされた瞬間でもあった。

「おまえ、ずいぶんきつうなったな」

「そうか」

「――もてるやろ」

いきなりだったので意味が摑《つか》めなかった。それなのに口が勝手に動いていた。

「うん。すごい」

「なんなんやろな、たいした美人でもないのに――」

「よう言うた。しばいたろか」

「いや、褒めてんねん」

「ま、ええわ。たいした美人どころか、維ちゃんのような見てくれとは無縁て自覚、あるし」

「アホ。あんなん、安い張りぼてやん」

「――私のどこが」

本気で問いかけると兄は私を一瞥し、唇をきつく結び、進行方向に視線を据え、わざとらしく表情を消した。この日以降、哲ちゃんは私の専属運転手になった。

2

担任の教師はゴジラさんと呼ばれていた。頬を中心に浅黒い痘痕《あばた》があって細かな凹凸が刻まれて、ゴジラの体表のでこぼこによく似ている。顔も軀も銅版画のプレス機のローラーとローラーのあいだに挟みこんで、ぐいと圧し潰したみたいな横拡がりだ。恰好《かっこう》も着古してほつれや小穴の目立つ紺のジャージ一辺倒で、だらしない。

でもゴジラと呼《よ》び棄《す》てにされずに、さん付けだ。なぜか女子には人気がある。いつも誰かがまとわりついている。人畜無害というわけでもなく、セクハラすれすれ、いやそのものきわどい冗談を平気で口にする。卒業した女子と付き合っているという噂《うわさ》さえある。それを誰かが冗談交じりに追及したら、俺は在校生には手を出さないからなんら問題はないと真顔で答えたそうだ。

出身は東京らしい。関東の出身者に限らないだろうが、よその土地からきた人は、関西で暮らしているうちに、いつのまにやら奇妙なイントネーションの関西弁を口にしてしまうことが多いが、頑《かたく》なに標準語で喋《しゃべ》り通す。クラス内が静まらなかったときに、常軌を逸した剣幕で怒りだし、皆が唖然《あぜん》として見つめたら、京都弁は気持ち悪いから標準語で騒げと真顔で諭した。以来、私もゴジラさんと喋るときは標準語だ。

生温かく、妙に春めいた気配の午後だったが、ゴジラさんはジャージの上に着た、通販で買ったと思われる垢抜けないダウンベストのジッパーをいちばん上まで引きあげて、襟元に顎を突っ込んで私を上目遣いで見つめている。私はあわててゴジラさんの頰から視線をそらした。

「俺の顔になにか付いてるか」

「いえ、その」

「隠し立てするな。痘痕面がおもしろいか」

私は肚《はら》を決め、正直に言った。

「迷路に見えたので」

「迷路――」

「遊園地とかにたまにあるじゃないですか」

隠し立てするなと言われたのだ。ごまかすほうが、よほど見苦しい。いったん息を継いで、ゴジラさんの頰を見つめなおして気合いをこめる。

「失礼を承知であえて言います。本物の迷路を俯瞰《ふかん》しているみたいで」

取り繕うように付け加える。

「シャイニングの迷路が大好きなんです」

「——キューブリックか」

呟きながらゴジラさんは中指の先で痘痕をなぞっていた。入り口はどこですか。ゴールに辿《たど》り着《つ》きましたか。そう問いかけたくなるくらいに繊細な指先の動きだった。私は垢の詰まった爪を凝視していた。視線に気付いたゴジラさんは中指をはずすと、爪のあいだの黒褐色を一瞥し、コンビニ弁当の割り箸に入っている爪楊枝《つまようじ》で垢をほじりはじめた。床に落ちる垢を目で追ったが、足許の陰に入ってしまうと突然、搔《か》き消えてしまう。

ゴジラさんは靴下を履いていなかった。

「ゴジラさんのお昼は愛妻弁当だって評判ですけど」

「ゴジラさん？」

「あ——」

思わず口を押さえて、それはまさに思わずだったのだけれど、ずいぶんわざとらしい仕種だと窃《ひそ》かな嫌悪を覚えた。

「まあ、いい。いまさら言い直すなよ。ひたすらゴジラさんでいけよ」

さりげなく様子を窺っていた女教師が視線をそらして笑いをこらえていた。首をすくめ、口をすぼめて恐縮している私に、不在の教師の椅子を示して座るように促して、棒読みするような口調で言った。

「愛妻は、逃げた。購買には俺の食うものはない。結果、ゴジラさんはコンビニのネギ塩カルビ弁当をもそもそ食ったってわけだ」

返答に困り、表情を消して黙っていると、ゴジラさんは横柄に反り返り、事務椅子の背もたれをギシギシいわせた。

「で、なんの用だ」

「進路相談を――」

反ったまま頭の後ろに手をやって私を凝視したゴジラさんの目が、怪訝《けげん》そうに真ん中に寄った。

「うちには進路指導部みたいなもんは存在しないからなあ」

一呼吸おいて、もっともらしい顔つきで続けた。

「進路相談か。前もって言っておくが、俺のような教師は役不足だ」

「役不足――」

「なんだ」

「なんでもありません」

誤用が罷《まか》りとおって鬱陶しいと嘆く父から教えられたことだが、役者に与えられたその役が、その人の実力に比べて軽すぎることを役不足と言うのではなかったか。こういう場合は力不足だ。

それはともかく私は高校からだったが、じつは系列の幼稚園から大学までの一貫校で、面接はあるが無試験で進学できてしまう。多少成績が悪くとも、学部さえ選ばなければ必ず入学できてしまうのだ。しかも大学自体はそれなりに名の知れた有名私大だ。そのせいで、子供を受験であくせくさせたくないお金持ちの老舗《しにせ》の自営業などの親が子供を集中させるので、幼稚園の競争率がいちばん高いという噂を聞いた。他大学を受験しようと考えて猛勉強している同級生もいるがごく少数で、ほとんどは御所《ごしょ》の北、今出川《いまでがわ》通《どおり》に面した大学キャンパスに通うつもりなので、ゆるい高校生活を送っている。

「鮎はそのまんま文学部のなんだっけ、美学芸術学科か。美学にでも進むのかなと思っていたが」

「そのつもりだったんですけれど」

「うん。で？」

「東京藝大へ行きたいんです」

ゴジラさんはまだ手にしていた爪楊枝を私の眼前に突きだした。私は、反射的に背を引いた。

「東京藝大——東京藝術大学、でいいのか」

私が大きく頷くと、うちで東京藝大に進学した奴《やつ》なんているのかなあ——と思案顔で爪楊枝を指揮棒のように動かし、背もたれをギシギシいわせていたが、唐突に我に返ったような顔で呟いた。

「ま、行きたいところに行け」

それじゃ、進路相談になっていないじゃないですか——と呟きを返したいところだったが、もちろん黙っていた。

「菅原《すがわら》先生が、おまえがいるから、じつにやりづらいって嘆いていたもんな」

美術教師の名をあげて、ゴジラさんは自分のことのように眉間に不快そうな縦皺を刻んだ。担任だから当然ともいえるけれど、私の家のことをゴジラさんが知っているのがどことなく嬉《うれ》しかった。そんな私の表情を読んだらしく、唐突に背もたれの反動をつけて前屈《まえかが》みになって覗《のぞ》きこんできた。

「すごい才能なんだろ？」

いえ、としか言いようがなくて、俯《うつむ》き加減でいると、ゴジラさんが訊いてきた。

「いま読んでる心理学の本がな、才能というのは遺伝がほとんどで、環境なんて二割くらいしか関わらないって身も蓋もない内容なんだが、鮎の才能があらわになったのは、いつごろだ？　ちっちゃいときか」

「——丸を、円を描いたら、親がその気になってしまったんです」

「なんのことだ？」

「だから三歳半くらいに丸を描いたらしいんです。それが完璧な円だったんで」

ゴジラさんの怪訝そうな顔に居たたまれなくなり、言葉を呑《の》んだ。ゴジラさんは私の目の奥を睨むように見つめていたが、すっと視線をそらした。とたんに私は口をひらいていた。

「真円ていうんですか。マーカーの悪戯《いたずら》描きなんですけど、ほんとに真ん丸なんですよ。コンパスを使ったみたいな」

「三歳児が、か」

「いまでも父のアトリエに額装して飾ってありますよ。ただ」

「ただ?」

「まぐれだったんですね。だから、それ以来無数に丸を描かされたけれど」

「真円ではない」

「はい。でも、親バカで、多少の歪みがある円が、また、すごいって父は私を褒めそやすわけです」

「それは、ほんとにすごいってことなんじゃないのか」

ゴジラさんは、ずっと手にしていた爪楊枝を、きれいに平らげた弁当の赤茶の容器に落とし、職員室を訪ねた直後とおなじ上目遣いで私を見つめた。あと一年しかないが、俺にアドバイスは無理だ。が、まあ、おまえならなんとかなるだろう——と無責任なことを呟き、デッサンとかに通うならば部活はアレしてやるから——と、なんとも雑な物言いで締めくくった。

東京藝術大学の油画だが、募集人数五十五人に対して前期日程で志願者数千五十八人、倍率十九倍強とあり、狭き門だなあ——と他人事《ひとごと》のように呆れ、母が藝大の油画を出たということがよけいに信じられなくなりつつ、それでも検索をかけて見つけた岡崎《おかざき》の美大受験予備校に週四日、通うことに決めた。

石膏《せっこう》デッサンは講師よりも私のほうが巧みだった。その他諸々、技術面においては予備校に通う意味を見出《みいだ》せなかった。講師は自尊心を保つために私を神童などと持ちあげた。それでも休まなかったのは多少なりとも入試に必要な情報や小技とでもいうべきものを知ることができること、そして理由にあげるには無理があるという気もするけれど、強いていえば閑静な岡崎のこのあたりにはラブホテルが幾つかあり、そこから出てきたと思われるカップルとすれちがうことに微妙なスリルを覚えていたからだ。

もちろん男のほとんどは私を一瞥して、視線をはずす。私が向かいから歩いてくるのが見えていないかのように黙殺する。私の顔貌その他に性的対象としての興味を覚えなかったということだろう。けれど、ときどきカルトンを脇に抱えた私を一瞬だが目を見ひらいて凝視してしまい、それに気付いた彼女に肘で突かれたりする姿を目の当たりにすると、ふしぎな危うい昂ぶりが迫りあがった。正直に告白してしまえば、その瞬間が忘れられず、あえて予備校に通い、岡崎界隈《かいわい》をそぞろ歩いていたともいえる。

年も明け、藝大の入試も近づいた底冷えのする日曜日の夕刻だった。美大受験予備校に置きっぱなしにしていた用済みとなった画材を取りにいった。カルトンを右脇に抱え、左手に道具類の入ったトートバッグを提げた私はなんだかとても感傷的だった。

このあたりは永観堂《えいかんどう》のほぼ西で、東山も間近だが、屋敷もふくめて京都らしくない大きな建物が密集していて案外見通しが悪い。よく晴れ渡っていたけれど、なんだか空が少ない。人通りもほとんどなく、閑静というよりも物寂しい路地だ。加えてラブホテルがあるとは思えない清潔な雰囲気もあり、路肩などが微妙に崩壊しているアスファルトの地面の底から凍《い》てついた白銀の気配が立ちあがってくるこの季節、自分で編んで自分にプレゼントした真っ白なマフラーで鼻から下を隠して微妙な緊張を胸に、息を詰めて歩くのが好ましかった。

自分の息で湿ったマフラーは羊毛ならではのちくちく擽《くすぐ》る気配も程よく和らいで、肌の薫りにちかい、しかも唾ならではの体液めいた抗いがたい生々しさを秘めた匂いが鼻《び》腔《くう》に直接、充ちる。もう、この陰路《かげみち》を歩くのも最後や――と胸の裡《うち》で呟いて、一抹の寂しさによく似た解放感を味わっていた。性に対しては強い興味を抱いていたが、いまだに処女だった。異性の肌を知らぬことに対しては肯定的と言い切るには微妙なものがあるにせよ、否定とは完全に無縁な可もなく不可もなしといった気持ちだった。この先、どうなるのだろうという控えめな感傷を抱いて、自分に沈みこんで区画整理とは無縁な、家にあわせて路ができたといった様子の陰路をゆっくり味わっていた。

陰路という言葉は、例によって父から教わった。父は書も能《よ》くするのだが、父が書いた陰路という文字は、抑制のきいた寂寥《せきりよう》と、そっと頰寄せて耳朶をほんのわずか、けれど力加減せずに咬んで、幽かに滲《にじ》んだ血を舌先を尖らせて味わうかの淫靡《いんび》で密やかなものが沁《し》みでていて、我知らず目を背けてしまったものだ。

もちろん私は耳朶を咬んだことも咬まれたこともない。すべては妄想の靄――。正直に言おう。このころ私は自慰のとき、中指にあえて加減と無縁な張り詰めた力を加えて、その痛みに、まだ見ぬ誰かに軀中を咬まれることを想って奥歯を嚙《か》みしめて洩れそうな呻きを怺えていた。

息で湿ったマフラーの薫りは、じつは中指の残り香とそっくりだった。そんな私だから顔半分をマフラーに埋めて歩く陰路で、透明で明確な形状をもたぬ、そのくせ艶とぬめりの過剰な性的ななにものかを心の底に抱えこみながら、ここには記せないような、けれど肝心の部分は不明瞭かつ曖昧な夢を見つつ、比喩でなしに夢遊病を愉しむかのようにこの界隈を彷徨《さまよ》っていた。

視線が合って、我に返った。

中高生が校則に触れぬように控えめに使うようなコロンではなく、中高年がその小皺が刻まれた肌に大量に振りかけた安香水の悪臭じみた、番《つが》ったばかりの濁りと澱みをあからさまにした♂と♀だった。けれど、まだ半覚醒で、誰だかわからなかった。ただただ異質なものを覚えて、私は首をすくめて上目遣いで、その横幅のほうが広く感じられる♂を見つめた。

陰路をふさぐかたちになった男と女は、揃《そろ》って挑むような目つきを私に投げかけていたが、女のほうは私がまともに視野に入れていないにもかかわらず、唐突に斜めに首をかしげさせ、狼狽気味に地面のあらぬほうに眼差しを凍りつかせ、実際に氷結してしまったかのようにその場に全身を凝固させた。

「まんまるじゃないか」

一呼吸おいて、大仰な笑みと共に繰り返した。

「まんまるじゃないか。なんでこんなところに？」

幼いころに完璧な円を描いたことを口にしてしまったせいで、ゴジラさんは私のことをまんまると呼ぶようになっていたのだ。もちろん、どちらかといえば痩せているはずの私だ。鏡に映る顔は面長でもある。まんまると呼ばれるのは不服だ。

「デッサン教室がこのあたりにあるので」

「いやあ、奇遇だな」

「奇遇？」

「奇遇だろうが。がっつん、がっつん、組んずほぐれつ大暴れ、されど射出に至らず。

そこに、まんまる登場だ」

ゴジラさんは首の凝りをほぐすときのようにじわりと首を左にまげ、その位置で固定したまま女に言った。

「俺の教え子だ。進路指導をしなければならん。おまえは、独りで帰れ」

驚いたことに女は一礼して、比叡颪《ひえおろし》にコートの裾を煽《あお》られながら、肩を縮めて離れていった。ゴジラさんに合わせたかのようにやや左にかしいだその背を見送っているさなか、彼女の年齢や美醜などが一切、私の心に印象として刻まれていないことに気付いた。つまり私はゴジラさんしか見ていなかったということになる。

当然ながらラブホテルに入るのは、はじめてだ。脇に抱えた大きなカルトンが不似合いに感じられ、それだけが幽かな羞恥を私に押しつけてきた。ずらりと並んだ部屋の画像を見あげ、割高な部屋しか空いてないとゴジラさんは文句を言い、あのごつい中指の先でボタンを押した。その手つきに、なぜか私は躊躇《ためら》いを感じとった。誰にも見られずにどこか忍び足で一室に潜り込んだ。

興味津々とまではいかないが、ラブという枕詞と裏腹に、たぶん愛が欠片も存在しない空間を私は社会科見学していた。ベッド枠が深紅の合皮で覆われていた。壁は焦点のぼけた暗い緑に塗られ、ソファーはベッド枠と同様合皮で、オレンジ色だった。ベッドサイドに設《しつら》えられた大きな鏡の縁の金メッキが悪目立ちした。安直な補色の対比に、そしてひたすら安価な素材の選択に、キッチュという言葉が泛んだ。目も当てられぬ無様で無粋なところを隠さぬまま居丈高に開き直ったかのような紛《まが》いものだった。窓のない部屋独特の湿りきった黴臭《かびくさ》さと汗臭さの入り交じった濁った臭いが、ごく低い位置から漂っていた。あちこちに照明が設えてあり、何気なくベッドの頭側にあるボード状のスイッチに触れたら、室内がピンクに染まった。あまりの安っぽさに私は醒めてしまっていたが、その一方で、こういった貧乏臭い空間が私にはふさわしいとも感じていた。

そっと振り返ると、漠然と突っ立ったゴジラが透明な桃色に染まっていて、声をあげずに笑ってしまった。自分の緊張のなさが奇妙だったが、たぶん張り詰めていたなら、進路指導というお粗末な誘いには乗らなかっただろう。ベッドが据えられた空間にピンクの照明があるということ、そのわかりやすさに対して、ここで動物は発情できるのだろうかと半信半疑にちかい気持ちで小首をかしげたとたんに、ゴジラに向けた笑みが歪んで苦笑いにかわってしまった。

ベッドの足許にカルトンが立てかけてあった。そこにいつ安置したか、記憶がない。すると、やはり私は緊張しているのだろうか。ピンクのカルトンを見るのがいやで、当てずっぽうでパネルのスイッチをいじると、世界が電球の色にもどった。

いきなりゴジラが抱き締めてきた。せわしなかった。ゴジラならば、一歩一歩足音も重々しく、のっそり鷹揚《おうよう》に迫ってきてほしかったな——と苦笑いが深くなった。室内の安っぽい臭いは勘弁してというくらい捉えることができたのに、ゴジラから漂っているであろう悪臭はまったく感じとることができなかった。私はゴジラに対して嗅覚を遮断していることを悟った。

——これは、無理だ。

胸中で呟いたとたんに、ゴジラが体重をかけてきた。私は重みに耐えきれず、背からベッドに倒れこんだ。案の定、ベッドマットも安物で、まともに私を支える気がないふかふかのゆらゆらのだらだらだった。複雑な迷路が、いやゴジラの顔が迫ってきた。

「先生、重たいんやけど」

とたんに迷路が遠のいて、ほぼ俯瞰する位置にまで後退した。俯瞰やのうて見あげてるんや、と自分の思いを訂正した。私はまだマフラーを巻いたままだった。このどこか寸劇じみた慌ただしさは、私の想い描いていたものとはまったくちがっていた。たとえそこに欲望が孕んでいる暴力的な気配があったとしても、もうすこし巧みな間と呼吸とでもいうべきものがほしかった。

「——すまん」

「いえ。私のほうこそ」

なんだか空々しく他人行儀な、とりすました科白《せりふ》だなあ、と恥ずかしくなった。

「先生、あとわずかですね」

ゴジラさんは悄気《しょげ》て俯いて、黙っている。

「お別れですね」

ゴジラさんは勢いよく顔をあげ、私を一瞥し、荒れが目立つ唇を捲《ま》きこむようにした。

「まんまるが、卒業記念に真ん丸を描きましょうか」

ゴジラさんはなにか言おうとしたが、唇を捲きこんでいたせいか、私の動きのほうが一呼吸、早かった。

「コンテがええかな。木炭やろか」

ゴジラさんは私の手許を凝視した。ケースをさぐっていると芯抜きが落ちた。

「あれ、ベッドの下に入ってもうたみたい」

ゴジラさんは前にずり落ちるように床に膝をついて覗きこんだ。

「すみません」

ゴジラさんはベッドの下に手を突っ込み、妙に焦った手つきで拾ってくれた。得体の知れない灰色の綿埃《わたぼこり》がついていて、顔を背けたくなったが、私はにこやかに礼を呟いてケースにもどした。あの綿埃を思うと、もどしてしまった芯抜きを使う気にもなれず、木炭の芯の掠《かす》れは興醒めなのでコンテを選んだ。

「茶色いコンテにしますね。ゴジラさんには絶対、茶色のほうが似合《にお》うてますし」

ゴジラさんは私が抓《つま》みあげたコンテに顔を向けた。職員室で進路相談をしたときに突きだされた爪楊枝を意識して、ゴジラさんの顔の間近にコンテを振った。とたんにゴジラさんは仰《の》け反《ぞ》った。ベッドの上にカルトンをおいて台にし、前屈みになって腕のストロークを使って木炭紙に勢いよく円を描いた。

「うーん」

ゴジラさんはベッドに座り直し、不服そうに腕組みした私と木炭紙の上にあらわれたいびつな丸を交互に見た。

「失敗しました。この歪みは、無様です。でも、やり直し——やない、描き直しはせえへんことにします」

ゴジラさんが腰を浮かせた。私はダブルベッドのど真ん中に、真ん丸にまで至らなかった粗雑な円を投げ出すように残して、カルトンを抱えて、部屋をでた。

3

競争率二十倍弱の狭き門とやらをくぐって東京藝術大学の油画に合格した。他大学のようによろこびを露《あら》わにするのではなく、合格した人たちはどこか超然とした気配だった。けれど意地悪く、さりげなく目の奥を覗くとよろこびがにじんでいた。私は妙に醒めていた。端《はな》から落ちる気がしなかったので、合格して当たり前、よろこぶ理由がみつからないといった傲慢《ごうまん》な気分だった。でも、他の人たちから見たら、私も目の底によろこびの光を宿していたのかもしれない。

母は藝大油画卒を誇りにしていた。すべてに対して、骨折りや頑張りとは無縁といった超然とした態度で通しているくせに、時折、藝大に入るための苦労話が唇から洩れ落ちてしまったりもした。なぜか絵描きになることを諦めて油絵具には触れもしないが、手慰みというのだろうか、いまだって気分で素描すれば、それはすばらしい技巧をみせる。母に言わせれば、東京藝術大学は誰もが入れる学校ではないということで、自尊心の拠《よ》り所《どころ》なのだ。けれど私は一応予備校に通いはしたが、ラブホテルから出てくる男女の生態研究ばかりして、まともな対応をしないままに、あっさり合格してしまった。

もし、私の瞳の奥底によろこびの光があったとしたならば、それは母が拠って立つ部分を軽々と跳躍してしまったという自負からきているような気がする。

同時に、油画か——と呟いた父の無表情の裏側を、きつくざっくり爪を立てて引っ掻いてやったという、いささか残酷なよろこびも間違いなくあった。

維ちゃんは京都大学の総合人間学部をでたのだから藝大云々は関係ないが、哲ちゃんは京都市立芸術大学大学院で日本画の修士課程にあり、東京藝大など眼中にないといったふうを装っている。

もっとも父と母、姉と兄の反応は、冷淡なようでいて意外に親身で気配りがあり、私の藝大合格を素直によろこんでいる様子も仄見《ほのみ》えて、正直なところ、ちいさな肩透かしを覚えてもいた。

戸惑ったのは家を出る朝、父があえて眉ひとつ動かさぬ能面じみた顔つきで過剰な額が入金された私名義の郵便貯金の通帳を手わたしてくれ、母が門のところで立ち尽くしてぽろぽろ涙を流していたことだ。父も母も時代がかっていて、なんとも擽ったかった。しかも母の涙は、いかにも自分に酔っている気配が濃く、私はそれに得意の醒めた苦笑いで応えたのだが、背を向けたとたんに込みあげるものがあって、困惑した。

油画の基礎課程は、上野《うえの》ではなく取手《とりで》で一年、学ぶことになっている。広大な畑のなかに民家が点在する田園風景のなかを、赤白に塗りわけられた大利根交通《おおとねこうつう》のバスに揺られて進行方向を漠然と眺めていたら、羽虫の類いが大量発生したのだろうか、フロントガラスにちいさく淡い褐色の点々が無数に附着し、運転手が苛立たしげにワイパーを作動させたら、油を塗り拡げたかのように扇形の薄膜に覆われてしまい、前方がぼやけた。

東京藝大前で下車した瞬間、鼻腔に充ちた乾ききった土埃の香りは、取手キャンパスの清々《すがすが》しいほどにあっけらかんとした巨大な建物以上に、私に投げやりな虚脱に似た解放感を与えてくれた。

深呼吸して周囲を見まわした。一年間とはいえ、ここで暮らすには車がいる。皆が取得するからという消極的な理由で手にいれた免許が役に立つ。哲ちゃんに相談して、早めに中古車を買おう。

このあたりではもっとも家賃が高いと思われる五万八千円なりの築二十五年、二間続きの六畳和室、おなじく六畳のリノリウム張りの台所、そして四畳半の板張りの洋室、その洋室と同じくらいの広さがある浴室、さらには藝大生に貸すならば、こういう代物がいいだろうという目論見《もくろみ》が透けすけの、後付けのこれだけが真新しい十畳ほども広さがあるウッドデッキが不動産屋さんの売りだったくすんだ一軒家に家財道具、いや画材道具を引っ越し業者の人に運びこんでもらって、縁側にでて、灰色のプロパンガスのボンベを視野の片隅に、額の汗を手の甲で拭ってふと見やった庭先を、鮮やかな青紫の蛍光色の尾を得意げに輝かせて蜥蜴《とかげ》が小走りに抜けていき、飛蝗《ばった》がきれいなクロソイド曲線を描いて青々とした雑草のなかに消えていったのを目の当たりにしたとたんに、自分でも奇妙なほどに闘志が湧いてきた。

誰となにと闘うのかよくわからないが、この一年間で、とことん基礎的な技術を磨く。そのためにも、この一軒家を溜《た》まり場《ば》にされないように気配りしようと決心した。私は一人暮らし、友人さえも訪れぬ独りの暮らしがしてみたかったのだ。

基礎課程がはじまると、岡崎の予備校などと比較するのもはなはだ失礼な気もするが、その水準の高度なことに、東京藝術大学に入学してよかったとしみじみ思うと同時に、習うということは否応なしに型に嵌《は》められることだという当たり前のことを実感した。そもそも東京藝大の校風が、好きにしなさい――といったニュアンスなので、私は程よくさぼることにした。

小文間《おもんま》周辺は寺や神社が意外に多く、独りで散策するにはもってこいだった。茨城県取手市と聞いても、関東の北の方という言葉が泛ぶだけで具体的なイメージが一切湧かなかっただけに、京都の神社仏閣ほど古くないにせよ、そして安っぽさが先に漂ってしまいがちではあっても、鬱蒼《うっそう》とした木立に覆われた霊的な雰囲気のある場所があるのは、そして高野川《たかのがわ》や賀茂川《かもがわ》とは比較にならぬ、対岸まで優に二百メートル以上の川幅があるどっしりとした日本最大の流域を誇るという水量豊富な利根川の流れをぼんやり眺めていると、京都ではどこかささくれがちだった私の心がじんわりと鎮まっていくのだった。

そろそろ梅雨入りだろうかといったころだった。油絵具の組成についての書籍に目を落としていて集中が途切れた瞬間、小文間周辺でいちばん面白いのは藝大の裏山だ――と盛りあがっている声が天啓のように耳に入ってきた。家があるならばホームレスじゃないじゃない――という意味不明な言葉が追ってきた。

ぱたんと分厚く古い本を閉じ、そのちいさな衝撃で布張りの表紙の黴が宙を舞っているかのような気がしてわずかに顔を背け、私は幾人かの男の子の視線を背に感じながら、さりげなくその場を離れた。

私の父のことは、いつのまにか知れわたっていた。アカデミズムや権威に対するこじつけめいた反撥が七割、父の仕事に心酔している人が一割、子は親と無関係という人が二割といった感じで、よくも悪くも私は皆の視線を浴びやすかった。しかも男の視線には、いつも性的なものが含まれていた。私がメールアドレス等を教えないので、四通ほどのラブレターも、もらった。

権威に対する反撥を持っていようがいまいが、男の子たちの半数以上は、いつだって発情期といった鼻息の荒さだったが、残念ながら私はそれを受け容れる気になれなかった。なんで私はこんなに傲慢なのだろうと苦笑めいた気分になることもあったが、気を許したとたんにようやく得た孤独な生活に罅が入ってしまうこともわかっていた。私は恋人も友だちもほしくなかった。

まともに影もできない濁った曇天だった。でも林の中に入ってしまえば降ってきても濡《ぬ》れるのは最低限だろうし、蒸し暑いので逆に気分がいいはずだ。降ったら、濡れればいいし――。いま思い返せば、私は確かに降ることを心のどこかで祈っていたのだろう。

当たりをつけた裏山にむかう。藝大にいるあいだはスカートを穿《は》かないことに決めていた。デニムなんていう気取ったものでなく、もろ男物のジーパン、リーバイスの501を自衛隊が使っている強靭《きょうじん》な化繊のベルトでぐいと締めあげて、薄手の麻のシャツを腕まくりし、おろしたてでまだ足に馴染んでいないアディダスのスニーカーで伸び放題の緑の青い香りに充ちた斜面を踏みしめる。

思わず声にならない声が洩れた。木洩れ日が黄金色に揺れる空き地に、無数の生首が転がっていたからだ。首は、男のものが多かった。叫び声をあげずにすんだのは、薄緑の苔《こけ》にうっすら覆われたものもありはしたが、生首の地肌がすべて純白だったからだ。制作して不要になった石膏像をここに棄てるのだと推理して、あらためてあちこちに転がる生首、いや塑像を見やると、芸術的であるかどうかはともかく、物をかたちづくる技巧に対する藝大生の実力がじわりと伝わってきた。悟りをひらいた仏陀《ぶつだ》と思われる痩せこけた坐像《ざぞう》が、このあたりでもっとも太い杉の幹に寄りかかるようにして安置されていることもあり、ここは塑像の墓場なのだと納得した。

さらに奥に上っていくと、緩斜面が終わる平坦《へいたん》な場所に、高さこそ人の背丈強しかないけれど、雑木林を背にして思いのほか立派な直方体の家屋があった。ホームレスの棲《す》処《か》にこんな整合性があるはずもない。ちゃんと建築物としての構造計算がなされているのが伝わって、けれど屋根や壁材などは藝大生が習作として大きな板に油彩やアクリル、テンペラなどで描いて廃材置き場に棄てたものを転用しているので、玄関位置と思われるあたりからは妙にリアルな裸婦が私を見つめ、他の面では岡本太郎《おかもとたろう》を想わせる極彩色のにょろっとした抽象が上下左右に触手を伸ばしているという有様で、眼にとってはじつに騒々しい外観の家で、控えめな惑乱を覚えるほどだった。

下りになっている踏み分け道がはじまるあたりにスーパーカブが駐《と》めてあった。取手市のナンバーもついているし、バックミラーにはヘルメットものっかっている。取手キャンパスの裏山に勝手に家を建てて無断で住んでいるらしいが、こうなると確かにホームレスとは言い難いなどと腕組みし、わずかに頷きながら周囲を見まわしていると、おい——と声をかけられた。あわてて振り返る。

「すみません」

「べつに咎《とが》めてない。勝手に家を建てたのは俺のほうだからな。上野だったら、こうはいかんだろう」

上野云々から藝大生か、OBだろうと当たりをつけた。長髪、髭面《ひげづら》、髪も髭もただ単に伸びてそのままといったよくいえば自然まかせの年齢不詳、むさくるしいが必死で忌避するほどでもない。

男はデイパックの脇の網状のポケットからお茶のペットボトルを抜きだすと、天を仰ぐようにして喉を鳴らして飲んだ。首筋の横皺に垢が入りこんでいて、その曲面に幾何学的な楕円の横筋が幾本か描かれている。その線描から突出している喉仏が飲むのに合わせて上下する。絶妙な動きだった。こんな精緻なメカニズムを目の当たりにしたのは初めてのような気がして、視線が吸いよせられた。男はデイパックのジッパーをひらいて手招きした。距離をとって、首だけ突きだすようにして覗くと、芳香とも悪臭ともつかぬ匂いに襲われた。キノコがいっぱい入っていた。

「キノコ鍋にする。食ってくか」

いいえ、としか答えようがなく、しかも精一杯首をすくめていることに気付いて、意識して、あわてて脱力した。

「キノコ狩りですか」

「うん。ベニテングタケもいくらか採れた」

不思議の国のアリスに登場する白い点が散った真っ赤な笠《かさ》のキノコが泛ぶ。

「──毒キノコでしょう」

「死にはしない。食感はエリンギ。イボテン酸という成分らしいが、旨味《うまみ》調味料を大量にぶっかけたような凄《すさ》まじい旨味がある。病みつきになる。ここいらに生えてるキノコは、すべて食った。人体実験ずみだ」

私は不明瞭な笑みと共に、首を左右に振っていた。男は意に介さず、だらりと下げた手にデイパックをかろうじて引っかけ、顎をしゃくった。

「寄っていけよ。キノコは食わなくてもいいから、寄っていけ」

それは、ちょっと──と返そうとしたのだけれど、裏腹に私は頷いていた。男がじつにしっかりした立て付けの、ただし鍵はないドアを開いたとたんに雨が落ちてきた。意外と大粒で、草々がいっせいに頭を垂れ、地面が爆ぜた。雨宿り、と胸中で呟いて、ごく自然にホームレスの家に入って、目を見ひらいた。

「──なんですか、これ」

「藻刈舟《もかりぶね》」

一呼吸おいて、付け加えた。

「藻刈舟、沖漕ぎ来らし──万葉集だ」

「舟に乗っているのは七福神の誰かですか」

「七福神の誰か。ま、そんなもんだ。気分によっては仙人に変えることもある。そろそろデブは暑苦しいが、惰性でこいつら、描いていたよ」

あらためて私は、壁面にかけられた十ほどの、寸分違《たが》わぬ絵柄の掛け軸を呆れ気味に見まわした。

「なんでこんなに大量生産してるんですか」

「俺も飯食って糞《くそ》をすること、つまり経済からは逃れられない。だから生業《なりわい》としている」

「この七福神みたいな人は、鎌で水中の藻を刈っているんですね」

「そう。藻を刈る舟」

「藻を刈る舟」

「儲《もう》かる舟、だ」

「はい？」

「だから、利益があがる舟、儲かる舟、即ち藻を刈る舟、言ってる自分がこんがらがってきたが、こんがらがるほどじゃないな。要は縁起物で、これが一幅、三万で引きとられていく。売るときは十万とか吹っかけているのかもしれないね」

「――商売している人なんかが、縁起物として買う」

「そういうことだ。こんなもんを買う奴の気が知れないが、そして飾られることも絶対にないだろうけれど、儲かる舟を疎かにできる商売人はいない」

「生意気を言います」

「いいよ」

「すごい技巧です」

男は当然といった面持ちで頷いた。

「言いづらいんだけれど」

「言え」

「最初、俗悪ぶりに苦笑いでした。けど、顔を近づけているうちに、案外、芸術――」

「案外、芸術、か。俺にふさわしい評価だ」

男がこじつけ、曲解したのだが、よけいなことを言わなければよかった。いつだって私はいろいろなことを隠すくせに、ふとした瞬間に、本音や言わなくてもいいことをぽろりと洩らしてしまう。

自己嫌悪にまでは至らない微妙な引け目に黙りこむと、どちらかといえば口数の多い男だったが、合わせるように黙りこみ、油脂かなにかの缶を転用したと思われるバケツに充たした水に手を突っこみ、叮嚀に石鹼《せっけん》を泡立てはじめた。手製の家の合板の屋根を連打するくぐもった雨音に耳を澄ましながら、手を洗う男を見つめる。

しつこい。

ひたすら手を洗っている。

軀からは異臭を漂わせているくせに、手だけは神経質に洗う。憑《つ》かれたように、洗う。実際、瞬《まばた》きさえせずに息を詰めて手を洗い続け、私の凝視に気付いたとたんに、我に返ったかのように顔をあげ、途方に暮れたような決まり悪そうな笑みをつくった。

柄杓《ひしゃく》にくんだ水で男は泡を流した。泡を流すのもしつこかった。土間の部分なので水を流せるのだが、黒ずんだ土をびちゃびちゃにした。それに追随するように雨水が這入りこんできて、遠慮なしに土間を浸蝕《しんしょく》していく。男は洗い浄《きよ》めすぎてふやけ気味な手を吟味しながら、呟くように言った。

「これからの季節、虫がきついよ。藪蚊《やぶか》さえいなければ天国なんだが」

暗示を受けたかのように、私は首筋を叩いていた。ぴっちり合わせた指先に、血の赤が鮮やかで、あわてて麻のシャツの襟を立て、腕まくりをおろした。それらのいささか慌てた動作に男が気を悪くしないだろうかと上目遣いで見やり、小声で訊いた。

「あの、なんて呼べば」

「俺？　イボテン」

「ひょっとして」

ベニテングタケの解説のイボテン酸かと問いかえしそうになったが、言葉を呑んだ。藻を刈る舟はこの人の発案ではないだろうが、駄洒落《だじゃれ》が好きなのだろうか。

「イボテンさん、ですね」

男は頷きかえしもしなかった。小首を傾《かし》げて雨音に集中している。ふと気付いたように私の名を問いかけてきたので、鮎と呼んでくれと囁きかえした。

「なあ、鮎」

「はい」

「立ち尽くしているのもなんだ。座れ」

イボテンさんが眼で示したのは、いちばん奥まったところに設えられた周囲より一段高い寝台で、この季節、中に潜りこむというよりも敷き布団代わりなのだろうが、漣《さざなみ》じみた皺が寄った群青色の寝袋が、潰れたミイラの棺桶を想わせた。

顔をむけなくても大きく息を吸えば、汗と垢が混合した饐《す》えた臭いがするのだ。そんなどころに腰をおろす気になれるはずもなかったが、だからといって不安や嫌悪を覚えたわけでもない。このときの私の心の様子は、いまだに判然としない。

　自己弁護する気はないが、寝台の壁際の暗がりにやや斜めになって飾ってあるM15号ほどの横長の油絵に気付いたとたんに、惹きよせられていたのだ。

　それこそ寝台に膝をつきそうなくらいまで間近に近づいて、その沈みきった昏《くら》い風景画のモチーフが利根川であることに気付いた。背後からイボテンさんの声がした。

「三年、いや四年になるか。坂東《ばんどう》太郎《たろう》ばかり描いている。ちょうどここから下りたところから見える坂東太郎だ」

　坂東太郎がたびたび大洪水を起こして荒れ狂う大河、利根川の別称であることは当然、取手キャンパスに学ぶ私も知っていた。

「この下に無数はおおげさだが、たくさん、坂東太郎が埋まっている。乾いたら、その上から新たに描いていくんだ。静かで明るい坂東太郎もあるし、逆巻く坂東太郎も、炸《さく》裂《れつ》する坂東太郎も、俯き加減の坂東太郎も、いろんな坂東太郎が隠されている」

　画面から目が離せなくなった私のうなじに息がかかった。

「頼みがあるんだ」

　私は茶褐色に沈む坂東太郎から視線をはずさずに、応じた。

「なんですか」

「触るだけでいい。そのために手を洗った。それ以外は一切する気がない。とことん汚れているという自覚はある。でも、鮎も見ていたとおり、手だけは完璧に洗った。だから、触らせてくれ。頼むから、触らせてくれ」

　ぎこちなく振り返る。

触らせてくれ、とはどういうことか。

情況から、対象は私であることは間違いない。

では、私のどこに触りたいのか。

頭か。顔か。首か。鎖骨か。胸か。腕か。手か。腹か、それとも——。

せわしなく列挙し、思い巡らせている自分自身に対して間が抜けすぎていると苦笑した。けれど苦笑いでも、笑いは笑い。イボテンさんの唐突な申し出に対処するためには、曖昧な笑いしかなかったのだ。

　イボテンさんの瞳が光の具合で妙な光りかたをした。とたんに私は不明瞭な笑みのまま首を左右に振っていた。拒絶というより、反射運動のようなものだった。それに、もうすこし坂東太郎に浸っていたかった。昏い大河が私を捉えて放さない。

　脳裏には、まだ重い暗褐色の余韻が残っている。遣り過ごすこともできない。戸惑いと困惑に黙っていると、イボテンさんはじっと手を見つめた。誘いこまれるように私もイボテンさんの手に視線をやった。思いすごしかもしれないが、まだ濡れているかのようなふやけた白っぽい感じが伝わってきた。イボテンさんが目を落としたまま言った。

「じゃあ、ちゃんと爪を切る。切るから」

「そういうことではなくて」

「でも、万が一にも傷つけないように爪を切るよ、俺」

「だから、その――」

「拒絶は当然だ。でも命がけだとしたら？」

「脅しですか」

「哀願」

私が黙りこむと、イボテンさんは背を向けて身のまわりの細々とした道具が入っているらしいクッキーかなにかの四角いブリキ缶をさぐった。

隙をみてというわけでもないが、私は首をねじ曲げて、ふたたび坂東太郎を見つめた。凄《すご》い絵だ。原罪が大河の流れとなって静かに沈んでいる。澱んでいる。綺麗事ではすまされない、後ろ暗い人間の情が抑制の利いたタブローに凝固しているかのように見えた。眼も口もない夜の川の流れの風景が作者の内面を訴え、語りかけてくるふしぎに私は息を詰め、ただただ見つめることしかできない。

金属が触れあう密やかな硬い音が続いている。そっと顔をもどす。イボテンさんが爪切りをとりだした。

立ったまま俯き加減で爪を切ってはいけないわけではないけれど、それを立ち尽くしたまま見守っている私もふくめて、爪切りにふさわしい体勢ではない。

「爪」

「いま、切ってる」

「切ってあげましょうか」

群青色の寝袋をざっと整え、その上に腰をおろす。座ってと促すと、イボテンさんはあきらかにおどおどしながら、私の左側に腰をおろした。触らせてくれと言っておきながら怯んでいる。

上体をねじ曲げて爪切りを受けとり、イボテンさんの手首を摑んで自分の前にもってくる。細くて節槫立《ふしくれだ》っていて、とても長い。画家や手作業をする職人に多いのだが、人差し指よりも薬指がずいぶん長い。

イボテンさんの指先が顫えていた。たぶん神経症なんだ——と釈明気味に呟いたので、頷きかえして目を細めて爪を見つめる。意外なことに、きれいに切り揃えられていた。爪切りなんて、必要ない。これ以上切れば、ほとんど深爪だろう。

薄暗がりにしばらく目を凝らし、爪半月《そうはんげつ》がひとつもないと指摘すると、憮然《ぶぜん》として、しょんぼりしてしまった。けれど指先の顫えが止まった。切ってあげると言ってしまったてまえ、かたちだけ、先端だけわずかになぞるように切っておけばいいだろうと気を取りなおす。肉まで切ってしまわないよう注意し、そっと爪切りをあてがう。力を込めると、女の爪とちがう分厚く頑固な気配が伝わってきた。

ぱちん。

「爪半月って栄養とか、関係するんでしょうかね」

ぱちん。

「――知らん」

ぱちん。

「はい。こっちはイボテンさんが途中まで切っていたからおしまい。右手」

ぱちん。

「父の爪を切らされていました」

ぱちん。

「ファザコンか」

ぱちん。

「間違いなく」

ぱちん。

「開き直りやがった」

　ぱちん。

「はい、おしまい」

「まてよ。爪の角は」

　そもそも爪切りの必要はなかったですとは言わずに、忠告の口調で呟く。

「ぜんぶ切ってしまうと巻き爪になってしまうそうですよ」

　けどよ——とイボテンさんは不服そうだ。

「鮎に角が引っかかったら申し訳ないし」

「だいじょうぶです。触りませんから」

「触らせませんから、だろ」

「あ、そうですね。触らせませんから」

「けどよ、おまえが俺を触ってるぞ」

　なるほど。爪を切り終えたのに、まだイボテンさんの右手に自分の手を添えていた。

　そっと外すと、イボテンさんが両手を合わせて拝んだ。

「頼むよ。鼻筋。なぞらせてくれ、鼻筋」

　鼻筋と声にださずに繰り返したとたんに、イボテンさんの指先が眉間に触れてきて、すっと鼻の頭まで流れ落ちた。

　私の背筋は伸びきっていた。背骨が弓なりに反っていた。緊張するようなことか——

と威張った口調でイボテンさんが揶揄し、私は少しだけ意地になって軀から力をぬいてみせた。

左右の鼻翼をなぞられて、けっきょく指先は鼻の頭にもどり、真下に落ちて人中の溝にしたがい、上唇に触れた。

話がちがう。異議申し立てをしようとしたら、中指の先が前歯に触れていた。私は唇を開き気味にしていた? 不安によく似た、けれどまったくちがう情動に、肌がちりちりした。

イボテンさんは委細かまわず上の歯並びをさぐり、いきなり舌先に触れてきた。苛立ちと困惑が迫りあがり、前歯に力を込めた。指を咬み千切りますと念を送ると、イボテンさんが大きく頷いた。

指に歯が食い込むと、身悶えまでいかないが、イボテンさんが上体をくねらせた。なんだか痛いのをよろこんでいるみたいだったので、しかも、咬むということはイボテンさんの指を離さなくしているということで、自分のやっていることの整合性に不安を覚えた。

私が前歯から力を抜くと、指先は下唇を這い、頰を撫《な》でて、鼓動でも感じとろうとしているのか、静かに上昇して蟀谷で静止した。

ふと、気付いた。

私は計測されている――。

顔の諸々の長さや高さや曲率、昼下がりなのでやや脂が浮いているであろう肌の滑り、あるいは抵抗。

実際イボテンさんの指先は私の毛穴の数まで数えんばかりの執着を露わにしている。けれど昂ぶりの気配もなく、冷徹に、精密に測定している。

奇妙な人だと考えこんで、気持ちが現実から離れた。

顔が重なってきた。口の中に凄まじい悪臭が流れこんできた。

油断したとたんに、これだ。この人は内臓が腐っているのではないかと身をよじって逃げようとした。それなのに、舌と舌が絡みあってしまっていて、私は脳裏に縺《もつ》れあう薄桃色の一組の螺旋《らせん》を描いていた。アダムとイブの絵に必ず蛇が描かれていることの理由を悟った。

指先がシャツの中に這入りこんできて、尺取り虫じみた動きをしながら乳房にまで至った。乳首をこじるような指先の動きがおぞましい。ここでも私の控えめな突出の高さ、角度、発汗、さらには接触による表面の変化といったものをイボテンさんは冷徹に計測していた。

理不尽だな――と嘆息した。女と男には、常にこういったどこか無理遣りな、けれど抗いがたい不条理がついてまわっているのかもしれない、などと御大層なことを思っている自分が滑稽だった。観念的であることが恥ずかしかった。処女丸出しのような気がした。

けれど私の心の動きや想念など委細かまわず、イボテンさんは私の軀の測量を続け、あろうことか下腹に圧迫を感じた直後、軀の内部にまで計測が及んできた。協力したわけでもないのに、ジーパンはずり落ちているし、いまごろになってブラジャーが外されていることに気付いて、どんな手品を使ったのかと唖然としつつ、一切の苦痛もなしに内面の探索を受け容れていることに引き攣れるような不安を覚えたとたんに、なにかの接続が外れ、青白い火花が散り、いちばん強固だった理性が私から切り離された。

私はイボテンさんにしがみついていた。相変わらず唇が重なりあっていて、薄気味悪く唾液が行き来しているのだけれど、その気持ち悪さのようなものは後付けの感情で、その証拠に私はイボテンさんの口中の粘る汚物を吸っていた。

こんなに積極的ならば絶対に処女と思われずにすむだろうと安堵《あんど》し、一抹の寂しさを抱いた。つまり私は感傷的だったのだ。

その切なさを突き放すかのように、イボテンさんが軀を離した。じっと見おろすと、私を仰向《あおむ》けにして、あらためて着衣を叮嚀な手つきで剝《は》いでいく。

私の裸体は汗臭く垢臭い、そして私には断言できないが、たぶん男の体液が沁みているであろう群青色に沈んだ寝袋の上で、どのような対比をみせているのだろう。

すごい自己愛の持ち主だな、私って——と感心しつつ、この蒸し暑いさなかに厚手のネルのシャツを着込んでいるイボテンさんが、とても狡《ずる》く思えた。

合板の天井を叩く鈍い雨音が、ますます強まってきた。その連打は、私の心の動きにぴたりとリンクしているような気がして感心したけれど、発進するときは必ずタイヤを鳴らし、あるいはいよいよというときに狙い澄ましたように雷鳴が轟《とどろ》く二流映画を見ているような気分もした。

イボテンさんの手が鳩尾《みぞおち》のあたりにおかれた。抜き難い重みがあり、やや苦しい。くぐもった声で問う。

「もう、私を見ないでも描けますか」

「表側はね。ただ」

「ただ？」

「背中とか臀《しり》は、まだ、だ」

「やっぱり、測ってたんだ」

「うん。おまえを見たとたんに、描いてみたくてたまらなくなって。でも」

「でも？」

「負担をかけたくないからな」

「モデルの？」

「そう。こんな荒《あば》ら屋《や》をいちいち訪ねてもらうのも気が引ける」

「直接、人体計測して絵を描く人に、はじめて出会った」

「だから、気遣いだよ」

「でも」

「なんだ」

「軀の中にまで指先を」

「膣内か」

「含みがありませんね」

「生まれつきだ」

「私」

「なに」

「――他人の指はおろか、自分の指も」

「ふーん。どれ」

「もう！　無茶しないでください」

「足首摑んで拡げただけだ」

「力まかせでこの恰好は、ひどすぎます」

「すまん。出血してる」

「え——」

「指でも出血するもんなんだなあ」

「こういうのも処女喪失っていうのかな」

「なに、落ち着き払ってんだよ」

「いまになって、ひりひりするような鈍い痛みがあります」

「中途半端に処女膜を破ったかもな。ぜんぜん関係ないけどな」

「はい」

「俺な、眉毛から雲脂《ふけ》がでるんだ」

「はい?」

「だから、眉毛を、こうボリボリすると雲脂が散る」

「頭皮じゃなくて」

「眉毛。眉の地肌か」

「あ、ほんとうだ。逆光に——」

「すまないことをしたな。落ち着き払ってるから、てっきり海千山千かと思ってな」

「海千山千。なんか古臭いですね。なんかうちの父みたい。それに、落ち着き払ってなんかいませんから。狼狽えて、必死だったんですから」

「じつは、俺は、処女は、はじめてだ。で、どう対処するか困ってるわけだ。しかたがないから、とりあえず血を浄めよう」

「──なにするんですか」

「だから、舐《な》めてきれいにしてやる」

「勘弁してください。歯、磨いていないでしょう。歯周病でしょう。黴菌《ばいきん》が入ったら困ります」

「言いたい放題だが、まさにその通り。けれど、鮎は俺と接吻《せっぷん》したじゃないか」

「接吻」

「とにかくまかせておけ」

「あ、もう、ほんとうにするなんて、なに考えているんですか。信じられない──」

「尾骨まで血が流れている」

「顔をあげて、いちいち報告しないでください。それと、そのあたりは」

「言わんとしてることはわかるが、血が流れてるんだから、しょうがないじゃないか」

「──ウォシュレットの存在に感謝しつつ、諦念という言葉を噛み締めます」

「おまえ、ギャグのセンス、あるな」

「ギャグ──。ちがう。気持ちが混乱して、あちこちに飛んでしまって、どうしていいかわからなくなって、諦めたんです」

「うん。潔いな」

「だって、どうせ汚いイボテンさんの口じゃないですか」

「そういうことか。ま、言わんとしてることは、よーくわかるぜ」

「困ってるんです」

「うん。そりゃあ、困るよな」

「ほんと、困ってます」

最後のほうは顔を伏せてあてがっているので、イボテンさんの声は妙にくぐもって、間延びしていた。底意地の悪いイボテンさんのせいで、私は小刻みな痙攣を抑えられない。困っていると訴え、とたんに言葉も続けられなくなって、思わず拳をつくって拇指《おやゆび》の根本あたりを咬んでいた。私自身、密かに、そのあたりに触れるということをしてきたわけだが、他人の、しかも舌先というのは始末におえない。自分でするならば自分のタイミングに合わせて完結させられるのだが、イボテンさんはとことん私の時期を、瞬間を外してくるのだ。しかもこの電流が持続するということを、いまはじめて知った。多少の波はあるにせよ、ある高さから上をずっと揺蕩《たゆた》い、あげく恥ずかしい声がでてしまうくらいに上昇させられてしまう。おそらく三十分以上、痙攣させられていたのではないか。いくらなんでも――と怖くなってきて、電流のぴりぴりが弱まった瞬間にイボテンさんの頭髪を摑み、撥《は》ねのけた。

「もう、もう許してください」

小声で訴えると、イボテンさんは口許を手の甲で拭って頷いた。軀の後始末をしたかったけれど、ティッシュも見当たらない。脱がされた下着は汚れているわけではないが、相当に古びてくたびれていて、それに足を通したとたんに烈しい羞恥が迫りあがって、鼓動が先ほどまでとはちがった乱れたリズムを刻み、軽く目眩がした。服を脱ぐ気配も見せなかったイボテンさんを上目遣いで一瞥し、頭髪を摑んだ指に視線を落とす。比喩でなく頭皮の脂でねっとりしている。そっと匂いをかいだ。イボテンさんは私の仕種や動作を細大洩らさず食い入るように見つめながら、居丈高な声をあげた。

「触るだけにとどめたぞ。手で触って、舌で触って。それだけだ」

舌で触って——。苦笑する気もおきない。あわてるでもなくジーパンを穿き、シャツに腕を通して剝きだしにされていた肌を隠していく。首筋の蚊に咬まれたあとを軽く搔く。ふしぎなことに、ここ以外どこも咬まれていないようだ。

「本音は、突っ走りたかったよ」

人差し指の先で熱をもったちいさな膨《ふく》らみをぽりぽりしながら、真《ま》っ直《す》ぐ見つめる。

「けどよ、俺の股間の惨状ときたら、髪の毛の汚れなんてかわいらしいものだからな」

目眩までともなっていた羞恥もおさまってきて、私の恥ずかしさとはちがう羞恥にイボテンさんも囚《とら》われていたのか——と視線をはずし、いちばん上まで留めようとしていたシャツのボタンから指先を離した。汚れの自覚から性的慾望さえも抑えきったイボテンさんの自尊心は相当に面倒臭そうだが、どことなく私に共通したものも感じとり、唇の端だけで笑った。イボテンさんは惨状を呈しているらしい股間のあたりに視線を落として、ぼやいた。

「ときどき夜中に、坂東太郎の流れで沐浴《もくよく》してるんだけどな」

「お風呂、入りにきますか」

「鮎んとこへか」

私はちいさく頷いた。

「鮎さ」

「はい」

「よく触らせたな」

「——なんだか手品みたいで。魔法まではいかないけれど、ちょっとした手品ですね」

「俺さ」

「はい」

「女に拒絶されたこと、ないんだ」

「すごいですね」

「バカにするな」

「ほんとうに、そう思ってるんです」

「私、まだぎりぎり十代、きっと大切にされるって――心の底でそう思って威張ってましたけど、なんだか自信がなくなってしまいました」

「うん」

「うん。よくないなあ、鮎は」

「だめですか」

「うん。よくない」

「雨、やまないですね」

会話はつながっていないのだが、違和感はない。たとえば哲ちゃんとこんな遣り取りをしたら、貧乏揺すりをしてしまうのではないか。まだ控えめな周期で続いている下腹の鈍痛を意識しながら、わずかに俯き加減で雨音に取り込まれていると、いきなり、イボテンさんがのしかかってきた。焦った手つきでジーパンを脱がしていく。こんどは手品ではなく、かなり強引で無理遣りだった。だから途中で力を抜いてやった。イボテンさんは私に重みをかけたまま、絵具の汚れだらけの古臭いチノパンを脱いだ。パンツを穿いていなくて、だからいきなり剝きだしになって、私は顔をそむけつつ、自称惨状の刺すような異臭を感じとった。イボテンさんが腰を左右に動かして私にねじ込もうとした。それはまさにねじ込むという動きだった。脳裏にイボテンさんのお臀の筋肉がきゅっと引き締まってへこんでいるところが泛んだ。ねじ込まれる前に、私はイボテンさんの首筋にそっと手をあてた。

「下半身だけ裸っていうの、あまりいい絵じゃないです」

イボテンさんは私の顔と自分のネルシャツの裾を交互に見た。手を伸ばしてボタンを外してあげて、その下のTシャツに手をかけると、私に押しつけられていた強張《こわば》りがすうっと収縮するのがわかった。

イボテンさんは憤りを隠さずに私の手を叩くようにして外し、自分でTシャツを脱いだ。私も肚を決めていたから、あわせて全裸になった。

あらためて私に密着させたイボテンさんはすっかり萎縮していた。さっきまでは硬いものが私の核心にきつく押しつけられていて、私は密かに懐中電灯みたい——などと的外れなことを思いつつ、すこし驚いていた。それが、いまや消失という言葉が似合うほどに、あとかたもない。ごく間近なのに、イボテンさんの溜息《ためいき》がとても遠くから聞こえた。私は何かしてあげればいいのだろうか。打開策などという堅苦しい言葉が掠《かす》めた。けれど所詮は処女、ネットで男女が互い違いになったりしている危うい姿を目の当たりにはしていたが、いざ実際に自分がそれをするとなると決心がつくはずもなく、それを糊塗《こと》するために親身な声をつくって言った。

「イボテンさん、手を洗ったんだから、軀もさっと洗ったほうがいいかも」

返事がなかったので、身をよじってイボテンさんの重みから抜けだして、すこしでも脚が長く、スタイルがよく見えるよう意識して伸びをするような感じで微妙におなかを引っ込め、すっと歩いてバケツのところにいき、イボテンさんを手招きした。イボテンさんの凝視に、痩せすぎている私なのだから、おなかを引っ込めるのは美的バランスからすると微妙だと後悔した。私は自分自身の肉体を作品に対するかの眼差しで客観視する癖がついていて、乳房をこれ以上豊かにすることは無理だとしても、もうすこしふくよかにならないと絵にならないと心窃かに咎めていた。その一方で、多少なりとも太るのは許せないという悖反した気持ちもあった。

柄杓で水をかけたイボテンさんは、ほとんど子供みたいだった。美術解剖図譜にある筋骨隆々の、けれどそこだけ控えめな姿といっしょだ。父に同行したアカデミア美術館でミケランジェロのダビデ像と対面したとき、目の遣り場に困りつつ、そこだけ子供みたいと生意気なことを思った中学三年の夏の密やかな性的なものが蘇《よみがえ》りさえした。けれど、これが反転することを高校時代の同級生との遣り取りで私は知っていた。その名称そのものの実体を露わにすることを知っていた。体毛のおかげか、思ったよりも泡立ちがいい。奇妙なことに石鹸のせいでイボテンさんの体臭が消えてしまうことにちいさな不満のような感情を抱いた。イボテンさんの性の周辺の匂いは分類すれば間違いなく悪臭なのだろうが、馴れなれしい野良犬が近づいてきて撫でてやっているさなか、その体毛などから立ち昇る臭いが嫌悪の対象にならないのとよく似ている。それどころか積極的にその香りに顔を埋めたい衝動を抱いて、呼吸が速くなってしまうような狼狽を覚えた。ちいさなイボテンさんは泡に隠れてしまいそうだが、太腿《ふともも》などの毛穴が収縮しきって、ちりちりと鳥肌が立っていることに気付いた。私も全裸だから雨と同時に温度が下がってきていることは肌で感じていたが、寒いというほどでもない。イボテンさんは緊張しているのだろうか。泡を腰全体からお臀にまで拡げていき、ちょうどパンツを穿かせたみたいにしてから、イボテンさんの顔を窺い、実体は見ないようにして、そっと手を添えて反転させ、なるほどと感心しながら形状に沿って洗いはじめた。

とたんに手にあまった。手品ではなく、本物の魔法を目の当たりにしたかの驚きがあった。イボテンさんが泣きそうな顔をしていたのが意外だった。泣かせてやれと、その反応を垣間見《かいまみ》ながら丹念に洗いはじめて、すぐだった。いきなり、弾《はじ》けた。同時にイボテンさんが呻いて、爪先立っていた。放たれたものがなんであるかは、即座に悟った。私の顔に飛び散ったものの香りには、爽快という言葉が似合うかどうかはともかく、青々とした清々しさがあった。男という性の健気《けなげ》さも感じた。これなら、だいじょうぶだ――と確信して柄杓に水を汲んだ。イボテンさんの腰回りの泡を完全に流してから、私の顔に散った男を控えめにこそげた。早くも乾きはじめている部分もあって、それを落とすために柄杓の水を使った。

イボテンさんは立ち尽くしたまま途方に暮れた顔だ。こんな困った顔をした男の人を見たことがない。私はイボテンさんの耳許に顔を寄せて、囁いた。

「教えてください。いろいろなことを」

けれどイボテンさんは動かず、私が手をとって寝台まで引っ張っていく始末だった。イボテンさんを寝袋の上に横たわらせて、先ほどとは逆だと笑みが泛んだ。

といって私は男の軀を計測する気もない。痩せているが、おなかだけ弛《たる》んでじつに不健康な軀で、お世辞にも魅力的ではない。手持ちぶさたなのであの暴発の再現を狙おうと悪戯心が湧いたが、もちろんはしたないと自制した。自制などしなくても、洗うという理由がなければ触ることなどできるはずもない。

私は横たわるイボテンさんの傍らに腰をおろした。雨はいよいよ強まって、土間から床の上にまで水があがってきた。背後の斜面から大量の雨水が流れこんできているのかもしれない。私は両足を軽くもちあげて濡れはじめた床から足裏を離した。右手をついて上体をねじ曲げ、イボテンさんの耳許に顔を近づける。

「浸水してます。洪水です」

「――この程度の雨だ。寝台の上にいれば、たぶん、しのげる」

答えのかわりに身震いした。ゆっくり室内を見わたした。流れ込んだ雨が室内の熱を奪ってしまったらしく、コンクリート打ち放しの建物のような冷気が充ちてきていた。

鮎――と静かに声をかけられた。顔をむけると、イボテンさんが寝袋をひらいていて、入るように目で促してきた。

　まったく抵抗を感じなかった。群青色の繭《まゆ》の中に軀を横たえる。封筒型というらしく、意外に横幅があるので、イボテンさんが心臓の側を下にして横たわれば、私は仰向けに寝られた。ジッパーが引きあげられて、私は繭の中に加減せずに顔を埋めた。噎《む》せかえるような男の匂いは化織に沁みこんだ諸々の体液の香りで、私の肌に粘つくほどだ。もう嫌悪感は欠片もなかった。岡崎のラブホテルから逃げだせてよかったと、いまさらながらに安堵した。ここは、汚れてはいるが、温かい。ここの湿り気はラブホテルの黴臭い湿気よりもさらに複雑な匂いと湿り気を含んでいて、息苦しくなるほどに男に充ちている。ラブホテルだったら、こんな烈しい雨音は聞けないだろう。聞こえるのは空調の呻きだけだ。いまさらながらに、押し倒された瞬間のラブホテルのベッドの節操のない柔らかさを嫌悪した。薄い寝袋一枚通して伝わる寝台の硬さは安楽とは無縁だ。けれど、私の肩胛骨《けんこうこつ》や腰の骨はそれを素直に受け容れて、悪い方向に歪んだ部分が矯正されていく。なによりもここにはピンクの照明がない。かわりに時間のうつろいでしっとり変化していく淡い光と深い影がある。

　あまりに平凡な想いで恥ずかしいのだが、私はイボテンさんの寝袋の中でサナギになった気分だった。寝袋からでるときは、蝶《ちょう》になっているとまでは言わないが、成虫になっている。汚れで粘る寝袋は、私にふさわしい繭だ。

イボテンさんが軀を密着させてきた。抱き締められた。抱き締めかえした。長い接吻に疲れて顔を離したとき、どうすればよいかを率直に訊いた。私はイボテンさんの快楽のメカニズムが知りたかったのだ。そこでイボテンさんは自身を標本のように扱って、男の処置のしかたを解説してくれた。それは寝袋の中で、すべて手探りで教えられた。露骨な物言いをすれば、男の性感帯の授業だった。

私は完璧な円を描くつもりで、指先にすべてを集中した。結果、イボテンさんは幾度か爆ぜて、寝袋を汚した。それでも私の手指はよくない資質があるらしく、イボテンさんは苦痛を訴えながらも強張りを解くことがなかった。イボテンさんがしてくれたお返しに口唇を用いてあげたいとさえ思ったが、残念ながら寝袋がせますぎてそれはむずかしい。せっかく洗ってあげたのに残念だ。だからといってジッパーを開いてしまう気にもなれない。もっともそのときがきたら指先に叩き込んだ技巧を口唇に移せばよいだけのことだから、と妙な自信をもってしまった。

イボテンさんが上体を起こし、寝袋の足許のジッパーをひらいた。足先が外にでて、ひんやりした雨の気配がまとわりつく。イボテンさんが、起こした上体をそのままかぶせてきた。私に重みをかけてきた。なぜ足許のジッパーをひらいたのかわかった。私が大きく脚を拡げられるようにするためだ。イボテンさんが訴えた。

「すまんが、もう、だめだ」

はい——と頷いた。

身をまかせた。

後悔した。

声も、でなかった。

痛いのだ。

痛い。

指などとはくらべものにならぬ痛みだ。

しかもイボテンさんは烈しく動作して一切加減してくれない。蒸気機関車という古臭い比喩が泛んで、私は苦痛に顔を歪めた。それを勘違いしたらしく、イボテンさんはさらに勢いづいて私の内面を上下し、それどころか左右の動きまで加えて苛んできた。救いだったのは、時間にしてせいぜい数分といったところでイボテンさんが雄叫《おたけ》びをあげてがくがく痙攣し、鎮まったことだ。しかも呆れたことに、そのまま私の上に倒れこむようにして寝息を立てはじめた。

勝手にイボテンさんを外すのも躊躇われ、その重みに凝固しつつ耐え、やや衰えた雨音が落ちてくる天井の薄闇を眺めていたが、ふと息んだ瞬間にイボテンさんを押しだしてしまった。私は身を硬直させた。けれどイボテンさんは相変わらず鼾《いびき》に近い寝息で私の首筋を擽っている。しかも私の上に涎《よだれ》を垂らしているではないか。

いまごろになって避妊しなかったことに不安を覚えた。終わってしまったことだからしかたがないと開き直った。赤ちゃんを背負って藝大に通うのも悪くない。

それにしても、内面の痛みと違和感は尋常でない。高校時代の同級生は、たいしたことなかったし——と軽い口調だった。けれど私の場合、ただただ耐え忍ぶだけの苦痛の数分間だった。イボテンさんが顔を埋めてくれたときは、自分が壊れてしまうのではないかと不安になるほど激烈な心地好さが続いて、舞いあがっていたのに、それが一転して、この苦痛だ。

しかも——。

ひりつくような痛みと異物感があるのに、ふたたび私の内側にイボテンさんが落ちこんでくることを想っていた。あの烈しいイボテンさんの動作を嫌って避けるどころか、それを求めてさえいた。すっかり臆してしまっているくせに、いまの痛みは単なる通過儀礼に過ぎないと嘯《うそぶ》く自分がいた。

苦痛の芯に、何か予兆が隠されていることを悟ってしまっていたのだ。それが何であるかはよくわからない。屈託なく快楽といった単語をあてはめるだけでは言葉足らずの、目眩くもの、そして禍禍《まがまが》しいものが潜んでいる。知らないですますことができるならば、それがいちばんよいことである何かが、隠れている。

唐突に頭の中に鮮やかにイボテンさんの描いた坂東太郎の姿が泛んだ。壁面に目を凝らしたが、残念ながら暗がりに沈みこんでしまい、坂東太郎を目の当たりにすることはできなかった。

痛い思いをしたし、知らなくてもよいことを知ってしまったけれど、イボテンさんが私を描いてくれる。それだけで、すべてが帳消しだ。

でも、私自身が気付いてもいないおぞましいものが画面にあらわれてしまったら、どうしよう。図々《ずうずう》しい不安に下唇を咬んだあたりまでは覚えている。イボテンさんの鼾と同調するように、私も深い眠りに沈んでいた。

＊

目覚めた。

完全な闇だった。

空間の密度があがっていて、暗黒の羽毛のなかに沈んでいた。

夜って、すごいな――と息を詰めた。

イボテンさんの息が聞こえた。視線も感じた。いくら目をしばたたいてもイボテンさんの輪郭さえわからない。でも、イボテンさんは私をじっと見つめている。

寝袋の中の私の軀は汗ばんでいて、強い喉の渇きを覚えた。わずかに動いただけで、お臀が粘った。相当出血していることを悟った。寝袋を汚してしまった。申し訳なさが迫りあがりかけたが、どのみち汚れ放題だったのだ。イボテンさんには申し訳ないが開き直り、手探りで下着をさがした。古びてくたびれた下着だから、穿いてしまって家にもどり、棄ててしまえばいいと割り切った。

「鮎」

呼ばれて、その方に顔をむけると、頭のうしろに手がかかり、ぐいと力がかかった。イボテンさんの股間だった。

「私の血の匂いがする」

囁いてじっとしていたが、さすがに自分の血を舐める気にはなれず、ぼんやり嗅いでいるうちに、私の血と混じりあったイボテンさんの精の香りもした。

交わったんだなあ——という実感に、控えめな溜息が洩れた。イボテンさんの手から力が抜けた。中途半端に穿いていた下着を引きあげていると、イボテンさんが懐中電灯をつけた。照らしてもらいながら手早く身支度した。イボテンさんは血でまだらになった自分を一瞬、確かめるように照らし、すぐに光を私の顔にむけた。

「お風呂、入りたい。私の家へ」

イボテンさんは懐中電灯をいままで横たわっていた寝袋の上に置き、チノパンを手にとって、やや前屈みでジッパーを引きあげた。呆れたことにネルシャツのボタンをちゃんと留められないようで、手間取っていたので私がボタンに手をかけた。イボテンさんは鷹揚に私にまかせた。

懐中電灯を手に外にでると、光のなかに無数の蜉蝣《かげろう》のような虫が舞って、地虫の鳴き声が四方八方から迫ってきた。雨上がりのせいだろうか、森の緑の香りが鼻の奥に突き刺さるほどにきつい。

イボテンさんの家は十センチほど水没していて、周辺は浅い池になっていた。爪先立って遣り過ごせる深さではないのでしかたがないから、わざと水を撥ねとばしてうろうろしてみたけれど、当然ながらおろしたてのアディダスのスニーカーに浸水してしまったので、私が鼻梁《びりよう》に皺を刻むと、狙い澄ましたようにイボテンさんが顔を照らしてきた。私は作り笑いでごまかした。

イボテンさんはミラーにのっけていたヘルメットを私の頭にかぶせ、カブのペダルをキックした。ぽろぽろと軽い排気音がして、ヘッドライトが周囲を黄色く浮かびあがらせ、青く濁った匂いがとどいた。これくらい控えめなら排ガスの香りは、たまらない。薄眼を閉じてうっとりしていたら、早く乗れと急《せ》かされた。五〇だからタンデムステップはない――と言われ、要は私が足をのせるところはないということだと気付いて、広すぎて太腿の角に食い込む荷台に跨《また》がって、両足をぶらぶらさせると、カブは池の中からあっさり脱出し、ぬかるんでいる踏み分け道を下っていく。ときどきずるりと滑ると、イボテンさんが踵《かかと》を出して地面を蹴る。それで立て直してしまう。動きづらいと叱られても、私はイボテンさんの背中にきつくしがみついていた。五〇ccなので二人乗りはいけないらしく、私が大まかな指図をするとイボテンさんは県道を避け、エビヤ商店や小文間郵便局がある集落内のせまい道を抜けていく。夜が早いので、無人だ。まばらな街灯の光が私たちを照らしたかと思うと、すぐに影の奥に這入りこむ。カブのヘッドライトは提灯《ちょうちん》程度とイボテンさんが囁く。たしかに夜をほんのわずかだけ、しかも朧《おぼろ》に切りとるだけだ。湿った夜風が私たちを愛撫する。黄色いヘッドライトとの対比か、闇はどこか藍色がかって感じられる。イボテンさんの体臭と夜の香りが溶けあって柔らかく私をつつむ。まだ鈍痛は続いている。カブが揺れると、その振動にあわせて痛みが強まる。すっかり街灯が消え去った夜の奥底で、はっとした。私のおなかのなかに放たれたイボテンさんが洩れだしてきたのだ。血まみれであろう下着に沁みて、さらに冷たい。それさえもいとおしい。大切だ。私の家の生け垣が浮かんだ。着いてしまうのが惜しい。ずっとこのまま走り続けてほしかった。

イボテンさんがカブのエンジンを切った。荷台でぐずぐずしているとイボテンさんが怪訝そうに見やってきた。私もスーパーカブを手に入れよう。原付だから普通免許で乗れる。深く、頷いた。

4

男の人は誰でもこのように際限ないものなのだろうか。せわしなく上下する重みと滴る汗を受けとめながら、この人はすこし壊れていると実感した。けれどイボテンさんに求められれば、拒絶などできるはずもない。この半月ほどで、まさに数え切れないほど交わった。避妊を頼んでもイボテンさんは聞き入れてくれず、いつも烈しく私の内側で爆ぜた。受け身なりに合わせているさなかはいいのだが、イボテンさんが雄叫びをあげて脈動する瞬間、そしてイボテンさんが離れてからすこし時間がたって、おなかの中に放たれた白濁が滲《し》みだすように流れだすときに言いようのない不安を覚えたが、ちゃんと予定日には馴染みの色の出血があった。

生理がはじまったからと苦笑まじりにいなしたのだが、イボテンさんは委細かまわずのしかかってきて、ベッドシーツを経血で汚してしまった。しかもどうやらイボテンさんは経血に執着を示しているようだ。こうなるともはや諦めの境地、早く生理が終わることを願う始末だった。

初めてのときに、苦痛の芯に何か予兆が隠されていることを悟ってはいたが、残念ながら幾度肌を合わせても予兆のままで、痛みこそなくなったが、生活のすべてが性の交わりを中心にまわるようになってしまい、イボテンさんの果てしない性的慾望を心窃かに疎《うと》ましく感じることもあった。

好きなように画材を使ってと言ってあるのだが、イボテンさんは見向きもしない。私の作品を技術の猿とバカにする。たしかに私は父に仕込まれた猿回しの猿だから、肩をすくめて俯き加減に苦笑するしかなかった。どんなふうに私を描いてくれるのだろう――という期待は徐々にしぼんでいった。同時に猿回しの猿なりに表現衝動とでもいうべきものが迫りあがってきて、ところが想を練っているときを狙いすますかのようにイボテンさんが私を誘う。それがあまりに頻繁なので、私に描かせたくないのではないかなどと被害妄想さえ抱く始末だ。

寝ても覚めても四六時中、性しかないという日々の連続に内心は途方に暮れはじめていたが、夏休みになれば帰省できる、帰省すれば絵が描けると自分に言い聞かせて、イボテンさんとの日々に耐えていた。これで苦痛の芯に隠されていた予兆が現実に私の軀と心に立ちあらわれて、それこそあられもない快楽に身悶えするようになってしまえば、性の交わりがつらいという奇妙な煩悶から逃れられたのだろうが、イボテンさんは初めのころのように愛撫をしてくれるわけでもなく、私に対する気配りは一切ない。私の軀が乾いていようがお構いなしで一直線に押し入ってくるばかりだ。

イボテンさんは身綺麗になるに従って、よさが剝がれ落ちていった。汚れが消えるのにあわせて安っぽい不穏ばかりがその肌に滲みだし、こびりついていく。

私はほんとうに雨の降りしきる取手キャンパス裏山の手作りの家で群青色の寝袋に横たわって抱かれ、そしてスーパーカブの荷台に乗せられてイボテンさんの背にしがみついて小文間の集落に立ち籠める夜のなかを走り抜けたのだろうか。初めての夜の、あの不思議な輝きといまだかつて感じたことのなかった充実は幻想だったのだろうか。そんな疑念を胸に、その日三度目の交わりに耐え、西日の射《さ》し込む境目の光と影に断ち割られて、イボテンさんの視線を避けるようにして軀の後始末をし、小声で訊いた。

「夏休みは帰省するけれど、イボテンさんはどうします？」

返事のかわりに、殴られた。

かっ、と乾いた音が頭の中で響き、それを追って太陽を直視したときに似た純白の光が爆ぜた。激した父に、頰を平手で叩かれたことはある。そのときも瞬間、真っ白な光輝が拡がったが、これは桁違いだ。私の左眼で核爆発が起こった。そんな比喩に遊んでいられたのは、痛みがなかったからだ。ただ、殴られたということだけは直感していて、私は左眼を押さえて台所にいき、目についたレジ袋の口をすぼめて息を吹きこんで穴があいていないことを確かめ、冷気に誘いこまれるように顔の左側を冷蔵庫に近づけ、附属の白い樹脂のちいさなスコップで氷をレジ袋に入れ、それを左眼にあてがって、風呂場の鏡の前に立った。

　私が見ている前で左眼の周囲が見るみるうちに青黒く腫れあがっていった。試みに右眼を閉じて左眼だけで鏡を見やると、視野の上下がやたらとせまい。腫れのせいで目がふさがってしまっているのだ。鏡には、まいったなと苦笑いしている私が映っている。よく笑っていられるなと呆れかけたとき、鈍痛が左眼から額や頬、そして眉間や蟀谷と放射状に拡がっていって、後頭部に集中した。なぜ目を殴られたのに後頭部が痛むのか。薄ぼんやり疑問を抱きつつ頭のうしろに手をやったとたんに、殴られた部分がひどく疼《うず》きだし、私は発熱していることを悟った。

　あわててレジ袋の氷嚢《ひょうのう》を押し当てて、覚束《おぼつか》ない足どりでベッドに転がった。胸の不規則で烈しい上下はほとんど過呼吸に近い。シーツは替えたけれど、マットの上に敷いてあるパッドには経血が沁みたままだ。それが妙に気になり、ざわざわとお臀を動かしていた。氷で冷やしているのにぎりぎりぐわんぐわんと巨大な歯車が咬みあった得体の知れない錆《さ》びた鋼鉄の鈍色《にびいろ》をした機械が作動しているかの軋《きし》みに似た耐え難いノイズが左眼から放たれ、私の頭蓋の中で乱雑に谺《こだま》する。その谺のひとつひとつに進行方向を示す鋭利な矢印が刻まれていて、谺が頭蓋内のどこに突き刺さるかが予見できてしまうのがきつい。発熱のせいか唇が罅割れているような気がして、幾度も唇を舐めていることに気付き、肩を落としたイボテンさんが見おろしていることに気付いた。

「夏休みは帰省するけれど、イボテンさんはどうします？」

右眼だけで見上げて、先ほどとまったく変わらぬ調子で問いかける。唇を舐めていたので、舌なめずりしていたと誤解されたらいやだな——と、心のどこかで他人事のように心配する。イボテンさんは自分の左眼、ちょうど私が殴られたあたりを人差し指と中指を合わせた先端で無気力になぞった。

「鮎」

「はい」

「裏山にもどる」

私はちいさく頷いた。ベッドのスプリングが頷いた動きを増幅した。私の軀はしばらく不規則に揺れる。

＊

イボテンさんが出ていって、私はいまだかつて感じたことのない解放感に酔った。帰省を切りだしたとたんに殴られたのだから、きっと夏のあいだも私といっしょにいたかったのだ。その気持ちはわからないでもないが、私は安堵していた。過剰で過大な性の日々が私をきつく圧迫していたのだ。もうのしかかられることもない——。

もともとセックス以外は、影のような人だった。影が掻き消えてもたいした痛手ではない。イボテンさんは絵画的な二次元に生きている人で、私は現実の三次元に生きている。じつはどんなに頑張っても相交わることはできなかったのだ。小賢《こざか》しいとは思いつつもそんな気がした。

とはいえ左眼に刻印された青痣《あおあざ》を人目にさらしたくないので夜間に眼帯をして県道沿いにあるやたらと駐車場の広いセブン－イレブンに買い出しにでる以外、帰省までのあいだ、ひたすら引きこもって描いた。レオナルドの習作を念頭に、グリザイユで人物と風景を手当たり次第に描いた。

とにかく描きたかった。大量に描きたかった。といって焦りのようなものがあるわけでもなく、だからなにがなんでも固着してやると息んでシッカチーフやラピッドメディウムを用いるほどでもなく、テレビン油の松脂《まつやに》の芳香にうっとりしながら、ひたすら描いた。白、黒、灰色のみの階調しかない禁欲的な世界が私に尋常でない集中力をもたらした。これらは要は単色の下拵《したごしら》えだ。気に入った形象があらわれたら、着彩するつもりだった。

気まぐれに描いた灰色のイボテンさんが、抽《ぬき》んでてうまく描けてしまったので、腕組みして考えこみ、まだ微妙に視野がせまい左眼を見ひらいて凝視し、影の部分に数色混合して彩度を落とした暗褐色をおいたとたんに、筆が顫えた。つまり私の指先が小刻みに顫えていた。描き続けられなかった。

5

新幹線から降りたとたんに湿気が押し寄せた。取手もずいぶん温度が上がるが、京都の蒸し暑さも尋常でない。ふわっとしたブラウスを着ていたのだが、ホームから階段に向かうあいだに肌に張りついた。京都盆地の地下には琵琶《びわ》湖に匹敵する水量の巨大な地底湖があると聞いた。その水分が地上にまでにじみだすから、京都独特の蒸しむしする夏になるらしい。哲ちゃんが愛車で八条口《はちじょうぐち》まで迎えにきてくれている。乗りこんでしまえばこの湿気ともさようならだと足早になった。

「勘弁してえな」

「なにが」

「エアコン、ぜんぜん効かへんやんか」

「ま、古い車やし」

「威張らんといて」

遣り取りしながら哲ちゃんが上体をねじまげて私の顔をじっくり見つめてきた。痣は目の下に幽かな痕跡を残すだけで、日焼け止めのファンデーションを塗ってしまえばわからなくなるくらいに淡くはなっていたが、気付かれたかと身構えた。

「鮎はぜんぜん変わらへんな」

「なにが」

「相変わらず処女っぽい顔や」

「――処女やから」

「やろうなあ」

妙に納得した顔で頷きながら、これも古い車だからだろう、哲ちゃんはガッコンという危うい音をたててギアをローに入れた。見栄を張ったわけでもないが、乗れない車があるのはいやだろうという哲ちゃんのすすめに従ってオートマではなくマニュアルを選んだのだが、私は免許取得以来、車を運転したことがない。マニュアルの免許を取得したから、ギアがローに入ったことがわかるだけだ。ローは気に障る怖い音がしたが、それより上のギアは、エンジンの音の上下に合わせて滑らかにシフトアップされていった。その見事にシンクロした気配に、この人は運転が上手なんだとはじめて理解した。

「あんな、取手で移動するためにな、スーパーカブ買《こ》うてん。新聞屋さんみたいな濃い緑色。新車やで」

「センスええな」

「ほんま!?」

哲ちゃんは真顔で頷いた。認めてくれたときは、あれこれ喋らないたちなので、ちょっと嬉しかった。

「納車ていうん？　届いたんが昨日で、辛抱できひんくて夜中にちょっとだけ暴走した」

「気持ちええやろ」

「うん。夜風がけっこう偉そうにぶつかってきた。調子に乗ってアクセルあけてたら、工事の穴に落ちそうになった」

「セーフやったか」

「うん。セーフ。けど、よれてもうて、セーフティーコーンていうん？　赤いとんがり帽にぶつかりそうになった」

哲ちゃんは勢い込んで喋る私の顔を一瞥して、呟くように言った。

「――えらい綺麗になったな」

私はちいさく肩をすくめて、とぼけた。哲ちゃんの言う綺麗は、父に似て一般常識的な綺麗の範疇《はんちゅう》から微妙に外れたところがあるから、よろこんでいいやら悪いやらで、哲ちゃんもさりげなく話題を変えて、私のいないあいだの父母の様子を面白おかしく語りはじめた。けれど私は兄に強く男を感じてしまい、喉が詰まったようになって受け答えも雑になり、それにあわせて哲ちゃんも静かに言葉を呑んだ。そのさまが東山の私の家にとどく真如堂《しんにょどう》の鐘の響きが波打ちながら減衰し、消えていくのに似ていて、なぜか神妙な気分になった。愛車の天井に髪の毛が触れそうなほどに背の高いこの男は、母に言わせると軀の真ん中がずいぶん細長いらしい。私はなにを妄想しているのかとひとり唇の端だけで苦笑いすると、兄がじっと見つめていた。

「前見て運転してえな」

突き放すと、哲ちゃんはシフトノブに置いていた掌を私の太腿にそっと移した。藝大在学中は徹頭徹尾ジーパンと決めていたが、帰省ということでスカートに素足だった。男の大きな掌の汗を感じとった。厭な気分ではなかったし、なぜか哲ちゃんの掌がそれ以上の動きをしないことを感じとってもいたので、私は黙っていた。

その夕方、母に誘われ、買い物にでた。大文字の山裾にある我が家は京都の真ん中よりはずっと気温が低いが、それでもときどき藪蚊を叩きながら疏水《そすい》沿いにいくと、じわりと汗がにじんだ。母は奮発して銀閣寺《ぎんかくじ》大西《おおにし》で村沢《むらさわ》牛《ぎゅう》を呆れるほどたっぷり買った。この蒸し暑いさなかにすき焼きと聞いて、短く溜息が洩れた。貧乏性の私は霜降りが苦手だ。肉味の脂身を食べて、なにが嬉しいのか。そんな気分だ。

夕食のとき、我謝《がしや》さんを紹介された。先月から我が家に寄寓《きぐう》しているという。野菜その他には一切箸をつけずに一切の遠慮なしに百グラム二千七百円なりの肩ロースのみを貪《むさぼ》り食う三十代半ばと思われる居候は、私だって知っている文学賞を受賞した小説家だった。どういう縁で知り合ったのかわからないが父は相当、我謝さんに入れ込んでいるようで、京都を舞台にした作品を書こうとしていると聞いて、好きなだけ逗留《とうりゆう》してくれと沖縄から呼び寄せたらしい。文学の世界では誰もが一目置く人らしい。けれど、まったく本が売れないと自嘲するやたらと人懐こく稚気にあふれた我謝さんに父も哲ちゃんも夢中で、三人とも顔を真っ赤にして笑い声をあげていた。母も会話にこそ加わらないが、我謝さんの貌をうっとり眺めてその場を動こうとしない。ビール、日本酒ときて酒宴は我謝さんが持ち込んだらしい泡盛に移り、私と維ちゃんは目配せして立ちあがり、お銚子その他の後片付けをはじめた。廊下を行くときは維ちゃんも私も妙に真面目腐った顔をつくって学校の行事の行進みたいな足どりだったが、台所の扉を閉めて怺えきれなくなり、お互いの顔を指して、声を抑えて笑いだした。

「鮎ちゃん、なんで笑てんねん」

「なんでって——だって、たまらん」

「だから、なにがたまらんねん」

自分だってそれを笑っていたくせに、笑いをおさめて咎めるような口調だ。私も笑顔を追い払い、上目遣いで言った。

「――すごい美男子やね」

「うん。ハーフか思たけど、訊いたら、純ウチナーンチュやて。縄文美男や」

「なんで、あの顔に」

「あの足――」

「あ、私、言うてへんからね。維ちゃんが言うたんやからね」

ふたたびお互いの顔を意味もなく指し示しあって、笑いが弾けた。維ちゃんは胸中でずっと我謝さんの顔と足の対比がおかしくてたまらなかったけれど、我謝さんと接するときはひたすら生真面目な顔をつくって我慢していたらしい。ところが私がもどって、おなじ思いを抱いている私の目のいろに気付いて、抑えがきかなくなってしまったようだ。ひとしきり額を擦れあわせるくらい顔を近づけて笑いあい、急に真顔になる。

「はよ氷もってかへんと、取りにきはるえ」

「我謝さんが、あの足で、ドスドスって」

一瞬の空白の後、三度私と維ちゃんは身をよじって笑いだした。いきなり扉があいた。我謝さんが顔を覗かせた。ドスドスという足音は聞こえなかった。温和な黒牛のような黒眼で私たちを交互に見やり、含羞《はにか》んだように言った。

「氷、取りにきました」

維ちゃんも私も気をつけの姿勢になり、維ちゃんが澄ましてアイスペールに氷を山盛り入れてやった。いかにも嬉しそうに我謝さんは氷を受けとり、出ていった。維ちゃんと私は台所から半身を乗りだし、我謝さんの背を見送って、ふたたび顔を見合わせた。

「なんであの顔に、あの足なん」

「ねー。なんであの顔に」

微妙に、短いのだ。背丈は百七十センチくらいだろう、高くも低くもないのだが、あきらかに胴が長く、つまり足が短い。その短さが美男ぶりを絶妙に裏切って、ふしぎにユーモラスなのだ。笑えない短さではなく、程よい短さとでもいえばいいか。あきらかに短いのだけれど、さりげなく視線を逸らしてしまわなければならないような痛々しさや不穏とは無縁で、じつに健康的な短さなのだ。〇〇賞を受賞したすごい小説家だ。あの日本人離れした美男ぶりに足長だったら、その完璧さに姉と私は緊張にロボットじみた動きと対応しかできなかっただろう。でも父や哲ちゃんと交わす会話は偉ぶったところなど欠片もなく、それどころか真栄原新町《まえはらしんまち》がどうのこうのと具体的になにを言っているのかよくわからないが、あきらかに下半身に関することなども明け透けに語るその語り口が柔らかに弾んでいてリズミカルで、猥談《わいだん》がいやらしくないのは人柄だろう。

「維ちゃんは、好き？」

「うん。けど――」

「けど？」

「一筋縄ではいかん人やと思う。鮎ちゃんはどうなん」

私は笑みを保ったまま、そっと姉に顔を寄せ、人差し指で左眼の下を示した。維ちゃんは顎を突きだすようにして目を細め、しばらく凝視した。

「——殴られたんか」

「一晩、熱がでた。男の人は、怖い」

維ちゃんはいままで私に見せたことのない薄紫がかった硝子《ガラス》のような瞳をして、一呼吸おいて囁いた。

「うまく逃げなあかんよ。殴られるのは癖になる」

「ほんまに？」

「ほんま」

なぜ、とは訊かなかった。その真顔に、維ちゃんの言うとおりだろうという直感がはたらいたからだ。それきり姉と私は笑いも引っ込んでしまって、私の帰省にかこつけて盛大な酒盛りを続ける父と哲ちゃん、そして我謝さんの横顔を見つめたまま動こうとしない幸福な母を食堂に残し、私は自分の部屋に引っ込んだ。

窓をひらくと網戸をとおしてよい風が流れこんできて、それに合わせてドスドスと地面を踏み鳴らす音が響いてきた。私はデスクに頬杖《ほおづえ》をついてもどかしげに大地を蹴る音に耳を澄ました。このあたりは山裾一帯に電気柵が設えられている。猪《いのしし》が出没するからだ。散歩していた老人が猪に脅されて哲学の道の疏水に落ちたこともあった。この足音は、相当な大物だろう。

安易だな、と思いつつも猪を我謝さんに重ね合わせていた。なぜかイボテンさんのことはその断片さえも泛ばなかった。

＊

翌朝、やはりいまの私にスカートは合わないと高校時代に穿いていたジーパンを引っぱりだしていると、ドアがノックされた。薄い眉を精一杯つりあげて、わざとらしい怒り顔をつくった母が私に車のキーを突きだしてきた。このひとは思いどおりにならないことがあると、必ずこんな顔をする。無視してジーパンに手をかける。

ジーパンに関しては、女物というのは性差別の一形態だと断言したくなる。たかが作業着なのに、性差を超越したところにジーパンという存在があるのに、これは特別誂《あつら》えですと女物を穿かされて悦に入る頭の足りないフェミニンな女にされてしまったような気分だ。とにかく細身のシルエットが作為的で気に食わないが、これしかないのだからしかたがない。足を通していると、母が上体を屈めてベルトループにキーホルダーをくっつけた。腰で揺れている自動車の長方形のキーを横目で眺めて、訊いた。

「なに、これ」

「我謝さんが取材に行くから、鮎ちゃんが運転手やで」

「ちょっと待って。私、無理やわ。免許とってから運転したことないし」

「知らん。御指名やし、我謝さんは免許もってへんて」

「えー、いまどき免許もってない男の人っていてはんの」

「知らん」

「なに、拗ねてんねん」

「昨日の晩な、お父さんが酔いにまかせてうちで誰がいちばん美人やて訊いてん」

私は首を竦《すく》め気味にして上目遣いで母の顔を窺う。

「我謝さんは、下のお嬢さん――て間髪を容れずやわ。腹立つことにお父さんも哲ちゃんも大きく頷いててな」

薄い母の唇の両端が持ちあがって、幽かに前歯が覗いた。憎々しげに呟いた。

「ふん、あんたはほんま玄人《くろうと》好みや」

なぜ私は実の母に、こんなに嫌味を言われなければならないのか。もはや腹も立たないが、じつに鬱陶しい。母は大きく息を吸い、しばし私を睨み据えると、吐く息の勢いとともに断言した。

「鮎ちゃん、女になったな」

なにを根拠に——と、つとめて醒めた目で見返すと、一歩踏み込んで念を押してきた。

「なったやろ。女になった」

「女になったて、すごい物言いやわ」

ふん、と母は一瞬視線を逸らし、年齢なりに張りを喪った手の甲を見つめるようにして吐き棄てた。

「学生の本分は勉学やで。あんた、調子に乗ってると、コケんで」

もうとっくに転んでます、と口答えしたかったが、表情を消して黙っていると、母は拗ねた子供のようにぷいと背を向け、憤懣《ふんまん》でそのなで肩を怒らせ気味にして足早に廊下の角を曲がった。まだ周囲の空気が険悪に揺れているような気分がして、理不尽とか不条理といった言葉が泛んだ。あの人は娘をライバル視しているのだろうか。いつだって自分がいちばんでなければ気がすまないのか。それにしても——。わからない。まったく、わからない。対処不能だ。どうも最近は理不尽や不条理を浴びせかけられることが多い。左眼の下をそっと撫でる。中指の先にごくわずか、腫れの不規則な名残を感じとる。苦笑いで遣り過ごすしかない。

免許証や当座のお金などを確かめてガレージに行くと、我謝さんが鼻の頭を掻きながらじつに長閑《のどか》な調子で、待ちくたびれたさーと笑った。当然ながら哲ちゃんは愛車を他人には絶対に運転させないから、私が運転させられるのは父の車だ。もっとも父はほとんど運転しないから、ピカピカの哲ちゃんの愛車とちがって車体全体が黄砂のざらついた膜をまとっていた。いつのころからか京の空が黄砂でくすむようになり、ついにガレージ内にまで侵入してくるようになった。いまから洗車するわけにもいかないから見なかったことにした。

下肚に力を込め、ドアノブに手をかけて、濡れていることに気付き、あわてて掌の汗をジーパンの太腿にこすりつける。運転前からこの緊張だ。車内に熱気がこもっているせいもあってハイブリッドなのにエンジンがかかってエアコンが低く唸《うな》る。我謝さんが、沖縄ではドアを団扇《うちわ》で扇ぐようにして熱気を追いだすといった意味のことを独語するように呟いた。私はそれどころではない。運転の手順を脳裏で反芻《はんすう》し、ふと我に返ってどこに行くのか訊いた。

「花折峠《はなおれとうげ》へお願いします」

「どこですか、そこ」

間の抜けた問いをかえすと、我謝さんは持ち込んだデイパックの中から京都府の地図をだし、拡げた。芸用解剖の知識のせいで基節骨、中節骨といった指骨の名が泛んでしまうのだが、黒々とした毛の生えた太い指が指し示したのは国道三六七号線だった。以前、植木鉢などを買いにいったことのある宝ケ池《たからがいけ》のホームセンターが脳裏を掠めた。白川通を北上して叡山電車《えいざん》の陸橋を越えてコーナンの手前を高野川に沿って右折して道なりだ。ナビの地図を辿ると八瀬《やせ》から大原《おおはら》を抜け、途中越《とちゆうごえ》というところから滋賀県に入り、ぐにゃぐにゃに曲がったカーブの連続を抜けたところが花折峠らしかった。どうやら若狭街道《わかさかいどう》——鯖《さば》街道だ。トンネルの手前にナビをセットしてくれと我謝さんが呟いた。一度右折があるだけで、あとは一本道といっていいので間違う心配はないが、カーブの連続する山道だ。気が重い。

とはいえ案外軀が覚えているもので、花園橋《はなぞのばし》を右折してから道幅がせまくなって擦れ違いに緊張したのと、おなじく花園橋からすこし行って高野川を渡る橋がS字のカーブになっていてややトリッキーでひやっとしたくらいで、さしあたりカーブといってもゆるやかなものばかりなので、八瀬から大原に至り、緑が騒々しいくらいに濃くなってきたころにはずいぶん気持ちも楽になってきた。

肩から力が抜けたのは、運転免許さえもたない我謝さんが、バックミラーも見る余裕のない私にかわって、追いついて背後に迫った車に気付いて、ちょんとハザードのスイッチを押してくれて、左に寄せて先に行かせてあげたらいいよとのんびりした声をかけて対処してくれたり、脳裏で虚構を組み立てているらしく、実在そのものを平明に絵解きするにはやはり愚かさを前面か——などと、ときどき独り言をするその口調の、内容と裏腹な間の抜けた調子に和まされてしまったこともあった。

ようやくカラカラだった口のなかに唾も湧くようになって、けれどまだドリンクホルダーのお茶のペットボトルに手を伸ばす余裕も勇気もないが、お地蔵さんのように無言で前方だけを凝視して運転に集中する状態からは脱することができた。

「京都を舞台にした作品て、どんな内容になるんですか」

当たり障りのない問いかけをすると、真面目な声で返してくる。

「スケベーな小説」

はあ、としか言いようがなく、ちらりと横目で我謝さんを見やり、自分が運転中に脇見したことに気付くと、私にだって脇見ができた！ と内心エクスクラメーションマーク付きで感心し、しかも一瞬ではあっても脇見する余裕ができたことにちいさな自信のようなものも芽生え、すると運転もずいぶん滑らかになってきて緊張も失せていった。

道は山の谷間を縫ってひたすら上り勾配といってよく、大原以北は人家もごくまばらになって、京都と滋賀の県境である途中越の峠の途中トンネルを抜けると私が生まれて初めて自分の運転で遭遇する右の急激なヘアピンカーブに至った。

「最短距離を最速で駆け抜けたいサーキットじゃないんだから、一般道では、右に曲がるときは、カーブの直前でいったん車首を左に振ると曲がるのが楽になりますよ。左カーブなら、右に振るんです」

軀が強引に左横に引っ張られるような重力に逆らって、瞬きもせずに恐怖と緊張に硬直しながらぐいぐいぐいと廻《まわ》りこみ、センターラインをまたいでしまいながらもようやくカーブを抜けて、尋ねた。

「なんで、知っているんですか」

「昔はけっこう運転したからね。瀬長島《せながじま》でドリフトごっこにも励んだし」

「免許は――」

「無茶がたたって、速度違反とかですね、取り消されました。欠格期間を過ぎても再取得する気もおきなくて。俺は運転に向いていないんですよ」

これまたなんと言葉を返してよいかわからぬまま、こんどは左、そして右と急勾配のヘアピンカーブの連続に肩を強張らせつつも、アドバイスにしたがって右カーブなら進入直前に左にほんのわずかだけハンドルを切ってみると、なるほど、このほんのわずかがずいぶん先の見通しをよくしてくれて、闇雲にカーブに突っこまずにすむようになってきた。恐怖を押しのけてもっとカーブの運転の練習がしたいと向上心が湧いてきたが、我謝さんがナビの地図を操作しながら左車線の拡幅部分を示して車を駐めるように指示した。

ナビによるとこの先、国道は峠のおなかを貫く花折トンネルに至るのだが、峠の取材なのだからトンネルを抜けても意味がないと当たり前のことを思う。運転という緊張から解放された私はふしぎな心許なさにつつまれ、中途半端にふわふわした足取りの歩数を無意識のうちに数えていた。照り返しのきつい舗装路を歩数にして百八十三歩で花折峠口のバス停があり、そのすぐ先に草木が生い茂ってのしかかっている峠越えの旧道の入り口があった。

私が手にしていたお茶のペットボトルをひょいと奪うと一口だけ飲んで、デイパックのサイドポケットに突っこんで我謝さんは大欠伸《おおあくび》し、後頭部をとんとん叩く。どうやら昨晩の酒が残っているようだ。運転していたときは視覚一辺倒で嗅覚にまで気がまわらなかったが、その息はほんの少し胃液じみた酸っぱい臭いがする。

旧道は入り口に鎖がわたしてあったが我謝さんは意に介さず潜り抜けた。歩くぶんにはかまわないだろうと私も我謝さんの背を追った。車ぎりぎり一台分ほどの幅で、一応舗装してあるが荒れ放題だ。資料では未舗装だったはずだが——と我謝さんが独り言し、踵で舗装を蹴ると、脆《もろ》く崩れた。草いきれがすごい。錯覚だろうが呼吸が苦しい。有毒ガスという言葉が脳裏に泛ぶ。

入り口附近《ふきん》は雑木林の様相だったけれど、しばらくいくと植林されたものだろう、すらっと背伸びした杉木立が両脇をかためて影が濃くなり、多少は涼しくなってきた。私は標準よりもやや長い我謝さんの胴を、そして足を交互に動かすたびに肉付きのよいお臀がもりもり揺れるのを見つめながら上り勾配をこなしていった。唐突に我謝さんが呟いた。

「鯖街道一の難所だったそうです」

「我謝さんは標準語ですね」

まったく会話が噛みあっていないのは、胸中で思っていたことが我謝さんの呟きに誘いこまれてぽろっと洩れてしまったからだ。手の甲で額の汗を拭いかけていた私が失敗に気付いて思わず立ちどまると、我謝さんは意に介さず、歩みをとめて振りかえった。

「沖縄の言葉で喋ったら、鮎ちゃんは俺がなにを言っているのかわかりませんよ。それに鮎ちゃんも標準語じゃないですか」

昨晩は鮎子さんと呼んでいたが、いつのまにか鮎ちゃんになっていた。私は嬉しくなって、だから振りかえっている我謝さんに一歩近づいた。

「藝大では、いえ藝大に限らず、関西人はいつでもどんなときでも関西弁と突っ張っている人もいますけれど、私は苦手なんです」

「飲みますか」

私のお茶です、とは言わずに満面の笑みでペットボトルを受けとった。我謝さんが路肩の石を示したので腰をおろした。我謝さんもとなりの石に座り、夭折《ようせつ》した日本画家、三橋節子《みつはしせつこ》が鎖骨の骨腫瘍という癌《がん》により手術で利き腕を切断し、左手で描いた代表作〈花折峠〉のことをぼそぼそ語りはじめた。

聞いているうちに中学生のころに家を訪れた父の知り合いが画集をひらいて〈花折

峠〉について私に感動も露わな口調で語ってくれたことがようやくよみがえった。右腕を切断して、たいしてたたぬうちに左腕でここまで描けるのだから、死の直前にこれほどまでの作品を描けるのだから——というのがその方の感動の理由だったのだが、作品が好みでないこともあり、また感動の押しつけを過剰に嫌悪する年頃でもあって、あえて脳裏から追いだしてしまったのだろう、見事に忘れ去っていた。我謝さんから花折峠に行くと言われても『どこですか、そこ』などと尋ねかえした私だ。密かに私は自分の忘却とピントのずれを恥じ、諸々が〈花折峠〉という作品とまったく結びつかなかったこともあって神妙な顔をつくって黙っていた。我謝さんも単純な礼賛とは無縁で、感動的な日本画家の生涯をよけいな飾りつけをせずに淡々と語り、最後に付け加えた。

「ま、右手だ左手だ生だ死だといった夾雑物《きょうざつぶつ》を剥ぎとって、なおかつその作品それ自体が見る者の心を打つかどうか。表現というものは、それしかないという、場合によっては後ろ指を指されかねない冷たい思いが俺にはあるわけです」

その通りだと胸中で頷いたが、若輩であり実体験に欠け、どちらかといえば観念の奴隷じみたところがある私だ。だからよけいなことは言わずに足許の茶色いちいさな蟻の行列を見つめていた。

「しかし、催しました」

はい？　と語尾をあげて、生理現象と了解した。我謝さんは重ねて言った。

「排泄慾です」

その若干照れた口調がなんともかわいらしく、私は立ちあがった。

「じゃあ、ちょっと離れていますから」

思う存分排泄欲を充たしてくださいと目で念を押して背を向けかけたら、手首をきつく摑まれた。その手が妙に汗ばんでいた。厭ではなかった。しいて譬《たと》えれば迷子が必死ですがりついてきた気配に似ていた。汗が私の手首と我謝さんの掌をくっつける接着剤のように感じられさえした。最近は妙に掌の汗を感じる機会が多いと心のどこかに控えめな訝《いぶか》しさがにじんだ。私は笑みが顔中に拡がるのを意識し、囁き声で告げた。

「木立を下れば、誰にも見られませんよ」

「いや、独りでは解消できぬ排泄欲です」

私の目は泳いでいたと思う。私の戸惑いに気付いた我謝さんが、叱られた小学生のような小声でごめんなさいと謝って手を離した。なんだか幼い。年長の我謝さんなのに、やはり子供だ。一方でさっきまでは平気で見つめていた我謝さんの顔を見られなくなってしまい、これも口説かれているというのだろうかと困惑した。なにしろ私はイボテンさんの排泄欲をさんざん充たしてあげてきたのだ。そのときの嫌悪にちかい諦めの時間が泛びあがり、じわりと肌を収縮させた。

我謝さんは、イボテンさんとちがって私の下膊の鳥肌に気付いた。腕を組むようにしてそれを隠すと、我謝さんは深く長い溜息をついて、俯いてしまった。

しょんぼりしている我謝さんを盗み見ているうちに、罪悪感を覚えた。苦笑いに唇の端がわずかに持ちあがった。なぜ私が罪悪感を覚えるのか。またしても理不尽で、不条理だ。いや、いまのこの状態は理不尽というよりも、ただ不条理だ。それも実存主義的な、人生に意義を見出せぬ状態といった不条理ではなく、ただ単に筋道が立っていないのだけれど——といったぼやきに似た不条理だった。一瞬鳥肌を立てたくせに、私は突拍子もない我謝さんを受け容れる気分になっていた。

「わかりました」

そっと我謝さんの腰に手をやり、その耳許に囁いた。

「ちゃんと解消してあげます」

どこか母親じみた口調だった。といって母性に促されたなどとは口が裂けても言えないのは、私が自分でも持て余すほどにひどく発情していたからだ。私はひとりの動物であることを強く意識していた。だから、道から外れた。

とても厭な気分になったのは、斜面を下っていくさなかに、イボテンさんから性における一通りのことを仕込まれているという自覚が迫りあがってきたせいだ。つまり我謝さんが望むことは、それなりにしてあげられる。胸が軋んで揺れたけれど、杉の葉などが積もってふかふかで心許ない斜面を下っていくうちに、逆にとことん我謝さんに技巧を尽くしてあげようという気になった。

自虐には自棄《やけ》気味な臭気がつきものだが、心を棄て去ってしまったことからくる投げ遣りな気配はなかった。厭な気分はきれいに反転して、イボテンさんとのことは、いまこのときのための修練だったような気さえしてきた。自身の性慾の正当化にすぎないと直感しつつ、逆に羞恥を隠すために私は我謝さんを杉木立に押しつけるようにして上目遣いで地面に膝をついた。

酒盛りで酔っ払ったまま、昨晩は風呂に入っていないということが匂いから伝わってきた。でも、私はその香りがいとおしく、頬ずりしたい気持ちでそっと顔を寄せた。

我謝さんはひたすら身をよじって男の人とは思えない情けない声をだしてはいるが、なかなか爆ぜない。顎に痺れに似たものを感じて手をやって呼吸を整えていると、それに気付いた我謝さんが泣き声で言い訳した。

「俺は自慰が過ぎるから、なかなか果てないんだ。ごめん、ほんと、見苦しい」

含んだまま私が目だけあげて首を左右に振ると、我謝さんは私の頭を両手で押さえた。もし烈しく頭を揺すられて、さらに十分くらいたっただろうか。唐突に雄叫びをあげた。もし誰かがこの声を聞いたなら、まさに獣の吼《ほ》え声《ごえ》と身を竦めただろう。私はほんのわずか躊躇って、けれどその躊躇いを気取られぬうちに呑みこんだ。生まれて初めて、呑んだ。ほんのり甘くて意外だった。けれど後味はたいそうえぐいというか苦かった。

私の発情は隠しておくつもりで、排泄欲を充たしましたね——と、ごく控えめに笑んで身支度してやろうと手を伸ばすと、我謝さんがむしゃぶりついてきた。私は意識と無関係にすこしだけ逆らったが、我謝さんの手がジーパンにかかったとたんに、脱力していた。杉木立を抱かされ、我謝さんは私の腰の骨の左右の尖ったあたりをそれぞれの手で覆うように摑み、そのまま躊躇いなく私を背後から断ち割った。しばらくは目が眩《くら》んだようになって平衡感覚も喪い、どうにか木の幹にすがりついて腰を折って立っていた。揺れにあわせて褐色の樹皮が私の掌のなかで剝がれ、細片となり、杉の香のエッセンスを擦りあわせたかの強さの緑色の芳香を放つ。アロマという言葉が泛んで語彙の陳腐さにちいさく苛立ちもした。そのさなかに、あれこれ言葉を泛べるのは自分を保つための棄て身だと気付いた。膝から崩れぬよう必死だったが、やがて我謝さんが老獪《ろうかい》と言っていいことがその律動を孕んだ動作から伝わってきた。とたんに針の鋭さの痙攣が腰の奥から背筋を這い昇って頭の奥底で銀の燦めきとなって散った。どうにか意識を保とうと頑張って、我を忘れぬように切れぎれに訊いた。

「我謝さ、んは、もてる、ん、でしょうね」

「もてるよ。正確には、もて笑われていた」

「もて笑われる——」

「俺は胴長短足の典型だから」

我謝さんの自覚が好ましかった。その目を見たかった。私は身をよじって我謝さんから離れ、真正面から向きあった。しばらく見つめあった。我謝さんが軀をぶつけてきた。きつく接吻しながらひとつになった。我謝さんが老獪さをなくせばいいなと念じて密着を促すと、憎らしくなるほど勘がよいらしく、技巧と無縁の一直線に切り替えてきた。

ひどく私は狼狽えていた。以前感じていた予兆が、予兆でなくなっていたからだ。前触れではなく、渦中にあった。私は声を抑えられなくなって、困惑のあまりあらためて我謝さんを凝視した。とたんに我謝さんは兆したらしく、軀を離そうとした。一応は避妊してくれようとしているのだ。私は素早く両手を我謝さんのお臀にあてがって引き寄せた。我謝さんはいったん呼吸を整えて、烈しい男の動作を再開した。俺がこんなに早く——と私の耳の奥に言葉を押し込みながら、こんどは雄叫びをあげずに、けれど私の背骨が折れそうになるくらいに抱き締めて、がくがく顫えた。合わせて私のほうがあられもない声をあげてしまい、がくがく揺れながらも焦り気味に我謝さんが唇で私の口をふさいだ。意識が遠くなりかけて、私はバレリーナのように爪先立っている、と笑みが泛んだ。

爪先立っているどころか、我謝さんが抱きかかえてくれていなければ昏倒《こんとう》していたかもしれない。我謝さんの終極に合わせて私が覚えた目眩くものをあらわすのにいちばんふさわしい言葉は、やばい——だった。やばいなんて、知ってはいたけれどいままで遣ったことのない言葉だ。でも、こんな思いを味わってしまって、絶対にやばい——と途方に暮れた。我謝さんが斜面に膝をついて私の軀の後始末をしてくれていた。デイパックから取りだしたタオルで叮嚀に拭ってくれているのだが、そんなことはしてほしくなかった。だからといって、このまま放置してショーツを引きあげて澄ました顔をしていられる状態ではなかった。我謝さんと私があわさって幾筋か内腿を伝い落ちていた。

「もう、書ける。最高の取材だった」

なにを口走っているのか。我謝さんはこれで創作の背後を完結させて小説を書けばよいのかもしれないが、針の鋭さの銀の燦めきを教えこまれてしまった私は、どうすればいいのだ。睨みつけて問いかけた。

「京都から帰りますか」

「うん。読谷《よみたん》に帰る」

「執筆しますか」

「うん。書く」

「一緒に」

「なに」

私は我謝さんから顔をそむけた。我謝さんの視線が私を舐めまわしているのが伝わってきて、本来ならばここで挑みかえすように見つめかえすところだけれど、私は我謝さんの顔を見ることができなかった。

「鮎ちゃんが一緒にきたら」

「――まずいですか」

「うん。執筆せずに番ってばかりになる」

「海は見えますか」

「沖縄というと海、それは偏見だよ」

「ごめんなさい」

「真正面が海だよ」

「――一緒に暮らしている人は」

「いない。放埒《ほうらつ》がたたってね」

「だと思いました」

「鮎ちゃんは嫉妬深そうだから」

「はい。たぶん」

「困るさあ」

「困らせません。夏休みのあいだだけだし」

「なら、一緒にくるか」

「私にだって海で泳ぐ権利があります」

「権利。誰も泳いでないさあ」

「なぜ」

「海は腐るほどあるから」

「なら、私が独占するし」

「離岸流で死んじゃうよ」

「危ないところなんですか」

「そう。バリアリーフの切れめからすごい勢いで海の水が沖に向かって疾《はし》る」

「とりあえず、帰りましょう。早く帰って汗を流したい」

私は我謝さんの太い手首を摑み、息んで斜面を登りはじめた。途中から我謝さんが私のお臀に両手をあてがって押しあげてくれた。しばらく身をまかせていたが、振りかえってきつく抱き締めあい、体液という体液が完全に溶けあう深く長い接吻をした。

6

父のお供で幾度か沖縄を訪ねたことがあるが、夏の盛りにやってきたのは初めてだ。

那覇《なは》空港の外にでると、尖った針先と化した午後の陽射《ひざ》しを肌にねじ込まれ、そのあまりの強さ鋭さに軽い立《た》ち眩《くら》みがおきた。

　同人誌をやっていたころの仲間だという小禄《おろく》の友人宅までタクシーで行き、我謝さんはやや強圧的に軽自動車を借りだした。ドアをひらいて私に団扇を扇ぐように動かせと命じる。この作法は、微妙だ。車内の空気を入れ換えることはできるかもしれないが、よけいに汗をかいてしまう。私が腋窩《えきか》を濡らしてドアを開閉しているあいだ、我謝さんは助手席に堆積していた書籍その他を後席に抛《ほう》り投《な》げて、自分が座れるようにした。

　沖縄での運転に慣れるために、高速を使わずにひたすら五八号線を走れと命じられた。スクーターなどがセンターライン上を好き勝手に走っているから注意しろという。那覇、浦添《うらそえ》、宜野湾《ぎのわん》、北谷《ちゃたん》、そして嘉手納《かでな》の手前の水釜《みずがま》という交差点を左折して国道を離れ、イオンタウンのショッピングセンターで食料品を買い入れた。我謝さんはいかにも嬉しそうな笑みを泛べて、取っ手のついた久米仙《くめせん》の四リッター入り巨大ペットボトルをカートに入れた。

　しばらく走ると、道の両側にサトウキビ畑が拡がるようになった。株出しだから——と我謝さんが呟いた。意味が摑めなかったが、たぶん刈り取られてふたたび伸びてきたものだと言ったのだと勝手に解釈した。とにかくまだ丈が低いのでずいぶん見通しがよい。

高低差のほとんどない道路をのんびり走らせているうちに、入道雲に視線が吸いよせられた。陽光を反射しているのだと頭ではわかっていても、雲は内側から光って見えた。わずかに濁った白い不透明な形状の定まらない発光体とでもいうか。

だいぶ運転に慣れてきた私は素早く我謝さんの端整な横顔を窺い、雲に視線をもどす。男の胸中に湧きあがっている妄想は、この摑みどころのない巨大な雲のようなものではないか。残念ながらというべきだろうか、私の妄想は、ここまで誇大ではない。

女というと、具体的には母や維ちゃんくらいしか思い泛ばないが、母の抱いているであろう妄想は雲の巨大さとは無縁な矮小《わいしょう》なもので、けれど雲のような脆さや曖昧さは欠片もない粘りのあるものだ。

殴られるのは癖になる——と私を諭した維ちゃんはどうだろう。一見、涼しげに振る舞っている女にも性の深み、あるいは澱みがあるという当たり前のことを悟らせてくれた維ちゃんだが、その妄想も現実に即した程よいサイズであるような気がする。殴る男のほうが不明瞭であるにせよ、あるいはかたちが満足に定まらないからこそ、妄想が巨大化するのだ。思いに重量、いや質量がなく、拡散してしまっているのだ。

母も維ちゃんも私も、その心に抱く生々しくも切ない、喘ぎや呻き、身悶えをともなった妄想は、野放図に育ちあがっていくがゆえに密度の低い男の妄想に較《くら》べて、みっしり詰まった肉の重みをもっている。女が巨大な妄想を避けがちなのは、どういった理由からだろう。

　哲ちゃん、ゴジラさん、イボテンさん、そして我謝さん。男たちは皆、どこか足許が不安定で、ふとした瞬間に微妙な自信のなさを露呈してしまう。俺はほんとうにここに在るのだろうか——という不安を隠し果《おお》せないのだ。男の過大や誇大は女の見栄とはまったく種類がちがう。

　母も自信はないにせよ、自身の存在を疑いもしない。なにしろ出産こそがいちばんの快楽と断言する人だ。維ちゃん、哲ちゃん、そして私。三人もの新たな命を自身の肉体から放りだした母。

　私は母にとって、異端なのだろう。でも帝王切開で母の下腹に明確な傷を刻んで生まれてやったではないか。維ちゃんよりも哲ちゃんよりもくっきりはっきり誕生の徴《しるし》を母に残してやったではないか。

　彼方の大気を浸蝕している雲の濁り気味な白色に覆い被《かぶ》さるようにして、同様に濁ってはいるが、明確な匂いと粘りをもった赤が脳裏に流れだしてきた。

　月に一度、経血の沁みた冥《くら》い赤を目の当たりにするたびに、自身が生き物であることを否応なしに突きつけられる。私はしばらくのあいだ息を潜めて運転しながら、膨大で捉えどころのない漠とした白を重みと密度のある赤が浸蝕していく姿を脳裏に描いた。

　センターラインのない農道の信号のない交差点に至り、一時停止の標識にしたがってほとんど無意識のうちに速度を落とし、ちゃんと停止線の手前で止まりながらも、眼前に育っている沖縄ならではの生き物じみた夏の雲に目を凝らして、思いを重ね続けていると、我謝さんが怪訝そうに私の横顔を見つめていた。私はそれに気付かぬふりをして雲を見つめたまま発進させ、視線をすっと落とすと群青の水平線が拡がっていた。

遠近画法で水平線といえば目の高さをあらわす仮定の線のことだが、海は絵画的水平線を拒絶して取り留めがない。女の腰のない細く長い髪が縺れあって風に舞うのを追うときに似た視線の散逸をもたらす。嫉妬に荒れ狂う嵐の夜もあるのだろうが、いまはゆるやかな楕円を描いて鎮まりきって、嫋《たお》やかに揺れている。けれど私は地球の丸みをつたえて厳として在る凪《な》いだ海よりも、身悶えしながら競い合い、沸きたち伸びあがる不安定かつ不定形な無数の雲に釘付《くぎづ》けだった。私は男が雲のようなものだと確信して、心窃かに昂ぶっていたのだ。

「すごい空です」

「水彩絵具じゃないよね」

「はい。すこし澱んだ、こってりして不透明な油絵具の色です。クサカベにスカイブルーという名の空色がありますけれど、きっと沖縄の空を参考にしたんじゃないかな」

雲に魅入られたのに、空の色の話をしている。すごい空と言ったのは私だから仕方のないことだが、人の遣り取りは、いつだってこんな具合に微妙にずれているということを、私は我謝さんと言葉を交わすことによって過剰に意識し、あらためて眼前に拡がるサトウキビ、海、空――と映画などでよく見させられるパースペクティブを強調された、絵に描いたような沖縄の景色を眺めた。奇妙なことに西陽を反射して小刻みに揺れている海のほうが空よりものっぺりして抑揚を欠いて感じられ、私は宇宙と海のスケールの違いを目の当たりにした実感を覚えた。

楚辺《そべ》の米軍基地の脇を抜けていくと、木綿原遺跡《もめんばるいせき》という二千数百年前の墓地がある海岸に至った。我謝さんの家は台風のときはまともに波浪に弄ばれてしまいそうな海の際にあるコンクリ打放しのごく小さな二階建てで、真四角な一軒家だった。波にはいたぶられてしまうかもしれないけれど、強風にはじつに強そうな形状だ。

海岸は遺跡にあわせて公園があり、地元の人たちから木綿原ビーチと呼ばれているそうで、芝の緑が鮮やかな公園の砂丘の先に灰白色の珊瑚《さんご》の破片が乱雑に入り交じった金黄色の砂が美しい浜が拡がり、海は遠浅で、珊瑚などで形成された複雑きわまりない迷路じみた茶褐色の海中地形が屈折のせいで遥か彼方まで浮かびあがって目視できるほど澄みわたっている。けれど誰一人泳いでいない。海鳴りが無人を強調し、いつのまにやら馴染んだ耳鳴りのように聞こえた。

浜の右側には周囲の景色に馴染まない黒ずんだコンクリートブロックが海中から居丈高に背伸びしている。ブロックの合間から入りこむことも可能だろうが、拒絶が明確な無粋かつ厭らしい佇まいの仕切りだ。　我謝さんが私の視線を追い、奇妙なまでに解説的な口調で言う。

「あのモノリスをぶっ倒したみたいなブロックから先はトリイステーションという米軍基地で、あっち側の浜は米軍属専用さあ。陸にはちゃんと金網もあるでしょう。電子諜報部隊や暗号部隊がいるねえ。見たところ畑ばかりじゃないか。実際畑だけれど。で、地主が入れてもらって耕してるんだねえ。他の基地と違って兵器が見えないから、まったく欠伸が洩れそうなくらいにのんびりしたもんだけれどさ、このゆるさには理由があってね。じつはグリーンベレーも駐留してるんだ。グリーンベレーの隊員一人で陸軍の歩兵二百人に相当する戦力をもっているって言われているんだけれど、そんなおっかない人たちが四百人弱、身を潜めてるわけさ。テロとかを担当する忍者みたいな特殊部隊だからね、侮って入りこむと怖いことになるよぉ」

我謝さんが口にしたことは沖縄の現実をよくあらわした深刻な事柄だが、その口調は説明的ではあってもじつに長閑で、私はコンクリートブロックからさりげなく視線をはずした。けれど軽い嘔吐《おうと》に似た苛立ちはおさまらない。

たかがコンクリートブロック、されどコンクリートブロック——。周囲の景色にそぐわない遮蔽物が醸しだすとことん蔑《ないがし》ろにされている実感が、肌を灼く陽射しの奥でちりちり疾りまわっていた。

その気配を感じとったのだろう、我謝さんが私の腰にそっと手をあて、密かな諦念をにじませた眼差しで自宅を示した。おなじコンクリートでも我謝さんの家は周囲に溶けこんでしまった古い墓碑に似て、完全に風景の一部になっている。

留守にしていた室内は闇と混濁した湿気に充ちていて、苔生《む》した水槽のなかに投げ込まれた気分になった。照明から滴り落ちる光もどこか黴った気配で、一歩踏みだすと湿り気で足裏が板張りの床に張り付いた。

我謝さんが相撲の仕切りのような体勢から錆の浮いたシャッターを勢いよくひらく。陽射しと海の匂いが一気に流れこみ、風が蛇行して抜けていった。

二階にあがる螺旋階段に我謝さんが揺れる不安定な視線を据えたが、私は食料品を冷蔵庫に入れることを優先した。

思ったとおり、いきなり背後から抱き締められた。庫内は缶ビールが幾本か転がっている程度だったが温度調節は最強のままで過剰に冷えていた。

冷気を浴びながら私は我謝さんがまわした腕から自分の腕を抜き、豚や鶏の肉やオキハムの味付ミミガー等々を整列させていく。我ながら焦りも気負いもない手つきだ。我謝さんも生ものを冷蔵庫に入れてしまおうとする私に無理強いしない程度の抑制の持ち合わせはあって、私は我謝さんの男の気配を臀に感じつつ苦笑気味に常温に放置しておけない食品を冷蔵庫におさめた。

急かす我謝さんにしたがって二階にあがると、ベッドに押し倒された。我謝さんは妙に威張った目つきで男の匂いを露わにした。それは留守にしていた室内とおなじ混濁と湿気をまとっていたが、旺盛な命の気配が集中して凝固し、硬直しているせいで、汚れているにもかかわらず清浄だった。

朦朧《もうろう》としつつも書棚の置き時計に視線を投げる。一時間未満であることは確かだが、終極まで五十分ほどかかったか。いつもはこの倍以上の時間がかかるので、あきらかに我謝さんは昂ぶっていたのだろう。ようやく鮎に馴染んだ——と独白し、充足の吐息を洩らして私にあずけていた重みを、両肘をつくことによってすこしだけ加減して柔らかく頰ずりしてきた。鬚《ひげ》がこすれて、私の顔中を濡らしていた唾液の香りが強まった。その刺激と際限なく感じられた快の余韻に顫えた息をつくと、鮎は不満足かもしれないが長年の悩みが解消されそうだと小声で付け加えた。

長年の悩みとは、終極に関することだと直感したが、私にとっては五十分程度でさえも永遠に近いので、数十秒で終わってもかまわないし、私はそれを女としての自負と共に誇るだろう。時間に関することなどまったく拘《こだわ》っていないということを、どう伝えればいいのか思案した。

長時間を要することに劣等感を抱いている我謝さんだが、その一方で私を長い時間、揺蕩わせてやることが男のつとめであると思い詰めている気配もある。私が充足しきっていることは一目瞭然のはずなのに、なぜか我謝さんは不安げなのだ。幾度も彼方に運ばれた私の頭はまともにはたらかず、けっきょくは肌を合わせるということは言葉にできない事柄であるということを身に沁みてわからされ、沈黙したまま、まだ息の荒い我謝さんの背から腰にかけてを丹念に撫でた。硬度を喪った我謝さんが私の圧に負けて外れていった。

全身を汗の薄膜で覆った我謝さんと私が並んで横たわると、黄昏《たそがれ》の空気に絡みつくようにしてごく控えめな潮騒がようやく耳にとどき、蟬《せみ》かなにかだろうか、聞き慣れない虫の声が私の肌をせわしなくなぞっていく。私も一気に大人になった。そんな抽象的でありながら、どこか肉体感をともなった感覚が、まだ痺れに似た快の余韻といっしょくたになって肌を収縮させ、弛緩させた。

私は肌の収縮と弛緩、そしてまだ続いている内面の収縮と弛緩、さらには心の底の収縮と弛緩を静かに味わった。

いささか大げさだけれど、収縮と弛緩に快楽の秘密が隠されていることを直覚し、画家を志しているにしては感覚的であるよりも観念的にすぎることを自身で揶揄しつつ、私は我謝さんに紙と筆記用具をねだった。我謝さんは気怠《けだる》げに目で壁際の執筆用のデスクを示し、好きにしろと呟いた。パソコンとディスプレイ、キーボードが大部分を占める机上にかろうじてといったニュアンスで原稿用紙が置かれていた。

ボードに原稿用紙をセットして、ベッドの脇に膝をつき、我謝さんの太字の万年筆で原稿用紙の裏側に心象を固定していく。自律した無数の線が、お互いにそれぞれに触れあうか触れぬかの危うさを保って流れていく。ブルーブラックのインクが急激に曲がりこんだ収縮を、ゆるやかに解き放たれた弛緩を刻みこんでいく。幽かに透けて見える原稿用紙の枡目《ますめ》のちいさな正方形を、たとえばスクエアといったありがちな精神的ニュアンスを排除して肉体的な動脈硬化——あるいはもっと直截《ちょくさい》に男の性の硬直と見なして、その律儀な強張りに誘いこまれぬよう、なおかつそれを迎え入れているさなかの交わりのリズムを意識しながら十八金のペン先をはしらせると、私の線は慥《たし》かに収縮と弛緩を弄んでいると感じられるほどにすべてを軽々と乗り越えて自在だった。女の性は受け身なのか。それは見てくれだけのことではないのか。そんな思いさえ湧いて私の線は緊張と弛緩を繰り返す。

気付くと、我謝さんが凝視していた。私は自分に沈みこみ、集中しきっていたことを恥じ、納得のいくまで線描をしきったこともあって含羞《はにか》んだ笑みを我謝さんに向けた。

「抽象表現を避けてきたんです」

「うん」

「父の書がすごいんですよ」

「見せてもらった。唸った」

「でしょう！　あんな書を見て育ってしまったら、安直に抽象表現なんてできませんよ」

我謝さんは、ささくれの目立つ指先で顎のあたりを弄びながら、私の貌の造形を確認するような視線を投げつつ、感心したように呟いた。

「鮎は文字が抽象であると理解しているというか、直観していたんだね」

「直観というと、自信がないけれど――」

我謝さんはボードごと原稿用紙を受けとると、私が執着して描きこんだ無数の黒ずんだ青い線を、まるで文字を読み解くように瞳をきょろきょろ動かして追い続けた。その傍らで私はインクが乾いていくのにあわせてごく控えめに立ち昇るしんとした青い香りを愉しんだ。間違いなくこの瞬間、幸せが私を覆っていた。

暮れるのが遅い沖縄だが、さすがに室内は柔らかな影が優勢になってきて、窓外には水平線に沈む夕陽が顔を背けたくなるくらいに肥大し、横方向に拡散して見え、潮騒がせわしなく鼓膜を擽ってきた。

「小説はね」

「はい」

「文字という抽象を用いた具象なんだ」

「はい」

「記号論や記号論理学、semantics に深入りする気はないけどね」

「はい」

「鮎のこの絵は見事なまでに記号論理学の色彩を帯びているね」

「はい、と返事をしはしたけれど、私には我謝さんがなにを語ってくれているのか、まったく理解できていません」

するとと我謝さんは顔をくしゃっとつぶして笑った。

「鮎の裸は、綺麗だなって言ってるんだよ」

「あ、私、全裸だ」

収縮と弛緩を顕《あらわ》してみたくて夢中になっていたが、私は軀の後始末さえしていなくて、あわてて立ちあがると、気付きを合図にしたかのように、私の中を充たしていた我謝さんが、放たれた直後の粘りを喪ってすっと流れだしてきた。

私の内腿を伝う執着と無縁のさらさらした流出は、男という性の無情さを象徴しているような気がした。あるいは我謝さんという男のエッセンスを私という子宮があまさず吸いとってしまったからこそ、このさらさら具合なのだろうか。私の思いと後始末の手つきを勘違いしたのか、我謝さんが思案深げに言った。

「なんだか当たり前になってしまって避妊、していないけど」

「だいじょうぶです。というか」

「そうきたか」

「はい。私は我謝さんの子供を産んでみたいんです」

「というか?」

子供を産んでみたいと言われたことが初めてではないことを、その照れた笑いを泛べた頰で肯ってしまった我謝さんは、満更でもなさそうだった。

女なら、いざ子を産むとなればあきらかにその他大勢から抽《ぬき》んでている我謝さんの精子がほしくなるだろう。だから我謝さんは傲慢なのだ。横柄すれすれの鷹揚さなのだ。

我謝さんは私が子供を産んだら、その子を瞬間的にかわいがりはしても、絶対に面倒を見ないことがその笑いの奥に含まれていることを見てとって、まあ、そんなものだろうなと割り切りをはたらかせつつ、出産に関する極論を伝えてやった。

「私の母は、出産がいちばんの快楽だと真顔で力説していました」

我謝さんの唇が幽かに動いた。けれど言葉になる前に流産してしまったらしく、私と我謝さんのあいだには距離を縮めようのない沈黙が漂った。

息の気配がする。我謝さんの息の気配がする。厭なことに気付いてしまったのだが、我謝さんの呼吸と私の呼吸はまったく絡みあうこともなく、完全にちがうリズムで、じわりと流れこんでくる夜の濃い藍色の湿り気と共に、てんでんばらばらに息をしているという現実が迫った。

肺活量がちがうのだから当然だと自身を納得させはしたのだが、私は我謝さんと息を合わせたかった。息の合った男と女でありたかった。

「鮎のお母さんにはそそられたなあ」

唐突に言った我謝さんは、濡れて光る好色な眼差しを隠しもしない。それこそ舌なめずりしそうな気配だ。ならば私は率直に尋ねよう。

「セックスは」

「誘われたけどね」

我謝さんは鼻梁に複雑な皺を刻み、組み合わせた指先をせわしなく動かした。はからずも絡みあう男女の暗喩だった。挑むような気配を感じさせたくなかったので、ごく柔らかな調子を意識して訊いた。

「なぜ、誘いにのらなかったんですか」

「なぜって、忘恩は自尊心をひどく傷つけるからね。恩を忘れて、まあいいやって自分をごまかすたびに、自分を尊ぶ心が踏みつけられて、いや自ら踏み潰した崩れた珊瑚になってしまうんだ」

わかりづらい物言いだった。上目遣いで訊いた。

「つまり、父を裏切りたくなかったということですか」

「そう」

我謝さんは短く肯定し、芝居がかった仕種で目頭に指先をあてた。窓外の夜がとろりと溶けた藍色を際限なく室内に注ぎ込んでいることを私は感じ、ベッドからタオル地のブランケットを摑みとり、まだ汗の湿りが残る肌を覆った。我謝さんはなにやら逡巡している気配だ。

これ以上沈黙が長引くならば身支度をしようと決めたとき、我謝さんが手を伸ばしてブランケットを引き剝がし、たぶん夜の藍色に刺青《いれずみ》を施され、沈んだ色彩に染まりはじめているであろう私の肌を上から下まで眺めまわし、決まり悪そうな笑みと共に言った。

「鮎のお母さんと肌を合わせたらね」

「はい」

「きっと、早漏になると思うんだ」

いきなり殴られたような気がして、けれど血の気が引くかわりに頰が熱をもった。だって我謝さんはどちらかといえば時間がかかることに劣等感を抱いていて、悩んでいたのだから。私とだと五十分でようやく短くなったと安堵し、母とだと早漏になってしまうというのだ。女の綜合《そうごう》した能力的なものの格差を突きつけられたような気分で、けれどそれを圧し隠して静かに尋ねる。

「そんなに違うものなんですか」

「うん。構造じゃないんだよ」

「構造とは、あの、なんていうか、女性器の構造ですか」

いまでは私だって綺麗事ではなく、粘液をにじみださせ、あふれさせる肉であることを思い知らされているのだから含みのない問いかけをしたのだが、我謝さんは考え深げな面差しで、まだ私で濡れそぼっている、けれどすっかり収縮してしまった自身に視線を落としつつ、肯定した。

「そう。ホーミーの構造。肉の管の構造。塞がった肉という意味における膣の有様。確かに優劣はあるんだね。目を見開くようなすばらしい構造もあればね、逆に褒めそやして相手も自分も誤魔化さなければやっていけなくなってしまいそうなほどに痛々しい構造もある。でも、そんなものじゃないんだ。構造の問題じゃないんだ」

「じゃあ、なんの問題ですか」

「忘我」

「我を忘れるってこと？」

「エクスタシー。その語源はギリシア語で、外に立つという意味。魂が肉体を離れて宙をさまよう状態だね」

「わかったような、わからないような」

「この絵はエクスタシーを顕したもののようだけれど」

「——収縮と弛緩がモチーフで、確かにその通りかもしれません」

「エクスタシーというのはさ、普段の普通の通常の日常の意識が消え去ってしまって、変貌してしまうことを意味するんだ。その実際は、外界に対する感覚喪失と筋肉のカタレプシー状態を伴う——っていうね」

「カタレプシー？」

「昏迷して受動的な姿勢のまま固まってしまうことだけれど、自分では制馭《せいぎょ》できない緊張状態とでもいえばいいかな」

「緊張状態。言い換えるなら、収縮でいいんですか」

「たぶん。弛緩した状態ではないからね」

「緊張——収縮は、弛緩のために用意されているような気がしたんです」

「ああ、女のことだね。女の快楽だ。じつは膣ってね」

「はい」

「極めると、一瞬、ぐゎって膨らむね」

「ぐゎ——ですか」

「収縮を経て弛緩した瞬間、膨らむね」

「つつみこむのではないのですね」

「うん。拡散する。カタレプシーからの離脱というか、解放だね。エクスタシーに至るには、自分では御することのできないカタレプシー状態が必須なんだろうな」

我謝さんと私は全裸のまま、なにを話しているのだろう。とても恋人同士の会話とは思えない。左眼に違和感を覚えた。ぱちぱちしていると我謝さんが小首を傾げた。

「逆さ睫毛《まつげ》じゃないけれど、抜けた睫毛かなにかが目の中に——ゴミかもしれません」

私が瞼を引っ張って控えめにじたばたすると、収縮と弛緩、エクスタシーやカタレプシーは目に入ったゴミと引き替えに与えられたごく少量の涙と一緒に、きれいに洗い流されて消えてしまった。それでも私が描いた無数の線は薄暗がりのなかでも私の全身、とりわけ内腿に這わされた柔らかな愛撫の痕跡や背中一面に刻まれた見えない引っ掻き傷や蚯蚓《みみず》脹《ば》れを転写して揺るぎなかった。

7

バリアリーフの切れめからすごい勢いで海の水が沖に向かって疾ると脅されたけれど、脅すだけでなく、二箇所ある水流の危ない場所を我謝さんはきちっと教えてくれた。そのおかげで不安と無縁に私は明るくなるころから暗くなるまでシュノーケルを咥《くわ》えて海にいた。

泡盛の大きなペットボトルを買ったくせに我謝さんは酔わぬ程度にごく控えて執筆に専念し、私との夜に備えた。波に抱かれ、我謝さんに抱かれる日々は、いまだかつてない安らぎを私に与えてくれた。毎夜、夢を見たことさえ覚えていない熟睡が訪れた。

読谷村というとでなにもないところと決めつけていたけれど、我謝さんと自転車に二人乗りで五分ほど漕げば着いてしまうイオンタウンにはツタヤもヴィレッジヴァンガードもダイソーもあるしマックスバリュは二十四時間営業だ。スターバックスもあれば大戸屋《おおとや》もある。ナムコランドでUFOキャッチャーに取りついて我謝さんと大騒ぎしているうちに、読谷に住み着いてしまいたくなった。

沖縄で自転車はきつい。実際、自転車を漕ぐ人はあまりいない。島なので勾配がきついからだ。けれど読谷のこのあたりは海よりも低いのではないかと疑念が湧くくらいに平べったいからペダルを漕ぐのが苦にならない。毛細血管じみた複雑さの海底地形をもつ澄みわたった海と宇宙が透けて見える空があり、文化云々といったものを持ちだせば確かに底は浅いけれども生活しやすい諸々がごく身近にある。京都よりも、そして当然ながら取手で暮らすよりもよほど便利で愉しく、我謝さんが運転免許を失ったままでいるのは当然のことのように思えた。沖縄でよく言われる近所付き合いの大変さも、なにせ我謝さんが自分の家の食堂のように使っている〈浜辺のキッチンもめんばる〉というハンバーグから麻婆豆腐までだすレストランが海辺にあるだけで、付き合うべき近所が存在しないのだ。つまり読谷のこのあたりは大自然と生活が程よく密着した稀有《けう》な土地だった。

日の出と同時に浜にでる。その朝は足の速い大型台風が接近していることもあって、西北の沖に拡がるバリアリーフに波浪が砕け散り、爆ぜて銀にそそりたつ波濤《はとう》によってその巨大な円形闘技場じみたかたちがくっきり露わになっているほどだった。

けれど、いまのところ凶暴な大波も堤防の役目を果たす無数の珊瑚礁に阻まれて、浜に至るころには高低差はかなりあるがまだ柔和なうねりといった程度で、それでも私は注意を怠らず、離岸流が発生する遺跡のほぼ真西の海と渡具知《とぐち》ビーチとの境界になっている巨岩の浜あたりには近づかずに、その中間あたりで上下する波に愛撫されていた。

いつもなら温水プールじみたあたたかさの海水が沖のものと入れ替わったのだろう、陽射しの熱を閉じ込めて熟《う》んでいた昨日までとは打って変わって清浄な冷たさで、それが逆に新鮮だった。これ以上うねりが強くなれば海中の堆積物が捲きあげられて透明度が損なわれるのだろうが、冷涼な海水の新たな流入によって大気との境目が判然としないほどの透明度を獲得して、私は軀にまとわりつく液状の水晶に夢中だった。

海に弄ばれてうっとりしている私の視野に我謝さんが映った。なんと全裸で、しかもその男は天を指し示していた。肩を左右に揺らせて、うねりに逆らってぐいぐい近づいてくる。珊瑚で足裏を傷つけてしまわないか心配になってしまう勢いだった。ユーモラスで愚かだったが、圧倒的な力に充ちてみえた。その一方で、ひどく脆いものもにじみだしていた。

台風のやってくる海に昂ぶりを露わにした全裸の男。まるで戯画化された世界だ。現実離れしている。それなのに、そこにあらわれた悖反はまさに男の、いや人間ならではのものだった。

我謝さんの背後の空は海の孕む不安と暴力の予兆に無関心なのか、まだ粘度の高いこってりした夏ならではの色彩を押しつけてきてはいたが、その青を背景に沸きたつ雲は、狼狽え気味だった。我謝さんの股間のように伸びあがって育ちきったかと思うと、呆気《あっけ》なく引き千切られて形状を変え、縒《よ》れて縺れて消滅していく。大気はあきらかに動揺していた。

私は胸の下あたりまで海水に浸かっていたが、うねりを持てあましはじめていた。我謝さんの登場と同時に波が荒くなってきた。両足を踏ん張ってバランスをとり、揺すられる上体をなるべく垂直に保つ努力をしたが、うねりに逆らうのはもう無理だ。私は陸に向けて取ってかえした。我謝さんもすごい勢いで私に向かってくるので、その端整な顔がどんどん近づいてくる。けれど我謝さんが瞬きさえしない妙に真剣な顔つきなので、まとわりつく海に攪拌《かくはん》されて倒れそうになりながらも苦笑気味な頬笑みを泛べた。

おへその下あたりの深さのところで、向きあった。我謝さんは切迫した眼差しを隠さずに、きつく手首を摑んできた。強引に誘導されたが、我謝さんは私の手にあまった。いつにもまして鉱物の硬さを誇示していたが、この鉱石は摩滅と無縁で内側から発熱し、烈しく脈打っていた。おずおずと仕込まれた手の動きをしてみせる。きつく接吻された。舌の根が痛くなるほどに吸われた。私の唾液すべてを吸いつくす勢いだ。実際に我謝さんは喉を鳴らしていた。

私は立っていられなくなった。うねりもあるが、なによりも性的な昂ぶりで腰が砕けかけていたのだ。我謝さんにしがみついた。我謝さんは私からラッシュガードや水着を剝ぎとった。それらはたちまちうねりに攫《さら》われて消え去った。嵐のやってくる浜に近づく酔狂な者はいないにせよ、私は羞恥に身を固くした。我謝さんはいったん腰を低くして、向きあったまま私を断ち割った。私の最奥にまで至って囁いた。

「海ん中で動くと、汐《しお》が沁みるさあ」

我謝さんは私の臀に両手をまわしてきつく押さえつけた。密着しているうちに、波のうねりの複雑な上下が伝わって、それが密やかな諍《いさか》いじみた葛藤に変化し、私は怺えきれずに声をあげた。

うねりに翻弄されたのか、我謝さんに玩弄《がんろう》されているのか判然としないけれど、自分でも信じ難い率直な現状をあらわす進行形の言葉が洩れてしまい、けれど迫りあがりかけた羞《は》じらいは波と風がもぎとって持ち去ってしまい、私は仁王立ちしている我謝さんの左足に右足をきつく絡ませて密着の度合いをきつくして、悲鳴に似た声をあげて首を前後左右に揺らせて果てた。

「このままここにいて万が一、大波に襲われたら攫われてしまうから、も少し浅いところに行こうね」

子供に諭すような口調で言って我謝さんは私から離れた。とたんに軀の中心に空白ができてしまい、私はその心許なさに下唇を咬んだ。

我謝さんと私は膝下の深さの浅瀬にまでもどった。波の上に突きだしている珊瑚の成れの果ての褐色の岩に私を摑まらせて前傾させ、我謝さんは背後から突き抜いてゆるゆる動作しはじめた。

南からの生温かい強風がうねる海面に細かな縮緬皺《ちりめんじわ》を刻んで抜けていき、濡れて垂れさがった髪を鞭のようにしならせ、細かな飛沫《しぶき》を散らせる。

苦に近い快のあいまにかろうじて我謝さんを窺うと、粘る青を覆い隠して彼方の水平線と溶けあってしまって際限なく育つ黒灰色の雲が支配的になってきた空を虚ろな眼差しで睨みつけていた。

機嫌が悪いのだろうか、と不安になったそのとたん、落雷したかのように我謝さんに電流が疾り、ビクッと背筋が張り詰めた。加減なしに弾けるように動きはじめ、その勢いに耐えられないと訴えようとした瞬間、我謝さんが雄叫びをあげた。海鳴りに負けぬ底力があった。私は我謝さんに充たされて、そのままバランスを喪った。

浅瀬に転がる前に我謝さんが私の軀を支えて抱き寄せてくれた。私は完全に脱力して身をまかせていたが、我謝さんはなにを思ったか荒い息のままましゃがみこみ、私を膝の上に載せて仰向けにし、強引に指先を挿しいれて委細かまわず私を搔きまわした。

「見てごらん、鮎」

我謝さんが顎で示したあたりに啞然とするほど大量の極彩色の魚が群れていた。

「撒き餌《まえ》してみたよ」

青、黄、赤、黒灰、茶、銀、黒、緑、白、褐色——入れ違い、重なり合い、反転し、際限のない色彩の乱舞だ。台風襲来に小躍りしているのだろう、よじれて身悶えしてなにかを突いて喧嘩腰《けんかごし》だ。まきえまきえと痺れきっている脳裏で繰り返して、我謝さんが私のおなかのなかに放ったものを搔きだして魚に食べさせていることを悟った。

これも稚気というのだろうか。だが余韻もなにもあったものではない。苦笑いする気もおきず、それどころか俯き加減になりそうな寒々としたものを覚え、実際に海水温が低いので私は先ほどまでの内側の熱も忘れて身震いした。

＊

暴風雨が猛《たけ》るその晩、我謝さんはもどらなかった。

翌日も、もどらなかった。台風が完全に通りすぎた翌々日も、もどらなかった。

波浪と常軌を逸した強風が際限なく乱打してきた嵐の晩は怖くてシャッターを下ろして膝を抱えてじっとしていたけれど、風がおさまってきた翌日は、だいぶ平静な気分になった。

いま思い返してもふしぎなのだが、三日めには開き直りとはまた違った気楽さを感じて、背泳ぎの恰好で海に浮かんでいた。まだ台風の余韻で時折大きなうねりがやってくる海に揺られながら、我謝さんがもどらなければ、あのコンクリの家はこの夏の私専用の別荘だ——と真四角な家を眺めて頷いた。

四日めにもどった我謝さんはせわしなく私を抱いた。実質十五分程度だったか。いままでの最短時間だった。それでも私は充足していた。私に女の快を教えてくれたこのひとを大切にしようと見つめた。

ごく自然な頰笑みが泛んでいたと思う。それがいけなかったのか、不在を問い詰める気などさらさらなかったのに、我謝さんは勝手に気をまわして釈明しはじめた。

「推察のとおり、女のところにいた」

「都合のいい女になるつもりはないけれど、我謝さんを独占しようなんて思っていませんから。この夏のこと、とても感謝しているんです」

我謝さんはプルタブを引いただけで口もつけていないオリオンのアルミ缶に浮かんだ汗を落ち着きのない指先の動きで拭う。テーブルに散った水滴が見苦しい。

「鮎といるとな」

「はい」

「いわばカタレプシーの渦中にあるみたいでな」

意外な言葉だった。カタレプシーが生じてしまっているのは私のほうだ。

我謝さんで強張っているのは、その男だけではないか。それだって私に烈しくこすりつけたあげく柔らかくちいさくなって、だらけきって微睡《まどろ》んでしまっている。

「私は我謝さんに緊張を強いていますか。ひたすら収縮させてしまっていますか。そうは見えないんですけれど」

我謝さんが立ちあがった。傍らにやってきて、どちらかといえば薄く平べったいであろう私の軀を頭から足先まで丹念に、執着のこもった手つきで撫でまわした。

「――すばらしいエクスタシーを与えられるさ。緊張と弛緩だ。較べるものとてない、というやつだ。実際に俺は鮎を抱けば、必ず射精しているだろう。けれどな」

「はい」

「和らぐことがない」

さすがに頬笑みはふさわしくないと感じ、真顔をつくった。

「で、和らげる方のところへ？」

「そうだ。和らげる方との交わりはな」

「はい」

「射精に至らずだ」

私から視線を逸らして芝居じみた自嘲の笑みで唇を歪める。完遂できないというのに、なにをしにでかけるのだろう。

「――至らないでも、いいんですか」

「いいんだ。安らぐので」

ならば私はやや砕けた口調と不満のにじんだ調子に方針転換することにした。

「私、そんなに緊張を強いているのかなあ。カタレプシーを押しつけているのかな」

「たぶんな」

「はい」

「俺の中で偶像化がおきている」

「偶像。私が偶像？」

「そうだ」

その昔父がしたように、我謝さんは中指の先で私の瞼に触れた。指先は目頭に執着を示した。

「涙湖を舐めたい」

哀願の口調だったが、無視した。我謝さんの内面で目が女性器の象徴と化してしまっていることが、その指先の動きから伝わった。父の指先に性的なものが含まれていなかったとは言い難いが、それを凌駕《りょうが》する美に対する冀求《ききゅう》があったことがいまさらながらに実感された。父と我謝さんの欲求の本質的な差に控えめに驚愕《きょうがく》すると共に、男と一括《ひとくく》りにするのは間違いで安易すぎることだったと自分を諌《いさ》めた。イボテンさんだったら私の瞼にどんなふうに触れるだろうか。イボテンさんの計測する指先――。

我謝さんは敏感だった。私の思いが、私に触れている男にないことを悟って、先ほどの芝居じみた自嘲を泛べた唇が、混じりけのない自己嫌悪と自虐に大きく歪んだ。我謝さんが指先を引っ込めたので、エアコンのリモコンを手にして、冷たすぎる風を宥《なだ》めた。

「正直に言いますね」

「言え」

「いまにかぎらず、私には我謝さんが話してくれることの半分もわかりません」

「言葉を扱う職業に就いている者としては忸怩《じくじ》たるものがあるが、たぶん、俺の小説家としての限界だろう」

「違います。私の頭の中は観念的っていうんですか、現実から離れた観念ばかりです。そのくせ抽象的な表現に弱いんです。認めたくはないけれど、たぶん、私は、バカです」

軀はやせっぽちで薄っぺらでも、心は父に仕込まれて肥大している。私は父に与えられてしまった無数の観念をちいさく呪った。観念の肥満に苛立った。

下唇を咬んで我謝さんから視線を逸らし、この男は単なる男性器だと断定した。瞼に触れられる程度の肉体的接触しかなかったにせよ、一般の家庭では有り得ない密度の関わりがあった私と父。父が瞼に触れてくれたのだから、私は父の肩でも叮嚀に揉《も》もう。父の背に密着して、その軀の強ばりをすこしでも解いてあげたい。

「明日、京都にもどります」

「怒っているのか」

「怒る。なにを」

「怒っているんだね」

顔を寄せて見当違いな指摘をしてくる男に失笑が湧きそうになり、それをどうにか怺えて苦笑いに変え、けれどその無理がたたったのか行間を読めぬ男に対するじれったさに唇が勝手に動いてしまった。

「――作家だからって、会話が得意というわけでもないんですね。ふしぎですね。言葉を操る職業なのに」

それは口にしてはいけないことだった。我謝さんの内面に不穏が迫りあがったのが見てとれた。破裂しかけた我謝さんは、それをどうにか抑制するためにのしかかってきた。私は一切逆らわず、男の望むがままに自在にかたちを変える人形になった。

奇妙なことにあれほど我謝さんから快を与えられていたのに、深く静かな不感につつみこまれていた。息さえ乱さず、漠然と板張りの床に仰向けになった私を押さえつけて暴れる男と、その背後の灰白のコンクリート剝きだしの天井を眺めていた。滴り落ちてくる男の汗に、徒労という言葉が泛んだ。

8

満員の市バスに厭気が差して四条《しじよう》烏丸《からすま》で途中下車してしまった。隣に立っていた中年女性の酸っぱい腋臭《わきが》からは解放されたが、倦《う》んだ熱を孕んだ湿気がじわりと肌にまとわりついてきた。もちろん不快だ。けれど、ああ帰ってきたんだな——と肌がだらけ気味に弛緩した。よい悪いや好き嫌いとは無関係に馴染む。私が生まれ育ったところだから。

沖縄もじっとりしていたが、質がちがう。いかに湿気がひどくとも沖縄は海風が抜けるので案外過ごしやすい。海がないのは大きな欠落だと胸の裡で呟きながら、胸中だけとはいえ欠落なんていう言葉を遣う十九歳は、男の人にとって鬱陶しいだろうなと苦笑する。この苦笑自体も男女を問わず、さぞわずらわしく感じられることだろう。

荷物は宅配便で送ってしまったので、肩から下げた小振りのトートバッグのみの身軽さだ。ハンズに寄って調理器具のフロアにあがった。

私は電子レンジが大好きだ。熱源ではなく電磁波で調理するのが魔法じみていて愉しい。マグネトロンでマイクロ波をつくりだし、水の分子と分子のあいだに摩擦熱をおこすということそれ自体に強く惹かれる。味なんて二の次だが、考え抜かれた電子レンジ用の調理器具で蒸し野菜をつくると、その瑞々《みずみず》しさにうっとりすることもある。

それを口にしたら、料理というものはガスで煮るなり焼くなりオーブンや蒸気でしっかり熱をいれて――などと講釈してくる間抜けな人もいた。ガスを使うのと電気を使うのとではテクノロジーにどれだけ差があるというのか。沸騰それ自体、伝熱のあげく水の分子が水からでていくという現象ではないか。だいたい、いつでもどこでもスマートフォンを顔に押しあてて脳に電磁波を浴びせかけ、いちいち料理の写真を撮っている人に限って電子レンジの電磁波を毛嫌いする。

以前から電子レンジでホットサンドが焼ける器具が気になっていたのだが、真っ赤なシリコンで縁どられた鈍色《にびいろ》をした軽金属の方形を手にとったとたんに欠伸が洩れそうになった。どうしたことかこの器具だけでなく、物という物にピントが合わない。目が潤んでしまっている。といって感情が昂ぶって涙ぐんだりしているわけでもない。無数の色に彩られた無数の物が像を結ばない。

沖縄にやられてもうたんかな——とぼやきながら下りのエスカレーターに向かった。マグネトロンと声にださずに呟く。小学校低学年から父の書斎の百科事典が愛読書だった。父に質問をしたら自分で調べろと強制されたのだが、読めない漢字がたくさんあっても図版の美しさに魅了された。友だちはいなかったし、外に遊びにでることも好きではなかったので時間潰しというわけでもないが、退屈しのぎにずしりと持ち重りのする百科事典をランダムに一巻引きぬいて飽かずに眺めていると、時折傍らに父が膝をついて私が視線をはしらせている項目について、小声でなにやら囁きかけてくる。いまでは父がどのようなことを教えてくれたのかはまったく覚えていないが、放たれた言葉と共に頬や首筋を擽った息、その口臭だけは鮮やかに甦《よみがえ》る。

追憶に耽りながら無意識のうちにも人通りの少ない場所を選んでいたのだろう、気付いたらハンズの裏路地と思われる一方通行に迷いこんでいた。

幼いころに多かったのだが、考え事や妄想に入りこんでしまうと私は前後の脈絡を喪うことがよくあった。いまだにそれが抜けていない。じわっと迫りあがってきた羞恥を居直ってねじ伏せて、ふと顔をあげた視線の先の白地に青文字の住所表示に『元悪王子《もとあくおうじ》町《ちょう》』とあった。

悪王子。元悪王子――。いまの日本のどこにこんな町名が残されているだろうか。いきなり気力が充ちた。出し抜けに充電された。ここは京都だ。京都に帰ってきた。嬉しくなった。気持ちが弾んだ。

スマートフォンで検索してみた。悪王子とは素戔嗚尊《すさのおのみこと》の荒々しく、戦闘的で積極的に働く神霊――荒魂《あらたま》を祀《まつ》った神社のことで、元悪王子町に悪王子社があったのは西暦九七〇年から一五九〇年までの約六百年間だそうだから、成り立ちはいまから千年以上前の話だ。この目眩が起きそうな時間の痕跡が残されているところが京都の凄さだ。

そもそも悪という漢字には現在通用している悪いという意味だけでなく、猛々しく強い者という意味があるとのことだ。素戔嗚尊の素戔とは荒れすさぶという意味で、善悪とは無関係な巨大なエネルギーそのものを示すという。

我謝さんのコンクリの家に独りでこもって身じろぎもできずに軀中を強張らせて一晩中耐えた台風が泛んだ。あの暴風雨自体に善悪はない。あるのは私という存在など歯牙にもかけない超越だけだ。私も悪王子にあやかりたい。

そんな大それた願望を抱いてしまったせいか、四条大橋《しじょうおおはし》を渡って祇園《ぎおん》の側から河原に降りて、ぎらぎら威張り散らしている夕陽を浴びながら丸太町通《まるたまちどおり》まで歩いてしまった。さすがに脹脛《ふくらはぎ》が懈《だる》く、神宮丸太町《じんぐうまるたまち》の交差点で思案した。いまさらタクシーを拾うのはプライドが許さない。

「なんのプライドやろ」

小首を傾げてから、さらに足早に行く。やや前屈みになってひたすら東に歩き、泉屋《せんおく》博古館《はくこかん》を左に折れて鹿ケ谷通《ししがたにどおり》に入ると気温が多少は下がった。けれど火照《ほて》った軀を冷ましてくれるほどではない。必要最低限の物しか入っていないトートバッグが妙に重い。自宅まであと十五分くらいだが、沖縄から関空、そして京都と長旅をこなしたあげく炎天下を歩きづめだ。さすがに少々めげていた。

足を引きずり気味に、ゆるい坂道をあがって哲学の道を行く。風が抜け、さわさわと桜の木々の葉擦れが耳にやさしい。未舗装の地面の凹凸を足裏が覚えていて、元気がもどってきた。

仔犬《こいぬ》のリードを摑んで大げさに蛇行している顔見知りのお婆《ばあ》ちゃんに声をかけられた。鮎ちゃんやんか。あ、お久しぶりです。なんや焼けたなぁ、黒こげやで。沖縄、行ってました。ええなあ、バカンス――。

ようやく辿り着いた。上《あ》がり框《かまち》に腰をおろして軽く放心していると、哲ちゃんが顔を覗かせ、放蕩《ほうとう》娘がもどったか――と、ニヤニヤと苦笑いの中間といった変な笑みを泛べて膝に手をついて見おろしてきた。

母はその肩越しに背伸びしてあれこれ物問いたげだったけれど、ただいまとだけ呟いて無視し、汗で額に貼りついた髪を手でざっと整え、父の画室に向かった。

軽くノックして重たい引き戸をひらくと岩絵具や膠《にかわ》の香りが懐かしく迫る。壁に寄りかかってエアコンの真下で胡坐をかき、腕組みして想を練っていたらしい父の目が私を捉えた。歳のわりに豊かな白髪が冷風に乱れて揺れている。

「そんなとこにいたら冷えてようないで」

「ん、お帰り」

「ぎょうさん歩いたし、汗まみれや」

「京都には空港がないさかい、遠くに行くには不便やな」

四条烏丸から家まで歩き通したことを言いたかったのだが、微妙に会話がずれている。私は笑みを刻んで父の前に正座した。沖縄はどうだったか訊かれたので、ひたすら泳いでいたと答えた。父は私の顔やノースリーブの肩口を眺めまわし、黒こげやで——とお婆ちゃんとおなじことを言った。ちゃんと日焼け止めを——と口のなかでごにょごにょ呟きかえし、気を取りなおしてトートバッグのなかの画帳から叮嚀にはさんで持ち帰った原稿用紙を取りだし、裏返して示す。

「悪戯描き以外で初めて具象から離れてみました。手近に紙がなくて、原稿用紙の裏やけど、真剣に描きました。夢中で描きました。抽象いうのもおこがましいけど、ぜひお父さんに見てもらいたくて——」

「インキのかすれがないさかい、万年筆か。ブルーブラックはパーカーやろ」

「インクのメーカーまでわからはりますか」

「当てずっぽうや。タンニン酸のええ香りがするわ」

鼻を近づけて匂いを嗅いでいる父は、パーカーのインク、いやインキであることを確信しているのだろう。頷きながら顔を離し、老眼ならではの距離の取り方で原稿用紙の裏側に描かれた緊張と弛緩を凝視した。

「五倍子《ふし》な、ブルーブラックの原料な、蟲瘤《むしこぶ》やから、蟻巻——油虫の死骸がたっぷりや」

インクが油虫の死骸からできているとは知らなかった。父は線描から視線をはずさずに続けた。

「子供が蟻巻を潰してでてきた体液な、髪に塗って艶をだして遊んだから、油虫いうようになったんや。江戸時代からやろな」

「私もちっちゃいころは、誰にも見られていないのを確かめてから、葉っぱの裏側に密集している油虫を余さず潰したりしてました」

「うん。潰すいうのは快感やな」

「——はい。やめられなくなりました。無限にぷちぷち」

「この線もな、ある種の潰しやで」

「――私、なにを潰したんやろ」

「テンションを孕んだ線の一群と、リラクセーションにつつまれた一群とが拮抗《きっこう》しとるけど、リラクセーションが優《まさ》っとるわ」

「ほな、テンションを潰したんやろか」

「砕けて言うたらな、一汗かいたいうとこやろ。まだテンションが抜けてへんけど、ゆるみきって放心しとるいうニュアンスか」

父は性交のあとにこれを描いたということを見抜いているのかもしれない。とたんに私をテンションが覆いつくす。父は私をちらりと見やり、めずらしく顔中を弛緩した笑みで覆った。リラクセーションそのものの目のない顔が強く、大きく縦に振られる。

「うん。ええな。ええわ。じつにええ。なかなかにエロティックや。これができてまうんやから、絵なんて学校でいちいち学ばんほうがええかもな」

「――藝大やめて、お父さんの手伝いしようかな」

「冗談や。俺が教えてやってもええけどな、もっと多面的なもんを学んだほうがええ。おまえは周囲に流されんと、きっちり技術を身につけたらええよ。取捨選択せえよ」

父は声を潜めて付け加えた。

「アホに技術つけると取り返しがつかん。大きな声では言えんけど、哲のことや」

さらに私に顔を寄せて囁き声ながら、強い調子で迫った。

「ええか。写実を忘れたらあかん。写実さえ忘れなんだら抽象も許すわ。おまえのこれ、じつは写実やろ」

「――写実。なんの」

「わからんか。自分で描いといて。どこからどう見ても、おそその写実やないか」

女性器をあらわす関西弁を私に挿しこむように呟いておいて、大仰に顔を顰《しか》めた。

「娘に言うことやなかったな。すまん。俺には性行為から夾雑物を取り除いて快感そのものを抽出して写実として定着したもんに感じられた、いうことや」

「お父さん」

「なんや、あらたまって」

「そのとおりです」

座りなおして姿勢を正した私の膝頭に視線を据えて、父は感慨深げな声をあげた。

「すっかり大きなったなあ。我が娘ながら正直、眩《まぶ》しいわ」

父はふたたび原稿用紙の裏側に定着した性的快感を見つめた。

「鮎子はな、画才も頭の出来も特上や。ま、せいぜい惑うてな」

「惑う――」

「そう。惑うてな、惑うて惑うて惑い抜け」

うまく声がでなくて、それでも大きく頷くと、父は私の首筋間近に顔を寄せた。

「体臭が変わったわ」

「烏丸から家まで歩いてん。そやしたっぷり汗かいてもうたしやろ」

「汗ちゃう。汗ちゃう」

いきなり核心を突かれた気がした。狼狽がひどく、私はなにも言えぬまま、目を細めて私の匂いを愉しんでいるとしか思えない父の貌を凝視するばかりだ。

「もともと鮎子はあるかないかの体臭や。たぶん俺しかわからへんかもな。おしめ替えたった俺やからな、わかるんや」

おしめ――。そうか。私はきれいに忘れているが、この人は私の親なのだ。どの程度の頻度かはわからないけれど、幼いころの私の下の世話までしてくれていたのだ。すべてを見られ、触られ、嗅がれていた。

「俺は鮎子の匂いに関しては詳しいで。確実に変わってるわ。妙に甘くて、ようないな」

ふっと息をつき、念押しした。

「よう、ないわ」

見交わした。真剣な、けれど無表情な私が楕円に歪んで映っている色素の薄い虹彩《こうさい》の奥の気配から、決して父が私を否定しているのではないことが伝わった。ようないのだから悪いのだろうが、父は悪いということをあきらかに肯定している眼差しだった。

父の頬が照れでほんのわずか、揺れた。いとおしげに私を見やると、原稿用紙の裏の無数の線の集積に視線を落とした。

「これ、額装して俺んとこに飾るわ」

「飾ってもらえますか」

「飾る。ちっちゃなときの円が無意識の傑作やとしたら、これは鮎子の無意識の意図が仕上げた大傑作や。鮎子は、あれこれ考えるたちや。これかて描く前にさんざん思い巡らせたことがわかるわ。鮎子の頭ん中、言葉が乱れ飛んでるやろ。暴風雨みたいなもんか。言葉の台風や。画を描くのに言葉。アイロニーちゃうで。あれこれ考え抜くやろ。ほんで、ある瞬間、泛んだ無数の言葉を鮎子は吹き飛ばしてまう。あとは、こうして手にまかせればええ。軀にまかせればええ。けどな、手が手として、指が指として動くようになるためにはな、それが単なる手癖指癖ちゃうようなるためにはな、無数の言葉と格闘せなあかん。画を描くには言葉が要《い》るんや。哲な、言葉が薄い。手癖、指癖で描くばかりや。哲は日本画の職人いうことや。ま、どこぞ寺の障壁画の修復にでも携われば、ええ仕事するやろ。鮎子は、そんなことはせんでええ。ただ、描け。ひたすら描け。惑え。惑い抜け。それにしても、これは、ええ。つまり、これはようない。俺の娘がこれを描いた。親に見せられんようなもん描きよった。ほんまはな、こういう作品は、親に見せたらあかんもんなんやで。心ある親やったら途方に暮れるわ。いやはや困ったもんや。まったくトホホやで。死語か、トホホなんて」

　めずらしく言葉を重ねた父の唇の両端に、唾液が幽かに泡だって白く粘っているのが見えた。あの悪臭と紙一重の、懐かしい口の匂いもした。

「なあ、鮎子」

「はい」

「はよ流し、その香り。ようないわ。誰にも嗅がしたらあかん」

　顎をしゃくられて、私は画室から、父から逃げだした。廊下の角を曲がった瞬間に、原稿用紙云々から遣り取りがあってもいいようなものなのに、我謝さんのことが一切話題にのぼらなかったことに思い至った。奇妙なことに私は父の前で我謝さんのことをきれいに忘れ去っていた。父はどうだったのだろう。思わず立ちどまって考え込んでしまった。私は我謝さんのことを思い泛べなかった。父は念頭にあった。そういうことだろう。すすっと母が近づいてきた。

「京都駅から歩いてきたんやて？」

「ちゃう。四条烏丸」

「どのみち、この炎天下、酔狂なことや。はよ汗流し」

「お母さん」

「なんや、あらたまって」

「私、臭う?」

「――べつに。あんたは臭わんで。はっきり言うたるわ。無味無臭。それがあんたや。ガスもったいないないし、さっと水道のまんまの冷たいシャワー浴びれば充分や。無味無臭でよかったな」

私は母の嫌味だか皮肉だかよくわからないいけずを頰笑みと共に飲みこんだ。同性にはわからない匂いもあるのだ。

「なんや、えろう機嫌ええな」

「うん。私は悪王女になる」

母は軽い上目遣いでしばらく私を見つめ、大げさに肩をすくめて背を向けた。私は母の後ろ姿をやや反りかえって見送った。私が生まれて初めて父から真の意味で褒められた作品は、原稿用紙の裏に描いたものだった。

＊

なんだかんだ言いながらも、母は浴槽に湯を充たしてくれていた。シャワーでざっと汗を流して、そっとバスタブに沈む。

いままで床も壁も天井も総翌檜づくりの和風浴室にロココ調のバスタブを据えた父の

感受性が薄気味悪く、どうしても馴染めなかった。ところがいまこの瞬間ミスマッチの好さ、悪趣味ぎりぎりの見切りがあることに気付いた。

浴室は寛《くつろ》ぎと癒しの場として浴室である気配を消滅させるべきか。それともあえて浴室であることを主張すべきか。すっかり建築士になりきって、浴室のあるべき姿に対して頭のなかで言葉が踊る。たかがお風呂場、されどお風呂場――。

浴室に対して無数の言葉を紡ぎだしているさなか、なるほどと大きく頷いてしまった。父は私が言葉の奴隷であることを見抜いているのだ。父の言ったことを私なりに解釈するなら、私の心、そして外の世界、そのどちらに対しても最初の認識は、言葉によるということなのだろう。

思い返せば、読谷の空に湧きあがる雲が内側から光り輝く様を目の当たりにして、その印象を私はたしかに言葉に変換して凝視していた。性癖としか言いようがないが、自問自答、押し問答、結局は愚問愚答、私の頭のなかで私と私が言い争う。この無数の言葉が絵に変換されるというのだから、私はこれを素直に受け容れよう。

浴室がどうあるべきか結論が出ないまま頭のなかの言葉の遣り取りが一段落して、浴槽の縁に頭の後ろを押しあてて天井の滴をぼんやり一瞥したとき、山肌の傾斜に向けて開け放たれた窓から、やや気の早い秋の虫の音が忍びいってきていることに気付いた。気恥ずかしいことだが、言葉が渦巻きすぎていて、季節を先取りした虫の声が耳に入ってこなかったのだ。

意識したとたんに、四方八方から虫の音が重なりあって迫る。そこに鵺《ぬえ》がヒィー、ヒィー、ヒィー、ヒョォーとごく控えめに寂しげに割り込んできた。それらは秘《ひめ》やかな夜の睦言《むつごと》に似て、私を圧倒的な深みにはこぶ。押しやられるといってもいい。夜の圧力は静的ではあるけれど、抗いがたい強さがある。凄まじいものだ。

とたんに父の趣味が正解であることを悟った。この浴室は鹿や猪が出没する季節の変化の鮮やかな東山の山裾にあるのだ。一生地上に姿をあらわさぬ地虫が低く長く唸り、迷い蛾《が》が天井の黄金色の灯《あか》りを目指して舞い踊って薄灰の鱗粉《りんぷん》を放射状に散らし、永遠の悲嘆に暮れた虎鶫《とらつぐみ》が俯き加減でヒィー、ヒィー、ヒョォーとしっとり潤った夜をのせて囁きかけてくるのだ。

その里山の、じつは桁外れに濃密な自然にすんなり溶けこむ浴室を志向するのは、安易すぎる。あるいは傲慢だ。自然と一体といったコンセプトで風呂場をつくりあげ、湯に入って自然を愉しむといったニュアンスは、自動点火の青いガスの焔《ほのお》で沸かし、常に一定の湯温を保っているという背信があるせいで、どこか滑稽で偽善臭さえ漂う。

それを逆手にとって、父は自然志向という不自然を嘲笑するかのように優美な、けれど人工的な曲線をもち、人間の骨格だったら直立が覚束ないほどに華奢《きやしや》な四本脚のついたロココ調の浴槽を据えた。

その一方で、この浴室には異臭とまではいえぬにせよ、微妙な臭いがある。明日は檜になろうで翌檜なのは、木質に特有の精油分が含まれていて、その油分の臭いが好まれぬせいだと父が言っていた。木膚のよさは檜と同等なのに、檜の芳香ではなく異臭に近いものが漂うのだ。

父はロココ調に、あえて微妙な臭いのする翌檜を合わせた。ロココ調は人の趣味が選びだし、つくりあげたものだ。そこにその芳香がもともと人の趣味に合致する檜を組み合わせると、たぶん妙に落ち着いた心地好い浴室ができあがってしまうだろう。そこには愚かさと紙一重の忘我がある。父の拗《ねじ》くれた美意識は曲線が過多で複雑に渦巻く人為的なロココの様式に、人間様の趣味になど一切頓着しない自然の臭いがする翌檜を合わせた。

異質と異質が組み合わさると、安らいで自我を喪失し、頑迷《がんめい》に堕する一歩手前で踏みとどまることができる。心地好いテンションを与え、保持してくれる。お風呂こそ忘我に陥りやすい場所の最たるものだ。程よい温度の湯は、羊水のなかの胎児に人を引きもどしてしまう。父はそれをよしとしなかった。父が目指したのは考える人の湯で、私は父の思惑にきれいに嵌まって、こうしてひたすら大げさな言葉を弄んでいる。

「なんだか、凄いことになってはるな、私」

他人事のように自分を揶揄した。言葉は言葉を孕み、理屈のための理屈を無限に捻《ひね》りだす。さすがにこれは無様だ。苦笑に手助けさせて無数に増殖した言葉を追いだすと、垂れこめる夜の奥から忍びいる虫の音が頭の芯に痺れに似た快感をもたらすが、幽かな不安も醸しだす。

もともと言葉に耽溺《たんでき》するところがあった。おそらくは孤独だけが唯一の友だちだったからだ。私は物心がつく前から頭のなかに友人を拵え、その子と対話を重ねているようなところがあった。それを見抜いた父に、さらに言葉に婬《いん》してしまえと暗示をかけられた。そのせいでロココだ、翌檜の臭いだと大仰なモノローグに耽ってしまった。身悶えしたくなるような決まりの悪さだ。

瞼越しに眼球のまろみをさぐられた幼いころより私はひたすら父に遠隔操作されているのではないか。私は父のロボットなのではないか。そんな即物的で硬質な思いが湧く。しっとり柔らかな夜のしじまにそぐわないが、実際に湯面をとおして透かしみる私の軀はメタルに肌の色を着彩したかの生硬さだ。

「考えすぎやろか、私――」

「御大層や、私」

一気に覚醒していった。

言葉から醒めてみれば、やはりここはたっぷりの湯と私の重みを支えるには華奢すぎる脚の装飾過多の浴槽が据えられた決して芳香とはいえない刺さる臭いに充ちた違和感丸出しの奇妙な浴室だった。

いきなり肌が収縮した。

頭の地肌が引き締まって髪の毛が逆立ったような錯覚が起きた。

耳を澄ましても虫の声しか聞こえないが、それなのに忙《せわ》しない人いきれがする。無数の人が私を凝視している。

喉仏がぎこちなく上下した。そっと浴槽からでた。中途半端に濡れた髪から乱雑に滴が散る。忍び足で浴室から窺うと、脱衣室で人の気配がした。息をころしていなければならないという直感がはたらいて、だから私はバスタオルにも手をかけず、床を濡らしながらそっと脱衣室を覗きこんだ。

「哲ちゃん」

なにしてんの——と問いかけることはできなかった。見てのとおりだからだ。

「それ、あげるし」

苦笑いにまぎらわせて言うと、哲ちゃんは鼻から下を覆っていた私の下着をぎゅっと握りしめた。右手は自分自身を握りしめたままだ。わかりやすくあからさますぎる兄の姿だった。ショックを覚えるよりも、できの悪いコントを目の当たりにして憫笑《びんしょう》で遣り過ごすしかないときに似た気分だった。

「ついでに私の貧弱な裸体もよう見とき」

這いまわる哲ちゃんの視線には開き直った言葉で対抗するしかない。哲ちゃんは凄い勢いで自分自身を痛めつけていく。その視線は私の軀のあちこちを彷徨ったあげく、中心の一点に集中した。見えもしないその奥を凝視している。

なにも知らなかったころに兄のこの姿と対面させられたなら、間違いなくトラウマとなってしまっただろう。そう感じたとたんに怒りにまで至らない苛立ちが心臓のあたりをきゅっと締めつけた。しかも性が絡んでいる苛立ちだけに、一筋縄ではいかない危ういものが潜んでいる。一線を越えることはないにせよ、私はどこかでこの喜劇を許容している。滑稽な兄がいとおしくさえある。感情に流されると溺れる。私にはそういう弱さと脆さがある。小莫迦にした口調で冷たく言い放つ。

「もう、ええやろ。その忙しない手仕事の続きは自分の部屋でしいや」

「鮎」

「なに」

「見せてくれ」

「いやや。それに」

「それに」

「見てるやん」

「誰にも言わんといてくれ」

「誰にも言えへんわ」

「鮎――」

いきなり爆ぜた。狙ったわけでもないだろうが、角度がついていたのか、私の頰を汚した。どこか侮りの気持ちがあっただけに鮮烈だった。嘲っていた兄の歪んだ旺盛な命が凝縮していた。反射的に小首を傾げるようにして流れ落ちぬようにしていた。私も哲ちゃんと同じくらいに愚かだと実感した。不意に白く濁った粘液の弾丸に撃ち抜かれたと言っていい。焦点の合わぬ眼差しで不規則な息を必死になだめている兄に対して哀れみと得体の知れない罪悪感を覚え、心窃かに狼狽えた。それを隠すために威張って命じた。

「きれいにして」

「どうしたらええん」

「ちゃんと拭って」

「触ってええのか」

「はよ、きれいにして」

哲ちゃんの手がのびて、おどおどと私の頰の白濁を刮《こそ》げ落《お》としていく。直《じか》に放たれたせいか、あるいはそれを擦り落としていくせいか、思いのほか強い匂いがした。

「森の香りがする」

「誰にも言わんといてくれ」

「だから、誰にも言えへんいうてるやろ」

口調と裏腹に哲ちゃんは図々しい。放ったくせに、まだ居丈高だ。以前、母が揶揄したことがあったが、あらためて見なおして、なるほど——と思った。

「お母さんがお風呂入ってるときにも同じことしたんか」

哲ちゃんは曖昧に視線を逸らした。とたんに私はしてはいけない妥協をするのが時間の問題であることを自覚して諦めてしまった。拒絶よりもよほど楽だからだ。ごく柔らかな声をかけた。

「あのな」

「なんや」

「そう悪い気はせえへんよ」

「ほんまか」

「うん。それ、洗濯機に入れとき」

目で下着を示して言うと、哲ちゃんは逆らった。

「くれる言うたやん」

「気が変わった」

「——なら、他のもんをくれ。これ、ほとんど匂いせえへんし」

「無味無臭か」

「そうは言わんけど」

「図々しいなあ、哲ちゃんは」

「俺、居たたまれんもん」

哲ちゃんの手から下着を奪い、黙って洗濯槽に投げ入れ、さらに他の洗濯物を上に投げ落とし、液体洗剤を計量せずにたらして標準コースを選択した。その間、哲ちゃんの視線がお臀に貼りついているのを感じていた。

「もう、出てき」

「いやや。触らしてくれへんと」

「お母さんにも触ったんか」

「――ちょっとだけ」

「それで図に乗ってるんやな」

「俺、おかしいんや」

「おかしいね」

「ああ、おかしい」

「あのな」

「うん」

「私はな」

「うん」

「悪い王女や」

「悪い王女――そのまんまやんか」

「私は悪いか」

「凄く」

「そうか」

「――怒ったんか」

「べつに」

私は哲ちゃんの脇をすり抜けて、脱衣室の鍵をかけ、密室にした。哲ちゃんの瞳が揺れた。期待よりも戸惑いがにじんでいた。

「京都駅に迎えにきてくれたとき、スカG運転しながら私の太腿に触ったな」

「ほんまはな」

「うん」

「その奥に触りたかった」

「哲ちゃんの掌、凄い汗ばんでたで」

「だってな、切のうて」

「切ないか」

「切ないわ」

「私が好きか」

「誰よりも」

「いつから」

「ふと気付いてもうたんや」

「なにに」

「中二くらいのおまえが──」

目で先を促す。

「──悪王女やいうことに気付いたんや。気付いてもうたんや」

「わかった。けど、触らせへん」

対面してではじめて哲ちゃんは私から視線をはずした。とたんに哲ちゃんはすうっとしぼんでいって手に隠れてしまった。かわいらしい手品だった。いま、哲ちゃんの頭のなかで言葉は渦を巻いているだろうか。それとも父が見抜いたように言葉が薄いのか。試してみることにした。

「哲ちゃん、私の奴隷になるか」

「なる。おまえの奴隷になる」

あきらかに慾望の反射にすぎなかった。奴隷という言葉を吟味し反芻した気配の欠片もない。なるほど、と頷いた。

「なるから。奴隷。なるから。な、奴隷」

「でも、触らせへん」

「わかった。ええよ。耐えるわ。とにかく悪王女の奴隷になる」

「ほな、御褒美。触らせへんけど、触ってあげる」

耐える——御褒美。

兄と妹ならではのちいさな狎《な》れあいがあった。私が身を寄せると、哲ちゃんは長身をぎこちなく折って私の肩口に首をあずけた。私の手の中でふたたび居丈高になった哲ちゃんのいちばん過敏そうなあたりに爪を立ててやると、哲ちゃんはちいさく呻き、唇をすぼめて私の首筋にあてがってきた。奴隷の身分をわきまえて舌を使うようなことはしない。中途半端に乾いた唇が私の首筋の静脈をなぞるだけだ。私は先ほど頰を汚した哲ちゃんが乾きはじめて遠慮気味に突っ張りはじめたのを意識しながら、洗濯機の水流の音に耳を澄ます。

「鮎」

「なに」

「おまえのおなか、汚してまいそうや」

「ええよ」

「ええんか」

私は答えずに、勢いを増してやった。加減しなかったので哲ちゃんの眉間に苦痛の縦皺が刻まれる気配がした。哲ちゃんの首が肩口から離れた。哲ちゃんはほとんど爪先立って呻き声を怺えていた。

そっと軀を離すと、先ほどと遜色ない粘りが私の下腹のまばらな体毛にこびりついていた。狙ったことを咎める気はない。哲ちゃんは言われる前に跪《ひざまず》いてそれを叮嚀に刮げ落とし、泣きそうな顔でまだ濡れている私の体毛にそっと頬擦りし、気怠げに立ちあがると縋《すが》るように私を見つめ、鍵を解除する音をたてぬよう気配りして出ていった。

私はそっと粘る絹糸に触れ、哲ちゃんの森の臭いを嗅ぎ、浴室にもどって少しぬるくなってしまったお湯に軀を沈め、頬や下腹のぬめりを完全に落として気のゆるみからくる欠伸をしかけ、唐突に気付いた。翌檜の臭いの幾許《いくばく》かは間違いなく男の匂いだ。男の匂いの芯にある核心とでもいうべきものが翌檜には含まれていた。

9

なんとなく億劫で上野の藝祭をスルーして九月の上旬に取手にもどった。とても乾いて感じられるのは土埃のせいだろうか。バスから降りたとたんに遠近が少々おかしくなっていた。風景の奥行きが無限大だ。幼いころに父がDVDでジョン・フォードの西部劇を観《み》ていたのを、脇からそっと盗み見ていたのだが、あの西部の景色を取手に重ねていることに気付いた。とたんに果てしない荒野は一気に縮んでしまった。枯草がまばらに残っている罅割れた空き地から視線をそらす。軽トラックが県道をのんびり抜けていった。残暑は厳しいが、人にたとえれば根にもつことのないカラッとした性格のようで、舗装の照り返しもあまり気にならない。

生け垣に沿うように設えてある自動車用の簡易ガレージの下で健気に私を待っていたカブのシートの埃を手で払い、跨ってペダルを踏むと、ぽろぽろとエンジンがかかって、健気な奴だなあ——と頬笑みが湧いた。手にしていた玄関の鍵をジーパンのコインポケットにもどした。沖縄と同様、荷物のほとんどは宅配便で送っておいた。さぼり癖がついてはいけないと眦《まなじり》決してトートバッグを肩にかけたままカブに乗ってキャンパスに行った。

「おう、鮎子」

馴れなれしいこの人は、誰だっけ。顔は覚えているが、名前はまったく泛ばない。私は記憶を手繰るのをやめ、彼が気分を害さぬよう笑顔をつくる。

「俺は登校禁止の夏期休日期間もひたすらキャンパスにこもってたぞ」

愛想で訊く。

「よい作品ができた？」

「マリンバの練習、してた。セヌフォ族になりきってた」

よくわからないが、さらに訊きかえすほどの興味も湧かない。関わりたくない。不明瞭な笑みを崩さぬまま視線を逸らす。彼はデスクに臀を載せたまま周囲を窺い、声を落として秘密を囁くように言った。

「知ってるか？　裏山のホームレス」

イボテンさん――。

私が向き直ると、彼は立ちあがり、過剰に顔を近づけて私の耳の奥に息を吹きこむようにして続けた。

「俺、夏休みの間中ここにいたじゃん。だから見ちゃったんだよ」

「——なにを」

「腐乱屍体《したい》」

ふらんしたい。意味が摑めず、缶コーヒーのプルタブをぼんやり眺めていると、彼が勢い込んで捲したてる。

「警備員が裏山、見回ってさ、ま、あのホームレスは容認されてたじゃんか。だから、べつに追いだすってわけじゃなくて、なんとなく胸騒ぎがしたんだってさ」

彼はいったん息を継いだ。唾を呑む音が耳障りだった。

「ま、胸騒ぎってのは後付けだと思うんだけどさ、小屋に近づいて、当然ながら異臭に気付いたわけだ」

さらに喋り続けるべきか、思案する眼差しで私を盗み見るようにしている。私は、たぶん、表情らしい表情を一切泛べていなかったと思う。感情の欠片も彼に見せず、缶コーヒーに口をつける。ならばすべて言ってやろうと彼が気負う。

「首吊《くびつ》りだったらしいんだけど、取手の暑さじゃん。腐乱したあげく、首と胴が離れちゃって、床というか土間だな、首と胴がそれぞれ土間に落ちてほとんど液状化、主をなくした首吊りの輪っかだけがぼんやり下がってたんだってさ」

見ちゃったというわりに伝聞のような口調だ。私が平然とした顔をしているので、彼は方向を変えた。

「不謹慎て怒られるかもしれんけど、俺、その輪っか、すっげーオブジェだと思うわけ。命のオブジェ。生と死のオブジェ」

やはり見ちゃったと言ったわりに、話も態度もどこか抽象的だ。

「その場に行ったの？」

「行くわけねえじゃん。あえて異臭を嗅ぎたいわけねえし。大騒ぎしてる警備員や事後処理の警官とかから聞いたんだ。だいたいさ、オブジェって畢竟《ひっきょう》イメージじゃん。印象じゃん。象徴じゃん。見ないほうがいいんだよ。ただ、強烈だよな。強烈。輪っか」

勢いで見ちゃったと言っただけらしい。私にとっては彼が畢竟という言葉を遣ったほうが印象的であり、その安っぽさのほうがよほど強烈だ。美術評論などでときどきあらわれる言葉だが、空疎だ——と、自戒を込めて胸の裡で呟いた。

缶コーヒーも空になってしまったので、持て余し気味な気分をどうごまかそうか思案しかけたとたんに、私はごく自然に生欠伸を嚙み殺していた。それに気付いた彼は、とっておきのニュースを私にだけ教えたにもかかわらず、気を惹くことに失敗したことを悟り、頰を笑みのかたちに歪めて私の前から逃げだした。

さて、と——。

すぐにこの場から立ち去るのもはばかられるが、のんびりぼんやり佇んでいる心の余裕もない。視野がせばまって心臓が不規則に躍り、蜂谷が揺れて乱れて裂けそうだ。

過呼吸一歩手前の不安を抑えこみながら工房棟を出て野外制作場の方角へ大回りし、制作場と登窯《のぼりがま》のあいだを抜けて裏山に入った。当然、誰にも気付かれたくなかったからだが、それに加えて首と胴が離れちゃって——という彼の言葉がこびりついてしまっていて、最短距離を行く気になれなかったのだ。あの石膏の生首が散乱する塑像の墓場を通り抜けたくなかった。

斜面に密生した雑草のむっとする草いきれの横柄さに閉口しながら、裏山にむかう。虫に咬まれたのか、下膊が細長くかぶれて赤く膨らんでいた。意識せずにそれを掻きむしりながら、連呼していた。イボテンさん、イボテンさん、イボテンさん、イボテンさん、イボテンさん、イボテンさん——。

あの彼が噂を広めてしまう前でもあるし、夏休み明け早々にここにやってくる物好きもいないようだ。黄色地にＫＥＥＰ　ＯＵＴの黒文字も鮮やかな、まだ真新しい規制線が、あの直方体の家の周囲に張り巡らされていて誰かが立ち入った形跡はない。雨で泥濘《ぬかる》んだときに記されたものだろう、地面には少し時間がたったものと思われるごつごつした足跡がたくさん残されていて、私は警察官の履いている靴がどのようなかたちをしているか思い泛べようとしたけれど、軍靴のような黒い革靴の完全な姿を描くことはできなかった。イボテンさんのカブがなくなっていることに強烈な違和感を覚え、森の匂いとは異質な臭いを感じとった。植物と動物の差異とでもいうべきものを否応なしにわからされた。

KEEP OUTを越えた。

結界を越えた。

ドアをひらくと、低い位置に澱んでいた腐臭が私を襲った。刺さるような臭いではないけれど、じわりと目に沁みた。厭な唾が湧いたが、耐えて数歩踏み込んだとたんに、腐臭はあの汚れ放題だったイボテンさんの汗と垢と体液を練り合わせて発酵させた饐えた臭いの延長線上にあることに気付いた。

複製画じみた精緻さの寸分違わぬ幾艘もの藻を刈る舟が、開け放たれたドアからの風に貧乏揺すりしはじめた。なかには幽かに黒黴が生えかけているものもあった。眼球が、すべてを余さず見ようと烈しく動く。

首吊りの輪は片付けられてしまったらしく見当たらない。ただ土間に濃緑の苔のような人のかたちをした染みがあった。腹這いに倒れていたことがなんとなくわかり、しかも首がないことも直感した。

屈みこんで土間を凝視したが、首の痕跡を見出すことはできなかった。不謹慎だが、首の痕を見つけだすことができなかったことに安堵した。腐臭がイボテンさんの汚れが醸しだす体臭と親和性があることにより、私はまだイボテンさんの死を信じていなかった。イボテンさんが生きていたときと同じ匂いだから――と自分を欺いていた。

私を駆り立てていたものは利根川——坂東太郎だった。あとになって思い返せば、私は頭がおかしくなっていたとしか言いようがないのだが、イボテンさんの生死よりも、あの沈みきった昏い風景画が脳裏を占め、憑かれたように吸い寄せられていたのだ。

濃緑の苔になってしまったイボテンさんを踏まぬよう端によけて奥の寝台に進む。群青色の寝袋は足許の側に雑にたたまれていた。寝台に膝をつき、跪く恰好で、そこだけ光が当たらぬ薄闇を透かし見る。

横長のM15号のキャンバスに描かれた無数の坂東太郎は、その上に新たに描かれた横たわる裸の女に取ってかわられていた。

乳房は豊かではないが、腰から下腹にかけて得も言われぬ性的なものが横溢《おういつ》していて、見てはならないものを見たときに覚える羞恥に私は裸婦の顔に気持ちをそらした。眩しさを怺えるかのように薄くひらかれた眼差しと、幽かに笑んだ口許が妙に明るい。この女は相当に細かい性格だけれど、じつに多情だ。省略に省略を重ねて描かれた顔貌に目を凝らして、いきなり気付いた。

「私——だ」

自分の裸体を凝視している自分に気付くという、合わせ鏡のなかに顔を突っこんだのとおなじような虚像の無限、そんな永遠に浸っている自分に思い至るという自分自身のメビウスの輪、あるいはクラインの壺。無数の自分があふれかえる堂々巡りの幻惑に塡《は》まり込んで、頭の中で同心円が共振しながら不規則な回転を続けている。

自分自分自分自分自分自分自分自分、自分の様子を俯瞰し、あらわしている頭の中の日本語もややおかしい——と我に返るまですこしだけ時間がかかってしまった。

それにしてもここに描かれた私は、じつに魅力的だ。私が心の奥底でこうありたいと想い描いている自身の姿を躊躇いのない筆遣いで一息に定着してあった。

脳裏の抽象から醒めて、私は横長のキャンバスに手をかけた。もともと本縁におさまっていなかったし、微妙に傾いていたことから察していたとおり、油絵は壁に打ちつけられた錆釘に、長年の使いまわしで油脂が沁みこんだかのような燻《いぶ》された色になってしまった木枠が引っかかっているだけだったので、次の瞬間には私の脇に抱えられていた。

入ってきたときと同じく黒ずんだ深緑のイボテンさんの胴体を踏まぬよう気を配って端によけ、腰をかがめて凝視する。もう怖さや不安はない。ただ、たとえイボテンさんの痕跡であっても悪臭は悪臭で、顔を寄せるとじつに目に沁みる。思わずしばたたくと無理やり絞りだしたようになって、涙が一滴、ぽとんと落ちた。悲しみではなく生理的、あるいは反射的な涙でしかないことに対する負い目と共に呟いた。

「イボテンさん、二次元になってもうたね。絵画という平面に殉じたんやね」

涙が落ちた一点だけ、濃緑のイボテンさんは蛍光色じみた鮮やかさをとりもどした。

二次元。

絵画という平面に殉じる――。

イボテンさんが私を殴っていなくなったときにも、影であり、絵画的な二次元に生きている人と評したことがあった。反芻して居たたまれなくなった。俯いた。私はアホだ。バカだ。いまのいままで気付いていなかったが、かなり痛々しい。

アホちゃいまんねん、パーでんねん――まだ私が生まれる前に流行《はや》っていたお笑い番組の明石家《あかしや》さんまの決め科白だった。関西ではという但し書きがいるのかもしれないが、少なくとも私が小学生だったころは、ときどき用いられていた。それが頭の中で谺して、なんでこんなときにとちいさく呆れるのと同時に、いまにこそふさわしいという思いがいっしょくたになって、せめて泣いてしまおう、大泣きしてしまおうと、パーな私は悲しみに気持ちを振りむけるために心の中で足掻《あが》いたのだが、早くも鼻が麻痺してしまってイボテンさんの悪臭にも反応しなくなり、もはや涙の一滴も絞りだせない。

「きっとイボテンさんは、私の小悧巧《こりこう》なところが許せへんかったんやろな。だから、殴ったんや。だから私を――」

ひたすら、抱いた、のだ。

ずいぶん緩いことを思っているという自覚はある。でも私を描いたこの絵を目の当りにした瞬間に、私は悟ってしまった。

父も私も外界から、あるいは内面からなんらかの刺激を受け、それが表現に値すると意識が決定したときには、そのモチベーションとでもいうべきものをいったん言葉に変換してから絵画を発想するしかないのだが、イボテンさんは直観ですべてを掴みとることができた。

イボテンさんはイメージと手が直結していたのだ。本質が躊躇いなく手を動かすとでもいえばいいか。あいだに言葉をはさむ必要がなかった。

二流三流の画家は言葉も満足に扱えずに手癖のみで描くけれど、父は才能の足りない分を言葉によって考え抜くことで補って主観と客観を巧みに統合し、一流となった。私もその血を引いて、常に頭の中に言葉が渦巻く。

イボテンさんは超一流だったので藻を刈る舟で最低限の収入を得て、ただ描いた。縦と横の寸法が、黄金比そのものの一対一・六一八であるM15号のキャンバスにひたすら、描いた。

裏山からおりると陽射しの直撃に世界が反転して一瞬色彩が喪われ、次の瞬間、舗装の照り返しが加担して一挙に空の青が眼球に突き刺さってきた。

駐輪場のカブの前かごにイボテンさんの絵を安置したとたんに、気付いた。私は泥棒してしまった。イボテンさんの絵を盗んでしまった。警察の規制線が張り巡らされていたのだ。指先を凝視した。

指紋、鑑識、そういった聞きかじりの言葉が脳裏を駆け巡った。なにくわぬ顔で発進したつもりが蛇行して側溝に落ちそうになった。ドキドキ暴れている胸に手をやって実際に口を動かして言い聞かせる。

——生まれてこの方、警察に指紋をとられたことはない、だから絶対にばれない、ここは藝大だ、絵を運ぶ人はいくらでもいる、だから見咎められるはずもない、私には、この絵が、必要だ。

逃げる。カブのアクセルを全開にしかけ、まず捕まるおそれはないにせよ、原付の制限速度が頭を掠め、過剰なくらいに速度を落とす。かごのなかの絵を揺らしたくないという気持ちもあった。私にとってこの絵はイボテンさんの描いた絵というよりも、イボテンさんそのものになっていた。実際に私は上体を乗りだして囁いた。

「イボテンさん、そっと走るからね」

小文間郵便局の前を抜けた。急にアリバイづくりを思いたった犯人のようにあわててUターンして、車二台分の黒ずんだコンクリの駐車スペースの脇にカブを駐め、イボテンさんを小脇に抱え、奥まった局舎に入る。せいぜい平静を装って切手を買った。局員が秘密の品を取りだすような手つきでピーターラビットのシートをすすめてくれた。細いニンジンを齧《かじ》って目を細めているウサギを一瞥し、ジーパンのコインポケットをさぐっているうちに怪訝さが這い昇ってきた。私はなにをしているのだろう。

「落ち着かなくちゃ」

声が勝手に洩れおちて、局員が上目遣いで見やってきた。私がラブレターでもだすのだと思ったらしく、鬚の剃り跡も青々とした局員の顔に眩しげな笑みがにじんだ。それに安堵して、私は作り笑いそのものの頬笑みをかえして郵便局をあとにした。

それにしてもひどい狼狽えぶりだった。イボテンさんを、いやイボテンさんの絵を前にして、私が描かれていたことに動揺しただけでなく、合わせ鏡やメビウスの輪といったイメージを泛べてしまったあたりから完全に取り乱してしまい、考えも行動も現実から遊離して、すべてがイボテンさんをあそこから持ちだすということのみに収斂《しゅうれん》してしまっていた。切手を買ったおかげで、ようやく正気がもどってきた。

借家の合板のドアをあけると、一夏分の澱んだ熱と湿り気が押し寄せた。この匂いは、なんだろう？　鼻をひくひくさせて、匂いをたどり、意識せずに水道の蛇口をひねったとたんに気付いた。水の匂いだ。水道水の匂いだ。そのエッセンスだけを残してくすんだステンレスの流しで蒸発して白い縞《しま》模様を描いていた水が、私の留守を控えめに詰《なじ》り、自己主張していたのだ。窓という窓を開け放って空気を入れ換えるが、風が弱いのか網戸のせいか、換気の具合は芳しくない。額から伝い落ちた汗が目にはいった。

汗が流れるくらい、いいか――と割り切って右目をこすりながら、イーゼルにイボテンさんを安置した。いまごろになって油絵具の匂いが押し寄せてきた。たぶん水よりも絵具の油脂や顔料の匂いのほうにより強く馴染んでいるせいだ。

イボテンさんに視線を据える。あの薄暗い小屋では目立たなかったが、アトリエにしてはやや過剰に光が躍るこの部屋では、画面に層をなす無数の複雑な凹凸が細かな陰影をともなって浮きあがってきた。砕けていえば、細かなデコボコが画面いっぱいに拡がっている。横たわる裸の私の下に、無数の坂東太郎が埋まっているからだ。ただし利根川の景色が層をなしていることによる痕跡であるということは、それを知っている人以外には判断がつかないだろう。ひょっとしたらこの絵がX線で透視される機会があるかもしれない。そのときは皆、驚くだろうな——などと夢想しつつ、ただただタブローの底に潜む際限のない痕跡の集積に圧倒された。

省略がはっきりしている絵だが、省かれているのは私の夾雑物で、だから圧倒的なリアリズムといっていい。ポーズはゴヤの〈裸のマハ〉と同様、横たわって頭の後ろで手を組んでいる。〈裸のマハ〉は西洋美術史上、初めて実在する女の陰毛を描きこんだということで物議を醸した作品だ。いま〈裸のマハ〉を見れば、どこに陰毛が？　と首を傾げたくなる程度に過ぎないが、イボテンさんが描いた私の股間も、ほんのおしるし程度の刷毛目の黒がのせられている。浴室の鏡に私を映すと、淡い陰毛を透かして縦一筋の朱がかった裂けめが覗ける。それがなんとも幼く感じられ、無い物ねだりで猛るように豊かな陰毛に憧れたこともある。

「あれ——そもそも、こんな恰好」

腕組みして、口をすぼめて記憶を手繰る。私はイボテンさんの前でいちども頭の後ろに手を組んで横たわるポーズなどとったことがない。けれど描かれたプロポーションその他、芸用解剖学的にみてもすべて完璧だ。

「さんざん測定してはったもんな」

計測は鼻筋からはじまった。顔の諸々の長さや高さや曲率、昼下がりなのでやや脂が浮いているであろう肌の滑り、あるいは抵抗。毛穴の数まで数えんばかりの冷徹かつ精密な測定だった。抗うことのできぬ執着だった。計測は軀全体にまで及び、あげく内部にまで指先が及んだ。

もう、私を見ないでも描けますか——表側はね。ただ——ただ？——背中とか臀は、まだ、だ——やっぱり測ってたんだ——うん。おまえを見たとたんに、描いてみたくてたまらなくなって。でも——でも？——負担をかけたくないからな——モデルの？——そう。こんな荒ら屋をいちいち訪ねてもらうのも気が引ける——直接、人体計測して絵を描く人に、はじめて出会った——だから気遣いだよ——でも——なんだ——軀の中にまで指先を——膣内か——含みがありませんね——生まれつきだ——私——なに——他人の指はおろか、自分の指も——ふーん。どれ——もう！　無茶しないでください——足首摑んで拡げただけだ——力まかせでこの恰好は、ひどすぎます——すまん。出血してる——え——指でも出血するもんなんだなあ——こういうのも処女喪失っていうのかありますなー―なに、落ち着き払ってんだよ――いまになって、ひりひりするような鈍い痛みがあります――。

合板の屋根を打ち据える雨音と共に交わした会話が細部までよみがえり、私は幽かな笑みを泛べていた。ポーズは〈裸のマハ〉といっしょでも、マハのように豪奢《ごうしゃ》なクッションを頭や背にして横たわっているのではなく、あの群青色の寝袋が折りたたまれて私を支えている。さすがにイボテンさんもあの濁って汚れた群青を再現する気はなくて、だから鮮麗な藍青を背景に私の白すぎるように感じられる肌が浮かびあがっている。マハのように左右に流れるように分かれるほどの乳房ではなく、露わな胸骨のくぼみに附《つ》き従うように小ぶりな乳房が、それでも頭の後ろに組んだ腕のせいで精一杯右と左に拡がってそれぞれが自己主張している。おなかは細すぎる。細すぎるせいでおへその穴が引き攣れるように引っ張られて浅い。じつは痩せていなければいけないという強迫観念が強い。切りのいい数字だからだろうか、体重が五十キロ以下であることに囚われている。けれど、こうしてイボテンさんの目に捉えられた私は、痩せすぎていて貧相だ。自身の肉体が作品ならば、もうすこし太らなければいけない。私はイボテンさんの目をとおして自分自身をひたすら観察する。

「私の軀の取り柄は、骨盤や――」

お臀が綺麗と異性にも同性にも褒められたことがあるが、それは骨盤という骨格が精緻にできあがっているからだ。吐息と共に、芸用解剖学的には腸骨稜《ちょうこつりょう》といったか、細すぎるおなかを嘲笑うように左右に張りだした骨盤をじっくりなぞる。その尖りが美しい。女の骨盤は男に較べて広めで浅めだというが、私の骨盤はとりわけ浅く広い。あと少し広かったら全体のバランスから逸脱してしまっていただろう。いま四十六キロ少々、背丈からしたらあと五キロくらい太ればいい。それで胸はともかく、なかなかに美しい裸体が完成する。そうすれば私は、自分の軀を鏡に映して自信をもって裸婦像を描くことができる。

それにしても描かれた骨盤には、膣の形状や深さまで心して刻まれていると心窃かに実感した。よく考えてみれば膣は外面とひとつながりなのだ。徹底した計測の凄みとでもいうべきものに身震いがおきた。私はイボテンさんがこうして正確に描いてくれたおかげで自尊心を充たし、マハよりもずっと脚が長いと頬笑みを深くした。

「貌は——困ったな」

私は、どう見ても私であり、私以外のなにものでもない描かれた私の貌を凝視して困惑する。鼻は低くないが、それ以外はいかにも和風だ。イボテンさんはごく細い青褪めた線で瞼の二重をすっと引いてくれているが、それは巧みに奥二重をあらわしていて、父がいとおしんでくれていたのはまさにこれだと得心はしたけれど、もうすこし二重を強調してくれてもよかったではないかと胸騒ぎに似た不満を抑えられない。くっきりせずに靄っているせいで、どうにも淫靡《いんび》な気配が流れている。曖昧で不明瞭ななにものかのせいで、多情とか移り気とかいった焦点の定まらぬ不実がにじんでしまっている。ゆらゆら揺らいで、それこそ平気で不貞をはたらく気配が濃厚だ。それが私だと言われればそれまでなのだけれど、もうすこしだけ目や顎の線に、くっきりした情熱や意志とでもいうべきものを刻んでほしかった。

「けど、そうしたら、嘘になってまうか」

腕組みをといて、視線を宙に投げる。

「けど、虚像でええやんか」

生まれて初めて、メイクしてみようと思った。私は父に命じられて、日焼け止めの類いはともかく、常に素顔のままで、一切顔を描くということを控えてきた。イボテンさんが描いてくれた貌を見つめているうちに、素材はすばらしいのだから——という図々しい気持ちが湧きあがっていた。

想念、概念、抽象、頭でっかちな私だったのに、じつは腰回りをはじめ肉体のほうがこうして成熟して安っぽい観念を軽々と凌駕していた。それをイボテンさんは最低限の線と陰影、色彩で明確に顕していた。軀は単なる精神の容れ物ではないと教えてくれていた。私の内面に宿る生きる意慾は、じつは肉体が孕んでいる性的慾望からもたらされる。そんなシンプルな事実を、イボテンさんは私に対する愛情を画面に定着することで諭してくれていた。

　同時に、あまりに露骨なので怯み気味になってしまったのだが、私の性がイボテンさんを呑みこんでいるところがリアルに泛んだ。かたちは私が受け容れてあげて苦痛に耐えている——どこかSacrificeめいた絵柄なのに、実際は私がイボテンさんを食べている。あの日、室内にまで浸水してきた雨水を寝台の上で避け、寝袋のなかで抱き締めあった。生まれて初めて私のなかに他人が這入りこんできた瞬間だった。あまりの痛みに後悔したものだ。

「イボテンさん、痛かったよ。凄く、痛かった。私がいままで感じたうちで、いちばんの異物が、イボテンさんや。痛みと込みで、とにかく私にもたらされたもっとも強烈な不純が、イボテンさんやった」

　この期に及んでも、私は平然と声をあげて嘘をつく。痛かったのは事実だが、出産こそが最高最上の快楽と口走る女の血を私はひいている。そしてあの瞬間は気付いてもいなかったけれど、受け身のふりをして、身を捧げたつもりになって私はイボテンさんを貪り食べていたのだ。それは私の心と軀、双方の要求だった。そしてその要求のせいでイボテンさんは死んだ。

　理屈っぽい私にしては、なかなかの論理の飛躍だった。けれど私はそれこそが真実であると直観して、それが正しいという証拠に、カタレプシーに陥っていた。イーゼルの前の椅子に浅く座ったまま、自分の爪先が限界まで伸びきって小刻みに痙攣しているのを首筋を強張らせて見つめた。

そしてエクスタシーというものが、我謝さんが教えてくれたとおり日常の、通常の意識が消え去ってしまい変貌してしまうことならば、私はいまだかつて覚えたことのない罪悪感と悲しみの感情に、あきらかに魂とでもいうべきものが私から離れてしまった忘我の渦中にあった。

悲しみにも恍惚《こうこつ》があるのだと頭の片隅で感じとった直後、私が消え去った。以下は後付けで悲しみの忘我にあった私の様子を描写したものだ。

もっと大泣きすると信じていた。思い込んでいた。でも、閉じているのか開いているのかわからない薄目から、ごく控えめに涙が落ちて、それだけだった。でも唇は烈しくわななないていた。顫えで歯がぶつかってかちかち音をたてるほどだった。胸苦しくて、息が不規則で、胃のあたりがぎゅっと縮んでしまって鈍く痛んだ。気付いたらイボテンさんの前に跪いて、イーゼルごとイボテンさんを抱き締めていた。腓腟が痼《こ》り、肌が収縮してちりちり引き攣れていた。私は頰のほんのわずかの涙でイボテンさんをあえて汚した。直後、そのまま床に転がってしまった。ほとんど白目が支配していたと思われる半眼のまま、ぼんやり古びた天井の木目を眺めやった。西日に細かな塵《ちり》が白銀の燦めきをともなって控えめに踊っている。三拍子で踊っている。本当に悲しいと、涙もでない。

ただただ軀のあちこちが軋んで、私はリノリウム張りの床で身悶えした。

　このとき、私が幽かに覚えているのは、じつは射しこむ黄金色の西日のなかで舞う塵の姿だけだった。無数のそれに焦点が合ったとたんに、徐々に私が私にもどってきた。私はイボテンさんとの性を、強い自己弁護の調子をまぶして反芻しはじめた。

　指先で出血させられて、私はイボテンさんの口唇で浄められた。そのとき尋常でない快を与えられた。三十分ほどもいいようにあしらわれた。だからその後の行為もなんの躊躇いもなく受け容れてしまい、想像を超えた痛みに泣きそうになった。けれどあの苦痛はイボテンさんを食べ尽くすための免罪符にすぎなかったのだ。

　ひたすら快楽とは無縁のセックスに明け暮れた日々の後、イボテンさんに殴られて、イボテンさんが裏山にもどってから夏休みの帰省まで、いままでセックスに邪魔されて描けなかった鬱憤を晴らすように、グリザイユで人物と風景を手当たり次第に描いた。ふと気付いた瞬間、キャンバスにイボテンさんの貌が定着されていて、仕方なしに描きあげたそれは、自分でも目を瞠るほどに巧みな仕上がりだった。

　グリザイユのイボテンさんは、画室の壁に立てかけてあった。イボテンさんが描いてくれた私をずらしてイーゼルに置きなおして、脇に私が描いた灰色のイボテンさんを安置した。すこしだけナーバスになった。

　というのも差が大きすぎたからだ。私の描いたイボテンさんの表情の彩度が低いのは、グリザイユだからではなく、タブローの底から輝くなにものかが足りないせいだ。凡才の私の絵を隣に置いたのは失敗だ。イボテンさんはまさに天才だった。並列したせいで、内面からの光輝の差があからさまになってしまったのだ。才能というものは残酷だ。短く溜息をついた。私はそれを許容せざるをえないからだ。

天才は、誰にも認められずに私を描いた作品をたったひとつだけ残して、首を吊って消えた。私が殺したのかもしれない。私が殺した——そう思うことは、図々しく傲慢なことなのだろう。でも私という自我を保つために唯一できることは、私に突き放されたからイボテンさんは自殺したと信じ込むことだ。苦々しく確信する。父や私程度の才能こそが、この世界で成功するための鍵なのだ。

早くも私は悲しみによる忘我と恍惚を忘れて、あるいは忘れようとして、ますます自己弁護にのめりこむ。

「イボテンさんはひどい。イボテンさんは私に爆弾を仕込んだんや。時限爆弾を——」

時限爆弾とは、具体的には性的快感のことを指すのだが、私は花折の峠越えの旧道で、独りでは解消できない排泄欲を催したと我謝さんから告白され、鳥肌を立てた。緊張、あるいは嫌悪だったかもしれない。それなのに我謝さんの慾望を受け容れ、それればかりか発情していた。荒れ放題の旧道から外れて杉木立の斜面を下った。なんともいえない厭な気分に陥った。イボテンさんに性におけるあれこれを手抜かりなく仕込まれていることが重くのしかかってきたのだ。けれど切り替えも早かった。我謝さんが望むことをしてあげられる——そんなふうに、美しいと自認している腰骨の奥底から湧きあがり、あふれおちる性の衝動を解釈し、転嫁して我謝さんとの交わりをもった。

　結果、我謝さんに初めて自慰と同質の、けれど比較にならないほどに強く烈しく、しかも自身の支配下においておくことのできない快楽を与えられた。それは手に負えない目眩く惑いだった。私は我謝さんにまとわりつく仔犬になってしまい、沖縄にまで押しかけ、際限のない快に溺れた。

　けれどいま、私は直覚していた。我謝さんと肌を合わせたその瞬間に炸裂した静電気と抗いがたい麻痺は不安さえ覚えさせられる激烈なものだったけれど、そして私は見事に勘違いしていたけれど、それらすべては我謝さんから与えられたのではない。ただただイボテンさんの重みに耐えることについやされた取手での日々において、内緒で私の軀の奥深くに仕込まれていた爆薬だったのだ。イボテンさんはひたすら種子を蒔《ま》き、殴打という理不尽で私の内奥深くに爆発したら取り返しのつかない爆弾を安置して、消えた。

　私の性は花折峠で花ひらいたのではない。私の花は、とっくにイボテンさんに手折られていたのだ。容赦なく切断されていた。

　快楽とはやさしく念入りに附与される額縁入りの御褒美のようなものではなく、烈しくぶつけられて欠けさせられた紫水晶の鋭い尖りからもたらされる痙攣なのだ。快楽とは、埋めようとする足掻きが内包している目眩であり、罪と罰の凝縮した悪の甘やかな香りをその奥底に漂わせる折られた花心の断面から滴り落ちる体液なのだ。

いつにもまして際限のない想念の渦に巻き込まれているのは、当然ながらイボテンさんの死という現実があるからだ。

けれど、そろそろ疲れてきた。眠い。たまらない。眠くてたまらない。頭の後ろが、ぢん——と痺れてきた。

どうにかベッド間際まで辿り着き、そこで力尽きてしまった。かろうじて心臓の側を下にして軀を縮め、丸める。胎児になる。足先に枕が触れた。ヘッドボードがない側に頭がある。これでいい。私は逆子だから。イボテンさん、逢《あ》いたいよ。逢いたい、イボテンさん、逢いたい。

10

沈潜という言葉がある。深く没頭するという意味だが、本来は水の底深く沈むということなので、単なる没頭とは多少ニュアンスがちがう。私はイボテンさんの死以降、水底で光を避けて息を詰め、ただただ技術を磨くことに集中した。

二年目からは上野キャンパスだが、父が投資目的と笑いながら、けれどかなり無理して買ってくれたワンルームマンションにこもりきりで、ひたすら描いて暮らした。マンションは東京ドームの北側で、藝大までは東大農学部《とうだいのうがくぶ》を抜けてのんびり歩いて小一時間、自転車があればせいぜい十五分ほどの距離だが、私は病的なまでに閉じてしまい、描いてたっぷり食べて寝て、また描く——という禁欲的なのか放埒《ほうらつ》なのかよくわからない生活をひたすら続けた。

食事に気配りしたのは、天国にいるのか地獄にいるのかわからないが、イボテンさんに見せたときに褒められるよう程よいところまで体重を増やすためで、けれど体質なのか目標の五十キロまでなかなか太らず、しかもだぶついた太り方はいやなので部屋の中で運動を欠かさず続けているうちに腹筋を百回してもおなかの筋肉には疲労の欠片も感じられなくなって、あらためて私は肉体というものの可塑性と可能性を実感した。

取手キャンパスにおいてイボテンさんの死はひとしきり話題になりはしたが、裏山が多少秋めいてきたころ、あの手作りのお家《うち》が取り壊され、整地されてしまったのに合わせるように忘れ去られていってしまった。それでも交わされた噂を綜合すると、イボテンさんは藝大に在籍したことがないらしく、まともに調べたかどうかわからないが警察の捜査も事件性なしということで決着して骨は無縁仏として葬られたとのことだった。

私だってイボテンさんの作品を持ちだしたのだから偉そうに言えた義理ではないが、男の子が藻を刈る舟の掛け軸を学食に持ちこんできたときは、座ってはいたけれど、立ち眩みに似た目眩を覚え、気が遠くなった。皆はよってたかってその技巧の冴《さ》えに対して揶揄気味な褒め言葉を口にした。否応なしに耳に入ってくる奇妙に昂ぶった声に嘔吐しそうになった。意識を保とうと、祈るように両手を合わせて掌に浮いた汗を揉みこむようにしているさなかに、背筋を凍えた汗が伝った。私はそこから逃げだし、以降、立ち寄らなくなった。それはそのまま上野に移ってからも同様だった。

彼らの他人の作品に対する批評は、いつだってカップ麺をバカにしつつ、袋麺のインスタントラーメンの美味い不味いを語る程度の底の浅いもので、しかも、そのラーメンをまともに茹《ゆ》でることもできない！　のに、薄笑いで口許を歪めて高みからあれこれ御高説を垂れるという無様さだった。藻を刈る舟に立ち顕れた超絶技巧を認めつつも、所詮は藻を刈る舟と嘲笑する。それは、そのまま初めて藻を刈る舟を目の当たりにしたときの私自身にも重なって、私は藝術大学という環境自体に耐えられなくなってしまったのだ。

芸術を学ぶ学校は、いやすべての学校は、水五百cc、沸騰したお湯で三分茹でるという当たり前のことに対して目分量ではなく計量カップを用い、タイマーをセットすることを教えてくれるだけであるということに気付いてしまったのだ。

イボテンさんは鍋にざっと水を入れる。目分量でさえないその水の量は、単純かつ無難な五百ccといったことではなく、その粉末スープを溶かしたときに最高の塩加減と味わいになる。欠伸まじりに鼻の横など掻きつつ時間をつぶし、お湯の中で躍る麺を一瞥し、軽く箸でかきまぜ、その箸に絡む麺の様子から最上の茹で加減を苦もなく探りあて、超越したラーメンをつくりあげる。

センス。

残酷な言葉だ。

いくら努力したって、センスがなければどうしようもない。神様はイボテンさんに神がかった絵画のセンスを与えた。問題は、それだけで抛りだしたことだ。生きるセンスを与えられなかったから、取手キャンパスの裏山でホームレスとして暮らすしかなかった。女に拒絶されたことがないと豪語していたけれど、そして扱いそのものは手慣れていたから、そういう時代もあったのかもしれない。でも私が出逢ったイボテンさんは異性に対するセンスもあやしいもので、なによりも生きるセンスの欠片もなかった。しかもイボテンさんは、それでいいとさえ思っていた。

あの夏休み以降、帰省もしなかった。母はともかく、父は鷹揚に構えていても内心は気が気でないのではないか。二十一歳になってしばらくしたころ、姿見に全身を映して、躯が程よく柔らかい均整をものにしていることを確かめているさなか、たまには親孝行でもするか。いや、親不孝かな——唐突に帰省を思いたった。薄雲の合間から青空が覗く空気が冷たい朝だった。M15号のイボテンさんを叮嚀に梱包してトートバッグに入れた。新幹線で二時間ちょっとだし実家に帰るのだから着替えさえも必要ない。荷物はイボテンさんだけにしたかったのだが、小ぶりなタオルとスマートフォン、水道橋駅のホームでペットボトルのお茶が加わった。

東京は青空が見えたけれど、京都は遅い台風が接近している影響か、駅周辺のビルの背後の空が妙に低く、重かった。空気が生ぬるく、不穏だ。最後の帰省時と同じく八条口に哲ちゃんが迎えにきてくれていた。

「スカGは？」

「——壊れた。バルブが曲がって折れて破片がシリンダに落ちて完璧いてもうた」

「で、お父さんのプリウスか」

「NHW20。二代目やで。こんな古いの、もう走ってないで」

「それを言うなら、スカGやろ。化石や」

「化石には価値があるで。絶対的な価値がある。けど中途半端に古いと、とにかく貧乏臭いわ。親父《おやじ》、おまえに甘いやろ。無理してマンション買《こ》うたったから、俺にはまともに小遣いもまわってきいひんわ」

「天気、崩れるんやろか」

「嵐を呼ぶ女ってな。相変わらず身軽やな。女とは思えん」

「大切な絵やから、大切に扱《あつこ》うて」

「ん。了解。発車進行～」

威勢のいい声と裏腹に哲ちゃんは車をモーターだけで走らせた。幽かな高周波を感じはするが、ほとんど無音だ。

「鮎、ふくよかになったな」

「肥えたと言わんところが、偉いわ」

「いや、その、なんていうか――」

「なんや」

「なんでもない」

「四十キロ台いうこだわり、いや強迫観念。それ振り棄ててな、きっちり五キロ増量。ずいぶん時間がかかったけど、見事達成したから帰ってきた」

「なんのこっちゃ」

「自分の軀な、作品に見立ててん」

「――それやったら、わかるわ。スキニーやったもんな。あれはあれでかわいかったけどな、正統ではないな」

「苦労したんやで。遺伝やろな、いくら食べても太らへん。かといって軀壊すような食べ方、太り方してもうたら目も当てられへん」

「――ほっぺ、触ってええか」

「あかん」

「頼む」

「やさしく触り」

「やった！」

「――どうや」

「たまらん。柔らかさのなかに芯があって、ぶよついてへん。けど」

「けど？」

哲ちゃんは、サイドウインドウのほうに上体を傾がせて距離をとり、私の軀を眺めまわし、声をあげて笑った。

「おっぱいは大差ないなぁ」

「うーん。まあ、それでもな、丸みを帯びて綺麗になったで」

「見たい」

「見せへん」

以前にもまして身なりをかまわなくなってしまった私に眩しげな眼差しをむけ、哲ちゃんは上機嫌だった。なにやら期待している眼差しでもあった。過去を振り返り、罪なことをしてしまったなと心にもないことを思う。信号待ちで哲ちゃんはチノパンの太腿に幾度も掌をこすりつけた。さぞかし汗がにじんでいるのだろう。横目で見て、機先を制してやった。

「あかんえ。許しなしに触れたら、そんで仕舞いや」

「――わかってる。悪王女に触れられるはずもないわ」

かわりに私のほうから哲ちゃんの太腿に掌をおいてあげた。私は哲ちゃんに触れることにさほど嫌悪を抱いてはいないし、触られたくないならば、触ってしまえといったところか。発情して脛《すね》に絡みつこうとしている愛犬を苦笑いしながらいなす気分だった。

画室を出たり入ったり、やたら落ち着きがない――と母が父の様子を耳打ちしてきた。早く行ってあげろと急かす。あれこれ言いながらまとわりつく母を、これも苦笑いと共に軽くいなして画室の引き戸に手をかけた。落ち着きがなかったはずの父は、時代劇の御屋形様のように菅《すげ》の円座に胡坐をかいて座り、肩から力を抜いた見事な半眼だった。

「大仏さんみたいいやで」

からかうと、顔にかかった白髪を両手で背後になでつけた。なぜか、私を見ようとしない。あまりにも寄りつかなかったから怒っているのかと問うと、首を左右に振った。私を一瞥し、俯き加減で呟いた。

「久しぶりやな。まともに見られへんわ」

「そうやろ。ちゃんと自分の軀、つくりあげました」

すこしだけ得意げに言うと、こんどは遠慮なく眺めまわした。

「太ったわけやない。けど、綺麗に脂がのってるわ」

「脂――。サンマちゃうし」

「もちろん過剰な脂は見苦しい。けどパサパサの女が多い。パサパサのガリガリ。あれは不細工や。脂は大切なもんや」

「脂っていうの抵抗あるけど、自分でもうっとりするくらい肌が」

「ああ。わかる。触らんでもわかる。素肌でそこまで綺麗な女に出逢《でお》うたこと、ないわ」

「褒められた！　私、自分の軀も作品や思て頑張ったんです。四十キロ台死守っていうふうな普通の子の美しさの基準やのうて、絵になる軀をつくろ思て」

「充分に画になる軀や」

久しぶりの父と娘にしても、かなり面映《おもは》ゆい、いや薄気味悪い遣り取りのあと、私はイボテンさんの絵の梱包をといた。なにも言わずにちょうど光の具合がよい東側の壁面にそっと安置する。

父は膝で立って凝視した。胸が不規則に上下している。一切言葉を発さず、五分ほども見入っていただろうか。いきなり頭髪を掻きむしった。白い抜け毛が視野の端を掠める。父は腰砕けになって床に臀をついた。

「まいったわ」

「ええ絵やろ」

「たまらんわ」

「この下にな」

「なにがある」

「坂東太郎が」

「利根川――」

「無数の景色」

「その上に鮎」

「見いひんで」

「描かはった」

「計測はした」

「間違いない」

「――天才か」

「天才や――」

「これだけや」

「これだけか」

「これだけや」

「果報もんや」

確かに私は幸せな女だろう。唯一残された作品の画題なのだから。腕組みして画面から目を離さない父の傍らで、その耳の奥に吹きこむようにイボテンさんとの出逢いを包み隠さず語った。

「前回の帰省、三年前か、あんときはまだ殴られた痕が幽かに残ってました。日焼け止めのファンデーションでごまかしてたけど」

「よかったな、殴られて」

「よかった――。ようないです。たとえイボテンさんだって二度と殴られたくない」

「ま、一度くらい、ほんまに殴られといたほうがええやろ」

「お父さんはお母さん、殴ったことある？」

「殴られたことはある」

「浮気？」

「いや、本気やったから」

私は俯き加減で笑った。その笑顔のまま、イボテンさんの死を語った。二次元になってしまったイボテンさんを踏まぬようにして、この絵を盗んだことを囁き声で告げた。

「おまえが描かれとるんやし、身寄りもないようやし、おまえが持ってるのが妥当やろ」

「いい絵やけど、凄い絵やけど、描かれた私の軀が気に食わんくて」

「ほんでもって人体改造か」

「私にとって、太るほうが難しかったです」

「食べたらあかんいう規制が働くんやろか」

「きっちり食べたけど、太らへんのです。運動しながら太るて決めたから」

「ま、なんにせよ自分の軀をイボテンの理想に合わせようといううんやから、ほんまもんの好きやん、やな」

好きやん——また古臭い言葉だ。久々に聞いた。標準語になおすと、意中の人とか恋人という意味か。私は大きく頷いた。

「うん。好きやん、や」

「ええなあ、鮎」

「ええですか？」

「一緒に生きてたら、いろいろあるで。こんな画、描く男やからな。生きてたらしんどい思いさせられたわ。けど思い出だけなら」

まあ、そうだろう。イボテンさんと一生、一緒に生きていくのは絶対にきつい。父はようやくイボテンさんの絵から視線をはずし、私の目のいろをさぐるように見つめ、いきなり訊いてきた。

「で、どうしたいんや。やめるんか」

「——わかりますか」

「なんとなく、な」

「せっかくマンションまで買《こ》うてもらったけど、上野にはほとんど近寄りませんから、学費がもったいないです」

「鮎にとって、藝大とはなんやった？」

「——バタ丼かな」

「なんや、それ」

「お父さんは藝大に招かれていく身分やから学食なんかで食べへんか。美術学部の大浦《おおうら》食堂《しょくどう》は、うどんとかはともかくハンバーグとか作り置きで冷たいんです。で、裏メニューみたいなもんで熱々のバタ丼。バターいうてもマーガリンですけど、それで豆腐とモヤシを炒めて御飯にのせてあるわけです。醬油《しょうゆ》味です。美味い不味いを超越して美味しいです。いま、お父さんに訊かれて藝大のことで唯一泛んだのがバタ丼でした。藝大は溶けたマーガリンで焦げた豆腐の香りだけやった」

よう喋るな――といった眼差しで私を見やり、ふたたびイボテンさんの絵に視線をもどした。腕組みしたその手の指先が、せわしなく脇腹のあたりを叩いている。M15号を凝視したまま、父が声をあげた。

「鮎」

「はい」

「脱げ」

「脱ぐ。いま、ですか」

「はよ脱げ」

「鍵」

「かけろ」

「はい」

そっと立ちあがり、忍び足で引き戸の鍵をおろす。父は私の裸体を描くつもりだ。それは阿吽《あうん》の呼吸でわかるが、性的な気配は隠しようもない。母といい哲ちゃんといい、この家は血が濃すぎるのやろか――と高鳴る胸をそっと抑える。小中と写生旅行に同行させられていた。さすがに中学生になってからは私が拒絶したが、小学生のあいだは父と一緒に旅館の風呂に入っていた。父に肌を曝《さら》すのは、小六以来ということになるか。

父が仮眠をとる寝台はイボテンさんの手作りの寝台とちがって鋳鉄のヌーボー風のし

っかりしたもので、しかもシーツをはじめ寝具は清潔だ。その脇で意を決して着古しのネルシャツのボタンに手をかける。

円座の上で座る向きを変えた父は、膝の上に画帳をひらき、先ほどまでは脇腹を叩いていた指先で画帳の端をせわしなく叩いていたが、ふと気付き、リモコンを手にしてエアコンの暖房をいれた。私はジーパンと一緒にショーツを脱ぎ、ジーパンで丸め込んで床に落とし、一糸まとわぬ姿で父を見据えた。

風の声がした。窓越し、壁越しなので囁きに聞こえるが、圧と重みのある威嚇気味の声だった。季節はずれの台風くるんやろか――胸中で呟いて寝台に横たわる。

痩せていたころのジーパンを無理遣り穿いてきたせいだろう、陰毛がつぶれて櫛《くし》で梳《す》いたかのように上向きに揃っているのが妙に気になった。いまさらシャワーを浴びたいとも言えず所在なく横になっていると、父はイボテンさんの絵に視線を据え、おなじポーズをとるように細かく指示してきた。あわせてポーズを修正していると、先ほどまで綺麗な光に覆われていたイボテンさんの絵がふっと沈んだ。雲が強風に翻弄され、流されているのだろう、照ったり陰ったりせわしない。

ようやくポーズが決まった。裸の私にあわせたエアコンの温風が対流となって目で見えるような気がした。父は顎を引いて集中している。風の音に負けぬ鼻息に頰笑みそうになってあわてて口角を引き締める。

「あかん。煩悩との戦いめいてきたわ」

　実際にそうなのかもしれないが、軽口と裏腹に父の没頭は尋常でない。才能も必要だ。けれど集中力はもっと必要だ。執着と言い換えてもいいかもしれないが、父の集中している姿は子供のころは恐怖さえ感じさせて、私は下膊にちりちり鳥肌を立てたものだ。

　ありがたいことにそれは私や哲ちゃんにも遺伝している。もっとも哲ちゃんは集中よりも不必要な事柄に対する執着がまさってしまっているような気もするが、それは母の血が濃いせいかもしれない。自動車でもなんでも趣味に没頭する姿には程々でない狂的なものがある。ふと物音に気付いてこわごわ忍び足で覗いた真冬の午前三時過ぎのガレージで、ばらしたエンジンの前にうっとり跪き、キノコのかたちをした金属部品に白い息を吹きかけながら撫でさするようにひたすら磨いている姿に出くわしたときは、入浴中に哲ちゃんが忍びこんで私の下着に口と鼻を寄せていたのを目の当たりにしたときよりも不気味だった。自動車や下着に対する執着はフェティシズムというのだろうか。とにかく狂的だ。そのくせ絵画に対する態度は案外淡白だ。正確に言いなおせば、画面の本質的なところに集中せずに、大きく外れた部分に執着する。どこぞ寺の障壁画の修復にでも携われば、ええ仕事するやろ――という以前父が口にした言葉が脳裏に泛んだ。

　質がよく透明度は高いが古くて歪みも大きい青褪めた窓ガラスにばらばらと雨粒がぶつかってきた。まともに天気予報も見ない生活を続けてきたせいか、これからの空模様が心配になってきた。実家にいるのに、しかもエアコンの温風でぬくぬくしているのに、なぜか嵐のなか外に起立していろと命じられているような緊張が掠めた。それを即座に感じとった父がちいさく頰を歪める。私はふっと息をつき、つとめて肌を和らがせる。

母は投げだす。すぐに投げだす。私の人生は欠伸がデフォルトや――などと言ってはばからない。その一方で執着心は並でない。淡白なのかしつこいのか、その両方なのだろうが、私の内奥に窃かに滾《たぎ》るもの、抑制を解き放ったとたんに迸《ほとばし》ってしまうもの、性にかぎらず根深さのある諸々の慾望は、まちがいなく母から受け継いだものだ。加えてある種の狡さのようなものも、母から遺伝したような気がする。水道橋のマンションでの隠遁《いんとん》生活じみた日々は、私の内側で燃え盛るものを抑制する実験のような側面もあった。じつは感情面ではあまりに接点がありすぎて、まさに近親憎悪、逆に母のことに思いを巡らせる気になれない。

維ちゃんはどうだろう。顔貌は母とそっくりだが、母とちがって能面だ。胸の裡をめったに見せない。摑みどころがなくなにも考えていないように振る舞っているけれど、ある瞬間、刺さる一言を放つことがある。私から見ると彼氏に対する態度など、見切りの達人のようなところがあるが、それは根深い執着の裏返しかもしれない。あるころからもうすこし維ちゃんのことを知りたいと思いはじめてはいるのだが、維ちゃんは意味深い言葉の断片を棘《とげ》のない調子で投げてきて、あとは能面にもどってしまう。だからこそ維ちゃんの性を想像すると、動悸が烈しくなるような不安によく似た昂ぶりがある。大文字山の山裾にある我が家だが、京都市が配布したハザードマップでは、うまい具合に水害地滑りその他からまぬがれる土地にある。水は斜面をくだって哲学の道の疏水に流れこんでしまうのだろう。地盤がよいとも思えないが、樹木がたくさん植わっているので地滑りなどは起きにくいのかもしれない。

マップに仰々しく太い赤線で花折断層と記されていたことが唐突に泛んだ。花折峠を経由しているのだろうか、大文字山とほぼ向かい合う吉田山《よしだやま》の南にまで達する断層だ。そのときは花折峠にべつに思い入れもなかったから万が一揺れたらやばいわ——と首をすくめて忘れ去ってしまったが、花折断層は家から西に百五十メートルも離れていない。マグニチュードなどの具体的なことは忘れてしまったが、花折断層による地震が起きると相当な被害があるようだ。死者五千人超という予測がマップに掲載されていたような気がする。つまり私の家はそう安全でもない。

縁起でもないなあ——と眉を顰めたいところだが、それをぐっと呑みこんだ。脳裏であれこれ取り留めのない思いを巡らせてはいるが、楽なポーズであってもずっとおなじ体勢をとっているとかなり苦しいものだ。それこそ寝返りを打ちたくなってきた。イボテンさんの計測はモデルに負担をかけないじつに理に適《かな》ったやりかただと戯《おど》け気味に胸の裡で頷く。

強風に煽られた落葉が幾つも不規則に窓に張り付いてきた。紅葉しているので、まるで血飛沫だ。打ちつける雨粒の勢いもいよいよ増してきた。これは直撃やろか——と妙に薄暗く暗緑色めいてきた窓の外に視線を投げたとたんに、父がいきなり画帳を床に叩きつけた。

「ごめんなさい！」

思わず声をあげると、父は無表情に首を左右に振った。短く息をつくと画帳をひろいあげ、上体を反らす。胸郭を大きくせわしなく動かし、目を剝いて、いきなりデッサンを破り裂いた。幾度も幾度も引き千切った。その芝居がかった仕種や表情に合わせるかのように、父の周囲に紙吹雪が舞った。徹底した細片化は、描いたものを絶対に私に見られてはならないという強迫観念のようなものさえ感じさせたが、それは思いすごしだろうと気持ちをなだめた。

外の居丈高な嵐と裏腹に、室内が暖まるのに合わせて柔らかな具合に落ち着いたエアコンの温風に、まだ、はらはら不規則に紙片が舞い踊っている。それを見やりながら、私はじわりと直感した。やはり細分化は証拠隠滅の気配が濃厚だ。それでも私は父の集中を途切れさせてしまった不安に、小声で重ねて謝った。

「すみません」

「鮎のせいやない」

証拠隠滅を私のせいにしないだけの理性はあったようだ。父は美術に対してだけとい
う但し書きはいるかもしれないが、自他問わず作品の評価に関しては客観的であり、ニ
ュートラルに振る舞うことができる。作品に内包されている普遍性を見抜くことができ
るし、公平に対処できる。冷徹な批評家の眼差しをもっているからこそ、自作の程度も
きっちり把握でき、課題を見いだし、それを克服してさらに高次の表現に至るというわ
けだ。

完全にポーズを崩して上体を起こし、力を抜き気味にしていた両脚をきつく合わせ、
胸を両手で覆うようにして見つめると、父はイボテンさんの作品を一瞥し、すぐに視線
をそらした。

「残酷なもんやな。この歳で才能の差に苛まれるとは」

父を中心に散った紙吹雪を見やりつつ、私は手早く身支度をした。冷たい物言いにな
ってしまうが、そもそもイボテンさんに張り合おうとしたのが間違いだ。父の顔色を窺
いながらイボテンさんに手をかける。

「まて」

父の声に一瞬息が止まり、喉仏がぎこちなく動く。父が半眼で言う。

「置いていけ」

「——置いていけ言うなら、置いてきますけど、だからといって処分したりしないでく

ださい。約束してくれはりますか」

「嫉妬はある。苛立ちもある。けどな」

「はい」

「俺かて価値いうもんはようわかってるつもりや。来春、祇園に新設される画廊のプロデュースをまかされてる。新築の、富裕外人層までをも当て込んだかなり規模の大きなもんや。そこの目玉にする。非売品や」

私は目を見開いた。とても単純な、けれど本質的なことに気付いてしまった。

――お父さんは、商売がうまいんや！

まさに目を覚まされたような気分だった。自分の作品を売るのも、他人の作品で稼ぐのも上手なのだ。父は画才に加えて商才もあったのだ。ついつい口の端が嗤《わら》いでもちあがりそうになるのを抑えこみ、雑に身支度して黙って画室を辞した。

11

十一月の沖縄は見事に晴れわたっていて、暑かった。京都から着てきた内側にフリースがついているジャケットを脱ぎ、すかすかのトートバッグに押し込んだ。西日が眩しい。おなかが空《す》いた。胃のあたりをそっと押さえる。

台風が抜けた直後に散歩にでて、折れた枝などが散乱する哲学の道をしばらく行き、ふと花折断層の終着点があるという吉田山にむけて歩きはじめ、浄土寺郵便局の交差点で信号待ちをしていたら、マルギンのほうからのろのろと5系統の市バスがやってくるのが見えた。そのままバス停まで駆け、京都駅に向かってしまった。外にでるときはかけるのが習慣になってしまっているメモ代わりのちいさな画帳が入ったトートバッグが肩にあるだけの着の身着のままだった。

どうせなら思い切り遠くへ行きたかった。陸続きではなく、海を越えたかった。といって海外は手続きその他が面倒だ。いますぐ、このまま旅立ちたい。北海道は知り合いもいないし寒さが厳しくなっていく。安直だが、沖縄がいいと頷く。けれど手持ちのお金は千円札が二枚に小銭のみだ。カードで関空特急はるかの乗車券を買い、車内で格安航空券をあたった。航空券を入手したら口座の残金が三十八円になってしまった。

優雅というか間が抜けているというか、私は口座の残額など気にしたことがなかった。必要になったら父にせびれば即座にお金を振り込んでもらえていたからだ。こんなことなら、さりげなくある程度の額をねだっておけばよかった。

苦笑いが泛んだ。それはすぐに解放感あふれる頰笑みにかわった。お金に無頓着なのは母の遺伝だろう。父は作品の緻密さと同様、ありとあらゆることに細かい。金銭も例外ではない。ただし例外的に私には甘くて、ついにはマンションまで買ってくれたというわけだ。

イボテンさんの作品を残してきたことに不安を覚えないでもなかったけれど、商魂たくましい父だ。新しい画廊の目玉にすると言っていたのは本音だろう。どれくらいのリベートが懐に入るのかは知る由もないし、知りたくもないが、父は京都だけでなく東京の銀座等々の画廊や企画展の依頼でこういったプロデュース業的なこともしているのだ。いままでは漠然と芸術を世の中に広めるために頑張っていると思い込んできたけれど、そしてそういう一面も否定できないだろうけれど、なんだか化けの皮が剝がれてしまった。大げさなことをいえば、イボテンさんの絵には偽善に類することを暴く力があるのだ。

はるかが関空に渡る長い連絡橋に飛びこんで、鉄輪の音が一段増した。平べったく澱んだ灰藍色の海をぼんやり眺める。もともと私と距離をおいていた維ちゃんはともかく、父も母も哲ちゃんの顔も見たくないというのが本音だ。家出というには大げさだが、あの家にはうんざりだ。濃すぎる家族の関係に、苛立ちが抑えられない。愛憎のゴッタ煮とでもいえばいいか。依存すればいくらでも面倒を見てもらえるけれど、だからこそ足を抜くことができなくなってしまうところが底なし沼めいていて恐ろしい。衝動的に家を出てしまったけれど、後悔はしていない。独りで頑張っている私と同世代や年下の人からすれば甘ったれるなといったところだろうが、ようやく私という頭でっかちは親離れすることができた。そんな気がした。

那覇空港のねっとり絡みつく空気が逆に心地好い。片道切符でやってきてしまったので逃げ帰ることもできない。もちろん今夜泊まるお金もない。さばさばした気分だが、現実も考えなければならない。

「やっぱ我謝さんか」

小声で呟き、ちょうど肩からずり落ちてしまったトートバッグをさぐってスマートフォンをとりだす。

「依存から、寄生へ」

開き直った小声で呟いて呼びだすと、即座に我謝さんの声が弾けた。鮎か！　の大声に思わず耳からスマートフォンを遠ざけてしまった。

「あんなに手紙を出したのに」

もどってきてくれという濃厚なラブレターだったが、その過剰さにおなかがいっぱいになってしまい、読んだのは最初の一通だけだった。性格の悪さは母譲り。こういう具合に常に親譲りと打ち遣ってきたわけだが、もちろん私が性悪なのだ。

「それを認めるに吝《やぶさ》かでない」

意識せずに悪ふざけ気味に角ばった口調で自分に向けて独白してしまった。私がなにを言っているのか当然理解できない我謝さんは一瞬言葉を詰まらせたが、すぐに立ち直って捲したてる。

「鮎が帰ってしまって、俺はどれだけ打ちひしがれたか。自分がしでかしたことをどれだけ省察したか。美しい宝石に俺の脂ぎった指紋をつけてよいものかとも思ったさ。だが、もう触れてしまった。指紋だらけにしてしまった。夜毎《よごと》身悶えしたよ。ならばせめて誠実に振る舞おうと決めたんだ。俺は小説家だ。作家だ。俺は自身の作家生命を懸けて鮎に手紙を書いたんだ。無数の手紙を書いたんだ。それなのに鮎は一切返事をくれなかった」

「私は絵描きだから字は書けないの」

「よくもまあ、そんな憎たらしいことを」

含み笑いを洩らしながら、いま手持ちのお金が二千数百円しかないことを告げる。

「二千円あればバスを乗り継いで読谷まで行けますか」

「いま、集まりがあって那覇にいるさあ。すぐに迎えにいくから」

待ち合わせ場所を決めて、まだなにか言っている我謝さんを無視してスマートフォンを切った。愛情も憎しみもない。まさに依存から寄生へ――だ。居候できるならどこでもいいし、誰だっていい。沖縄でなくたってかまわないし我謝さんでなくたってかまわない。とにかく私は独りで絵の勉強をする。独学で足掻く。とりあえず私は沖縄で絵の勉強をすることにしたというわけだ。

自分勝手身勝手という自覚はある。人から後ろ指をさされてもかまわない。善悪なんてどうでもいい。絵を描いて好きなように暮らしていけることが大切だ。もし我謝さんが私を見放して次に利用できる人が見つからなかったら、アルバイトでもしてアパートを借りる。とにかくもう親の世話にはならない。男を渡り歩いてでも自分の才覚で生きてやる。

沖縄に文壇というものがあるのかどうかわからないが、我謝さんは沖縄の若い小説家志望の人たちの中心にいるようだった。その集まりを抜けだして、仲村《なかむら》君という私とおなじくらいの年頃の男の子に運転させて迎えにきてくれた。そのまま読谷に行くのかと思っていたら、うみそらトンネルを抜けてすぐ、若狭《わかさ》緑地近くの漆喰《しつくい》で塗りかためた赤瓦の古い一軒家に連れていかれた。

私という闖入者《ちんにゆうしや》に二十幾つかの瞳が注がれる。それはすぐに好意的な笑みや意識的な無視に変わった。同人誌の仲間らしい彼ら彼女らだって浮かれた我謝さんが京都からきた小娘をちやほやするのは面白くないだろうが、私だってそこに集まった男女を目の当たりにしたとたんに窃かな腹立ちを覚えていた。藝大生とよく似た臭い、いやそれ以上の悪臭がしていたからだ。

昼御飯を抜いているせいで気が短くなっていると自分に言い聞かせた。意地でも大皿に盛られたスナック菓子に手を伸ばしてなるものかと気合いを入れなおしたが、ぺちゃんこのおなかが哀れだった。みんなより心持ちさがって膝をくずして座ると、世話役らしい我謝さんと同年配の男の人がおずおずとお茶を勧めてくれたので、叮嚀にお礼を言って頰笑みのバリアを張った。

絵画論が文学論にすり替わっただけで、集まった男女は私をどこかで意識しながら藝大生と同様の高みから見おろした、あるいは人によっては過剰に卑屈な遣り取りを重ねた。収拾がつかなくなると我謝さんが重々しくまとめる。

沖縄まできてこんな話を聞かされるなんて前世でよほどよくないことをしでかしたんだろうと胸の裡で嘆きつつ頰笑みにカムフラージュした苦笑いを泛べ続けていたら、議論をリードしていた、いやもっとも声が大きかった二十代後半と思われる目つきのきつい職人風の丸刈りの宮地《みやじ》さんがいきなり私に問いかけてきた。

「鮎さんは藝大を出たそうですが、絵画と文学の接点についてどうお考えですか」

「あ、藝大は中退です。絵画と文学の接点はあげだせば、きりがないような気がします。でも、本質的なことを見据えれば抽象くらいしか泛びません」

どんな仕事をしているのだろう。宮地さんの爪の中には真っ黒ななにものかが詰まっていて、しかもその爪自体がギザギザに乱れて荒れ放題だ。

「抽象というと、抽象絵画と文学は近しいということですか」

「絵に描かれたリンゴでは現実のリンゴではないという単純なことです」

べつに文学だ絵画だと限定しなくても、表現されたものはすべて抽象的側面をもっているると続けるべきだったが、おなかが空いているので面倒だ。

「なるほど。ところで文学により描写された林檎《りんご》は、あるいは絵画により描写された林檎は、本物の林檎よりも林檎らしく存在しうる場合があるとお思いですか」

見事に論点がずれている。しかもこの人は絶対にリンゴではなく、漢字の林檎で喋っている。鬱陶しい。醒めた眼差しを注いでしまわぬよう、脇見をしているような顔つきで抑揚のない早口で返した。

「抽象には捨象がつきものであるという点において厳密に規定してしまえば本物のリンゴよりもリンゴらしいリンゴは絵画においてはありえません。その一方で逆説的に、表現されたリンゴは捨象されたリンゴの抽象であるがゆえに本物のリンゴよりもリンゴらしいとも言えますが、それは文学においても同様ではないでしょうか」

「しゃしょう――」

ひょっとして宮地さんは捨象も知らずに、こういった議論を重ねているのだろうか。ああ、なにか食べたい。軟骨のソーキそばが食べたい。そんな私の願いを見透かしたようにこの同人誌の集まりは夜半まで続くらしいことを皆の遣り取りから漠然と悟って、腹ぺこ鮎ちゃんはもう泣きそうだ。

西日が室内をくっきり浮かびあがらせはじめたころ、次の同人誌の具体的な内容に関する議論にはいる前に一休みしようということになった。蟬だろうか、十一月だというのにじーじーかなりやかましく鳴く声が降りかかる縁側にでた。片足ずつひょいともちあげてソックスを脱いでしまった。縁板は年月のたまものだろう、風雨で磨かれた白骨のように滑らかになっていて足裏が心地好い。

部屋の中ではまだ議論を続けている人がいる。あんな自己陶酔の声を聞くくらいなら、蟬の声のほうがよほどましだ。二千円あるのだから逃げだしてなにか食べにいってしまおうか。思案しているとタバコの煙の香りがした。縁側は直角に曲がっていて、そっちから流れてくる。

燻された甘さのある香りをぼんやり吸っていると、どすどすと足音がした。縁側の角を曲がって私のほうにやってきたのは宮地さんだった。タバコをもった手が中空で止まっている。私が上目遣いで会釈すると、とたんに頰が真っ赤に染まった。意外な化学反応を見た気分だ。でも、居丈高に喋る人は、案外こんなものだという気もした。

「私、腹ぺこなんです」

「腹ぺこ」

「逃げだしませんか」

「逃げだす」

「お昼、食べそびれちゃって」

「お昼」

「だから、そばでも」

「そば」

鸚鵡《おうむ》になってしまった宮地さんは案外かわいい。私はソックスをジーパンのポケットに突っこんで地面に裸足《はだし》で降り、目で宮地さんを促し、苔がはえて湿っぽい庭先を横切ってそっと玄関にむかう。忍び足で玄関に入り、なかを窺う。相変わらず声高に遣り取りしている。トートバッグには画帳が入っているので、誰かがいつか届けてくれるだろう。そう割り切って私は素足のままニューバランスを履いた。宮地さんは鼻緒が黄色いゴム草履だった。島ぞうりというらしい。私も島ぞうりがほしくなった。鼻緒は青がいい。そんなことを呟いて若狭の小学校に突き当たり、右に折れる。

「買ってやれる」

「はい？」

「島ぞうりくらいだったら、買ってやれる」

「買ってくれますか」

「買ってやる」

「いつも、そんな怒ったような喋り方なんですか」

「怒る――いや、その、ごめんなさい」

「いいな、ごめんなさいって」

「いや、ほんと、ごめん」

「私のほうこそ無理遣り誘っちゃって、ごめんなさい」

「いや、いいんだ、あんな集まり」

「でも、ずいぶん積極的に発言してたから」

「――貴女がいたから」

「はい？」

「鮎さんがいたから」

私はちいさく肩をすくめる。ちょっといい気分になってしまった私も私だが、照れを圧し隠した真顔でぶっきらぼうに口にするといったあたりまで、意外と操ることに長《た》けているというか、巧みだ。

「小説家になるつもりなの？」

「もちろん。前回の小説すばる新人賞、三次選考に残った」

それがどの程度なのか門外漢にはよくわからないが、自負心を隠さない宮地さんは、車座になってどうでもいい理屈を捏《こ》ねまわしているときよりもよほど好い貌をしている。

「私、思うんだけど」

宮地さんがぐいと顔をむける。私がわずかに引くと、とたんに俯く。

「あんなところで喋っている暇があったら、書けばいいんじゃないかな」

宮地さんは若狭の繁華街の路上に立ちどまり、動かなくなってしまった。すれちがう車のじゃまになるので、そっと腰のあたりに手をかけて道の端に移動させた。

「ぐうの音もでない」

私は耳に手をやって、思わず聞きかえしてしまった。宮地さんは繰り返した。

「ぐうの音もでない」

「──死語ですよ、きっと」

「それでも、ぐうの音もでない」

それきり宮地さんは黙りこんでしまい、私はいよいよぺちゃんこになってしまったおなかにときどき手をあてがって、なんでこんなに空腹なのだろうと怪訝な気分になる。家にいたら母がうるさいから箸をつけはするが、お昼なんてほとんど食べないのだ。それで夜までどうということもなく過ごしてしまう。きっと独り立ちすると腹が空くという法則があるのだ。思わず笑みが泛ぶ。

十五分ほど歩いただろうか。宮地さんが連れてきてくれたのは、国道五八号線松山交《まつやまこう》差点《さてん》の陸橋を渡って久茂地橋《くもじばし》からすぐの〈すーる〉というそば屋さんだった。カウンター席しか空いてなかったので、宮地さんと並んで座った。宮地さんはこれが美味いあれがいいと口うるさく勧めることもなく、ぶっきらぼうにそばのセットを頼んで木の壁を睨みつけて黙っている。軟骨ではないらしいが、初志貫徹で私はソーキそばを頼んだ。そばを待つあいだ、宮地さんが私に触れないように気配りして硬直していることに気付いた。こういう場合、どうすればいいのだろう。

「宮地さん」

「はい」

「肩から力を抜いて」

「はい」

「狭いところに並んで座っているんだから、多少触れても、べつに私は――」

宮地さんはいよいよ硬直してしまった。私は横をむいてちいさく頰笑む。それに気付いたらしい宮地さんが横目で私を見ていた。そっと私も横目で見返す。とたんに宮地さんの頰に笑いが拡がった。その笑いはすぐに真顔と大きな溜息に取って代わり、青褪めて見える丸刈りの頭をぼりぼり搔いた。痩せた首に浮かびあがった筋や静脈が皮脂や汗のせいで変に艶めかしく輝いて、私はもうすこしでふわりと宮地さんに身を寄せ、寄りかかってしまいそうになった。

そこに私の頼んだソーキそばがきた。くらっとするような鰹《かつお》のよい薫りが立ち昇った。

私は貪り食べた。ソーキの骨を小皿に吐きだすと、かちんと金属のぶつかるような澄んだ音がした。一息つき、相変わらず緊張気味に黙々と三枚肉のそばを食べている宮地さんに言った。

「美味しい！　ここ、凄く美味しい」

「よかった。女性だから淡すい系がいいんじゃないかと思って。気に入ってもらえて嬉しいです」

「それ、三枚肉ですか。ソーキと交換してもらえますか」

「——食いかけだけど」

私は黙って顔をむけ、口をわずかにひらいた。そんな仕種をしてしまってから、自分の手管に驚いた。けっして自然にそうしたわけではなく、私のしたことはまさに媚《こ》びの一種だったからだ。宮地さんは三枚肉をそっと私の口に押し込んでくれたが、その指先が小刻みにふるえていた。

悪王女の面目躍如、こうなったらとことん手管を使ってやる。ソーキの一片を宮地さんの丼に移して残りをたいらげながら、衝動的に家を出てしまい、全財産が二千円少々しかない経済状態を開き直り気味に、けれど率直に語る。ちいさく溜息をつき、疲れきった苦笑と共に口にする。

「どなたか泊めてくださる方がいれば——」

「行き場がなくなれば、頼ります」

「我謝先生は」

「うん」

短く返事して宮地さんは斜め下をむいた。唇をきつく結んで動かない。宮地さんの内面では私を我謝さんにわたしてなるかという思いと、恩師を裏切ってよいのかという葛藤が争っている。そんな都合のよい解釈をしながら、黙って伝票をとり、手持ちの最後の二千円でそばの代金を支払ってしまう。

思い詰めている宮地さんは、私の動きに気付かなかった。あるいはトイレにでも立ったのかと思っていたのだろう。お店の女性のありがとうございましたの声に、ようやく私が支払ってしまったことに気付いた宮地さんが弾かれたように立ちあがり、よそのテーブルに太腿をぶつけながら息も荒く近づいてきた。

「俺が払おうと――」

「いいんです」

それ以上のことは言わずに、宮地さんがのしかかってくるかのような気配を背に感じつつ店をでる。お世辞にも綺麗とはいえないばかりか水がまったく動いて感じられない久茂地川を眺めて、さてどちらに行こうかと思案したとき、いきなり宮地さんが勢い込んだ声をぶつけてきた。

「俺のところにきてください。汚いので躊躇っていたけれど、外で寝るよりは絶対ましだから」

　私は遠い眼差しをして、ふっと短い息をつく。安堵とも諦めともとれる息だ。

「訊いてもいいですか」

「なんでも！」

　そんなに意気込まなくても、と苦笑気味に頬笑んで、宮地さんの指先に視線を投げる。

「なんの仕事をしているんですか」

　とたんに宮地さんは猫が壁を引っ掻くような手つきで左右の指を曲げ、いま初めて爪のあいだが黒く染まっていることに気付いたかのように、指先を凝視した。

「――整備士です。自動車の整備です」

　消え入るような声だった。私は宮地さんの手をとった。

「道理で。私も絵を描きはじめれば爪のあいだが絵具で汚れますから、なんか親近感を抱いていたんです」

　よくもまあすらすらと――自分自身で呆れながら、そのまま宮地さんの手をぐっと力を込めて握る。まったく調子のよいことを口にしている私だが、本音で仕事で汚れている男の爪が厭なはずもない。指先の厚い皮膚が裂けて荒れ果てているその感触も悪くない。宮地さんの手を引くようにして勝手に歩きはじめてすこし行って、この方角でいいのかと問うと宮地さんは頷いた。幾度も頷いた。けれど久茂地川に沿って歩いている私を、我に返った宮地さんが申し訳なさそうに軌道修正していく。どんどん久茂地川から離れていくので、私は俯き加減でちいさく吹きだした。わざとらしくもあったが、あきらかに私は昂揚《こうよう》していて、どんな些細《ささい》なことでも笑いだしてしまいかねないような精神状態だった。

途中のコンビニで宮地さんは私のために飲み物やお菓子を見繕い、さらに約束だからと青い島ぞうりを買ってくれた。コンビニにゴム草履があるのも驚きだが、なによりも青い鼻緒がいいと呟いたのを覚えていてくれたことに胸がきゅっとなった。コンビニの駐車場の隅で私はスニーカーから島ぞうりに履き替えた。スニーカーの踵に左手の人差し指と中指を挿しいれるようにして提げ、宮地さんと身を寄せあうようにして那覇高校の脇を抜けた。宮地さんが小声で言った。

「城岳公園《じょうがくこうえん》、登っていきますか。公園の西側のボロアパートが俺の棲処です」

私は笑みをかえして、島ぞうりをぺたぺたいわせて宮地さんに従って通りをわたり、書店の脇の坂道をあがっていく。すぐに公園に至る階段があらわれた。傍らには錆びたスクーターが放置されている。たぶん盗まれて、ガソリンがなくなって棄てられたのだ。

「じつは城岳、沖縄でいちばん低い山なんです。標高三十三メートルだったかな」

ちょっと得意そうな宮地さんだ。胸の裡で数えた階段の段数は八十段、張り出した樹木のトンネルを抜けたあたりで額に汗が浮かんだ。けれど標高三十三メートル、山登りというには島ぞうりのままあっさり登りきってしまい、あきらかに丘の頂点を削りとったと思われる平坦な天辺《てっぺん》に至って思わず歓声が洩れた。木々のフレームに区切られて、とても十一月とは思えない白く育った雲と青すぎて黒ずんで感じられるほどの空が拡がっていたからだ。

「誰も、いない」

それなのに幽かにぐずる幼児の泣き声がする。私が耳を澄ましていると、宮地さんが囁くように言った。

「崖の下に保育園があるんです。どんぐり保育園」

宮地さんに促されてベンチに腰を下ろす。高台だけに、とてもよい風が抜けていく。コンビニで買ったスポーツドリンクを勧められて、遠慮せずにごくごく飲んで手わたすと、宮地さんは照れを隠さずに嬉しそうに残りを飲み干した。そのまま放心したようになって脱力している宮地さんを盗み見る。痩せて尖った利己的に感じられる鼻をしている。その横顔をイボテンさんに重ねていた。

「同人誌の集まりのあの家でも鳴いていたけれど、じーじー鳴いているのは」

「ナービカチカチー、蟬です。油蟬です。琉球油蟬」

咳払いして続ける。

「今年は暑かったせいか、いまだにしつこく鳴いてますけど、おおむね十月いっぱいですね。さすがに、もうそろそろ死にます。最後に鳴きわめいているというわけで」

死んじゃうのか——と樹上を見あげ、東屋《あずまや》の近くに聳《そび》える立派なガジュマルの木に惹かれて立ちあがる。宮地さんが追ってきた。妙に慌てた気配だった。焦らなくてもいいのにと悪戯っぽい気分で知らんふりする。赤瓦の東屋の白い四角い柱に、フェルトペンの角ばった大きな黒い文字で落書きされていた。

男子たる者　女をつらぬき通せ！

顔を上下に動かして二度読んで、そっと宮地さんを振り返る。どうやら宮地さんはこの落書きがあることを知ってはいたが、きれいに失念していたらしい。

「雄々しいですね」

「那覇高のガキです。ときどき授業をさぼってたむろしてるんです」

吐き棄てるように付け加えた。

「童貞小僧が気合いだけは一人前というか、うまくいかないから、こんなところで発散して鼓舞しているというか」

そんな決まり悪そうな顔をしなくてもいいのに。行きましょうと目で促す。城岳公園にくるまでは二人並んで歩いていたのに、宮地さんは斜め前を怒らせた肩を揺らせて下っていく。

せまい裏路地だ。真っ黄色に塗られたコンクリートブロックの家が浮きあがって見え、まだまだ勢いのあるハイビスカスの花の赤が目に刺さる。宮地さんのアパートもコンクリートのがっちりした、けれど微妙に角の直角がでていないようなところがある建物で、階段で三階まで上がる。今日はよく歩き、上る日だ。脹脛が重くなってきた。宮地さんは鍵を手に、ところどころに赤錆の浮いた鉄のドアを開くのを躊躇っている。黙って斜め後ろに立っていると、過剰に勢いよく、鍵を挿しいれた。

座る場所がないからと釈明気味に言い、宮地さんは凄い勢いで足払いをかけて室内の書籍やゴミをのけて空間をつくろうとした。私はすっと宮地さんに近づいて、囁いた。

「ベッドに座りましょう」

ベッド——と繰り返して、宮地さんはゴミと本の真ん中で立ち尽くしてしまった。私は古本屋で購入したと思われる何十年も前の箱入りの文学全集を跳び越え、最短距離でベッドの傍らに行った。茶褐色に染まった枕カバーは丸刈りなので抜け毛はついていない。汗と垢でタオルケットは全体が灰色に変色している。噎せかえるような体臭とタバコの脂の臭いがきつい。私は大きく胸を上下させて、宮地さんの臭いを吸いこんだ。

脳裏にはイボテンさんのあのお家、手作りの寝台と群青色の寝袋があった。宮地さんのセミダブルベッドが、そのままイボテンさんの寝床に変換され、胸苦しさが迫りあがる。なんだか腰が砕けたようになって、そのますますとんとベッドに座ってしまい、お臀の下でスプリングが幽かに軋むのを感じとる。しばらく俯き加減でいたが、私は自分でも信じられないくらいに発情していた。息が乱れて、鼓動が妖しく烈しい。手足の末端や耳朶にまで血が充ちて、とても熱い。俯いたまま目だけあげて見やると、宮地さんはゴミを踏みつけにしてぎこちなく私の隣に座った。

数分間、私と宮地さんはお互いの顔も見ずに壁に所在なげな視線を投げていた。雨が降らないかな。降ればイボテンさんのときといっしょだ。

雨、降らないかな——。

裏路地を行くスクーターの排気音が聞こえる。湿気はきついが、降雨の気配はない。建物が密集し、空き地はどこも駐車場になっているこのあたりは木々が少ないせいか、琉球油蟬の断末魔の声も届かない。このぎこちない時間に耐えられなくなったのは、宮地さんのほうだった。

押し倒された。私は完全に力を抜いてあげた。宮地さんは私のうえで男と女のかたちをとったまま、動かない。宮地さんの秘密と私の秘密が着衣越しに密着し、こすれあっている。またスクーターが抜けていく音がした。選挙でもあるのか拡声器でがなる声もするけれど、遠すぎてなにを言っているのかはわからない。悪くない気分だが、まったく進展がないので、そっと窺った。宮地さんは瞬きもせずに凝固している。私の視線に気付き、小声で謝ってきた。

「ごめん。抑えきれなかった。泊めてあげるだけのつもりでいたのに」

「男子たる者、女をつらぬき通せ」

強い調子で囁いて、さっと視線をそらす。直後、宮地さんの唇が私の首筋に押しあてられ、いきなり咬まれた。いや、咬まれたというのは誤解かもしれない。荒れた唇が肌を引っ掻いて、たぶん血管だろう、歯が当たったのだ。びくっとして私は目を瞠った。

「ごめん。歯がぶつかった」

「いいの」

ちゃんとキスして、という言葉は呑みこんだ。ただ、薄く唇をひらくと、そこに鑢《やすり》のようなギザギザの唇が押しあてられた。前夜の酒だろうか、腐臭にちかい胃液まじりのアルコールの匂いがする。おずおずと舌がさぐってきたので、じらすように絡みつかせてやった。しばらく夢中で私の唾を吸っていたが、宮地さんは唐突に私の軀中をまさぐりはじめた。その指先も整備士という鉄気を扱う仕事らしくギザギザが刻まれていて、私の肌との摩擦はほぼ限界といった強さだった。鎖骨の下あたりを撫でられたときは、擦れて痛みを感じたほどだ。

私たちは時間をかけて裸になった。徐々に互い違いになって、お互いに口唇を用いた。ずいぶん久しぶりの男の人の香りだ。私はその匂いの芯にイボテンさんと同質のものを感じとって、いよいよ昂ぶりを烈しくした。宮地さんは一度、私は数え切れないくらい極めた。私は口唇に加えて手指も用いたけれど、宮地さんは私の核心に触れようとはしないので、さんざん気が遠くなったくせに微妙な物足りなさがあった。

「爪のあいだが、オイルで真っ黒だから」

それで挿しいれるのを躊躇い、避けたようだ。私は宮地さんの中指を握り締め、そのまま口に入れた。爪と指のあいだを尖らせた舌先でさぐる。ガソリンの香り、遠い記憶、揮発していくふしぎに甘いガソリンの味。宮地さんの指先は幼いころに遊んで叱られた白川通に面したガソリンスタンドの塗装されたコンクリの地面の隅に分厚く層をなしていたガソリンをはじめとする油脂の味。機械の油なんて舐めたこともないくせに、宮地さんの指先の味に身悶えしたくなるようなノスタルジアが拡がった。私の口のなかに唾液があふれていることを悟った宮地さんは、いきなり指を引き抜くと、体勢を微妙に変えて、私のもうひとつの口のなかの最奥にまで加減せずに挿しいれてきた。

私は身をまかせて、ごく静かにしていた。もちろん鎮まっているようにみえて、一気に発汗していた。奥歯をきつく咬みしめて、顔を宮地さんに見られないようにする。

「鮎さんの子宮」

宮地さんの声が遠い。

「鮎さんの子宮、俺の指先を追いかけて凄くさがってきた」

「——どういうこと」

「だから、子宮の入り口かな、まるで目があるみたいに俺の指先を追いかけてくる」

「わからない。私には——」

「どんな感じだ?」

「だから、わからない。ただ——」

「ただ?」

「ただ、どんより気持ちよくて、さっきまでのぴりぴりとはちがって、ちょっときつすぎるかも」

「はずそうか」

「だめ」

まともに動けず放心して身をまかせ、子宮か——と密やかな感慨に耽る。自分が女であることを、いまあらためて教えられた。性的な仕組みには疎いが、宮地さんがあきらかに私の子宮を捉えていることは虚脱気味の私の全身に拡がっていく快感で直覚できた。

けれどその虚脱も、すぐに押し寄せた濁りのある重々しく奥深い、底しれぬ快の波に押しやられ、私は烈しく硬直し、痙攣する。窓を開け放ったままなので宮地さんが慌てて私の口を押さえ、息ができなくなって、その酸欠のせいかよけいに快楽に重みが増してしまい、弓なりに反り返ってしまった。

宮地さんの指先はいやらしいほど的確で、しかも休むことがない。切れぎれになってしまっている視界の片隅で宮地さんの顔を捉えようと足掻き、きっと得意げに振る舞っているのだろうと決めつけたのだけれど、宮地さんは神妙というか、なんだか泣きだしそうな顔で私に奉仕していた。私は率直に感嘆の囁きを宮地さんの耳の奥に送りこむ。

「すごい」

「なんだか奴隷の気分だ」

「支配者じゃなくて？」

「鮎さんの表情や、肌の様子、もちろん子宮の気配、そういったものを追いかけて、ひたすら鮎さんの気をそらさないように必死に頑張ってるんだ。俺、普通でない集中力。鮎さんに、そう、させられている」

宮地さんの眼差しが、限界を訴えていた。

「――いつでも、ひとつになっていいよ」

「避妊は？」

そんな心配までしていたのか。私は筋肉で張り詰めてへこみ気味の宮地さんの硬いお臀に手をかけて促した。宮地さんは闇雲にひとつになろうとして暴れた。ひとつになったとたんに私は心の中で叫んでいた。

――イボテンさん！

白銀めいた光輝に覆いつくされて意識が途切れはじめ、首を反らせて顫えながら、私はいまこの瞬間もイボテンさんと肌を合わせていることを実感した。

12

性悪を自覚している。あるいは、とことん性悪に振る舞うよう意識しているうちに、すぐに本物の性悪になってしまった。宮地さんのところにあったぼろぼろの辞典で性悪を引いたら——性質のよくないこと。また、その人。多く、浮気を指す——とあって、まさに私のことだと頷いた。

宮地さんは悪い人ではないが、すぐに過剰さが鼻についた。肌を合わせた直後に宮地さんがまたもや部屋の汚さを詫《わ》びはじめたことで鷹揚さの欠片もないことに気付かされた。イボテンさんのことを想って極めたということはあるにせよ、私は心底から満ち足りた表情をしていたはずだ。全身をうっすら覆った汗とゆるみきった肌、足指の先にまで宿った熱がそれを裏付けていた。私は宮地さんの爪のあいだの油脂の汚れも部屋やベッドの汚さもなにもかも受け容れているからこそ、あられもない声をあげ、乱れたのだ。それなのに不安神経症めいた気配でくどくど謝罪してくる。

そんなに散らかり放題が気になるならば私が掃除をすればすむことだと割り切り、すこしだけ片すね——と頰笑んでまだ余韻が残って重い腰の奥を意識しつつもざっと身支度して散乱している書籍に手をかけた。

とたんに宮地さんは落ち着かなくなり、ベッドに座ったまま右手中指で左手の甲をぱしぱし叩きはじめた。貧乏揺すりの変形だ。私が当てつけで片付けはじめたと感じているらしいことに気付いたとたんに、これは面倒臭い人だと疎ましくなった。頭の悪い人ほど深読みするものだ。散乱している書籍やゴミをまとめて、流しに至るまでの肩幅ほどの通路を拵える程度のことが、なぜ許容できないのだろう。

雑だが細かいという人はよくいる。どちらかといえば私も相反したものを抱えている。絵を描いているさなかは筆や絵具の位置、光の具合などなど自分でも鬱陶しく感じられるくらいに気にするし、気になるのだが、それ以外は第三者からしたら相当に大ざっぱなところがあるだろう。神経質な男の人だったら私との同居には耐えられないかもしれない。宮地さんも相当に雑で細かいようだ。

ほんとうのところは、私も宮地さんも徹底して細かいのだ。どんな些細なことでも手抜きしたくない。けれど、すべてにわたって細かさを発揮すると身動きが取れなくなる。極端なことをいえば発狂してしまう。だから自分が意を尽くす部分では最大限細かく振る舞い、その他のほとんど全てを投げだすのだ。

私自身のことをいえば、中学を卒業するあたりまではすべてにわたって細かかった。見て見ぬふりができなかった。制服のある学校でなくてほんとうによかったと思う。他校の生徒の群青色のセーラー服の袖口や下膊のあたりが擦れて汚れてテラテラ銀色に輝いているのを見ると、嫌悪のあまり目眩がするほどだった。

自身の美意識に当てはまらないことに対しては、他人事であっても関与したいという欲求が凄まじかった。もちろんそんなことは不可能だから、自身を持て余してよく不機嫌になった。

けれど私が世界に対して抱く不快は常に不条理を孕んでいることに思いが至った。過剰に厳密な私の基準はあくまでも私の規範にすぎず、潔癖は病であり、このまま大人になったらまずいということに気付いた。だから意識的に投げだすようになった。

細かさは絵を描くときだけ発揮すればよいし、小説執筆という細部にこだわる仕事をするには部屋を汚し放題にしたほうがいい。細かいが雑な人の成立だ。

素早く思案した。いま宮地さんの聖域を犯しているのは、私だ。ゴミはまたげばいいと割り切って片付けをやめた。ところが、こんどは、それはそれで気に食わないらしい。気遣いしているということが宮地さんを苛立たせるようだ。雑だが細かい二人が過剰に忖度《そんたく》しあってグチャグチャになっている。こうなると八方塞がりだ。

電子レンジが大好きな私だが、料理は嫌いではないし、家庭料理として要領よく味をまとめる才能もあると自負している。案配という一点で料理と絵画はよく似ている。冷蔵庫に残っているものでちゃちゃっと夜御飯をつくって二人でビールでも飲めたら幸せだなと胸の裡で頷いていたのだが、この調子だと冷蔵庫をあけたりしたらよけいに面倒なことになりそうだ。手持ちぶさただが針の筵《むしろ》——。雑だが細かい私には耐えられない。流しでぬるい水を飲んでいる私の軀のあちこち、とりわけ臀や股間に宮地さんの視線がちりちり刺さる。

　肌を合わせたのだ。なにも盗み見ることはないだろう。肩から力を抜いて、まあまあ均整がとれているけど、おっぱいは小さかったな——と、ただ眺めればいいだけのことだ。気持ち悪い。

　振りかえると、慌てて視線を逸らした宮地さんの全裸の腰のタオルケットのそのあたりが突出している。この気まずさから逃れるためには、セックスし続けるしかないか——と自棄気味に開き直った。同時にこの部屋で同棲《どうせい》生活をはじめても絵など描けるはずもないという単純なことに気付かされた。

　水をコップに七分め程度入れてベッドにもどる。宮地さんは一息に飲み干し、胸を大きく膨らませて深呼吸すると私を凝視した。錯覚だろうが、その瞳の奥で紫色の焰が揺れている。危ういが、綺麗な複雑な綾《あや》をもった紫だ。

　私が見惚《みと》れていると、ふたたび重みをかけてきた。脱力してしたいようにさせていると、なんと腰を抱き、顔を埋めてきた。そうされることに抵抗はないが、先ほど宮地さんはいま口唇を押しあてている部分の奥底に烈しく放ったばかりだ。私は男の人を長い時間閉じ込めておくたちで、場合によっては半日くらいあとに流れだしてきて下着に冷たく沁みて微妙な心持ちになることさえある。

よりによって宮地さんは舌先を挿しいれ、吸引さえしているようだ。自ら放ったものを味わうことに抵抗はないのだろうか。私自身はイボテンさんに無理強いされ鍛えられたおかげで異性の体液に一切抵抗はない。腹立たしいことだが、許容したとたんに欲しているようなところさえある。でも自身のものは微妙にいやだ。できることなら止めてあげたかった。けれど不定形な私を含むことそれ自体が宮地さんの願望のすべてであり、あとは一切目に入らないのだ。

リサイクルだ――と声にださずに揶揄し脱力していたが、いきなり腓脛が強張った。攣ってしまったかと身構えたが、そうではなかった。私は下唇を咬んで全身の末端にまで触手をのばす青褪めた静電気に耐えていた。

イボテンさん、イボテンさん――連呼していた。

私はイボテンさんとの交わりで、初めてそうされた瞬間をありありと思い泛べていた。イボテンさんにそうされたときは、そこまでするのかと嫌悪し、表層の快感しか抱けなかったのだが、たしかにあのときも腓脛が重くなった。私はそれをより深い快感をもたらす先駆けと認識するほどには心が熟していなかったということだ。

きつく閉じた瞼の裏側で私はイボテンさんと交わった。申し訳ないことだが、先ほどと同じく宮地さんは完全に消滅してしまっていた。あるいは宮地さんが私の軀に為《な》すことすべてがイボテンさんに重なってしまい、私はひたすらイボテンさんのことだけを想って激烈な快にのめりこんだ。

宮地さんは翌朝まで飽かずに私を貪った。たいした性的な力だと呆れたが、それに存分に応えた私も性的にはやや逸脱しているかもしれない。もっとものあたりが標準かわからない事柄だ。開き直ることにした。

それよりも、いよいよ私はイボテンさんに支配されていることを実感して、それを窃かなよろこびと共に受け容れた。イボテンさんの性的な慾望を狼狽え気味に受けとめるだけで、イボテンさんの望むであろう女としての姿を一切見せてあげられなかった私。乱れに乱れながら、心のどこかでイボテンさんに対する供養をしているような神妙な思いがあり、快楽は鋭く尖って重く揺蕩い濁って腰の骨の奥底に澱みさえしていたが、それなのに首筋から後頭部にかけて澄みわたったクリアなものが拡がっていた。

宮地さんは七、八度、私の内側で爆ぜたようだ。けれど私は宮地さんが痙攣するたびに、イボテンさんがそうなっていると感じ、軀のよろこびにも増して心の昂ぶりを覚えるのだった。

じつは深夜に、宮地さんの携帯に我謝さんから電話がかかってきた。ちょうど私はイボテンさんの、いや宮地さんの脚に自分の脚を複雑に絡ませ、きつい密着を促していたときだった。もちろん人差し指を唇の前に立て、とぼけるように目で促した。

我謝さんが大声でくどくど私の行方を尋ねているのが洩れ聞こえてきた。遣り取りを重ねているうちに宮地さんがすっかり形状を喪ってしまい、あっさり私の圧に負けて消え去ってしまったことに苛立った。絵を描くならば我謝さんのところに居候するしかないかもしれない。けれど我謝さんと交わりたくない。我謝さんに軀を曝すのは絶対にいやだ。

ようやく携帯を切った宮地さんは、恩師を裏切ったことですっかり縮みあがってしまっていた。私は苛立ちを指先に込め、濡れそぼっている宮地さんに爪をたてた。宮地さんが苦痛に身をよじった。血がでたかもしれない――と訴えた。目を凝らしたらほんとうに出血していたので驚いた。

ところが私が謝罪の言葉を口にするよりも早く宮地さんは強張りを取りもどし、それどころかいままでにも増して金属じみた硬さで、宮地さんは自分と私を交互に見て、それから私から視線を逸らし、ごく小声で糾弾してきた。

「サディズムだ」

いきなり私は納得した。我謝さんと交わりたくないという思いの根にあるものは、サディズムだ。私は我謝さんを虐《いじ》めたいのだ。イボテンさんからは虐められた。イボテンさんとの性の交わりは、最初をのぞいて苦痛しかなかった。あげく殴られて終わった。イボテンさんはもう存在しないのだから私は解放されているはずなのだが、二度とイボテンさんと相交わることがないというその一点で、私はイボテンさんに支配されている。被虐というのか、意外に観念的で難しい言葉だが、それがイボテンさん亡きいまも私を支配している。

その一方で私は我謝さんを虐めたい。精神的に苛みたい。雑で細かい私は、その面でほぼ同類の宮地さんに対して、もっとも過敏な部分に爪をたて、きつい痛みとごく淡い出血を与えた。殴られた私は、いまや存在しないイボテンさんに執着している。たぶん宮地さんも私から心と軀を責め苛まれることに執着する。そう直観した性悪な私は、この瞬間から宮地さんに対して躊躇いなく横柄かつ居丈高に接し、迫ることにした。とことん蔑ろにしてやることにした。

イボテンさん、私、我謝さん、宮地さん、なんだかぐるぐるまわって堂々巡りだ。たぶんこの堂々巡りは、性悪な私が奔放になるに従ってどんどん拡がっていく。これを輪《りん》廻《ね》というのかな――。

輪廻。観念的な小娘の面目躍如だ。

*

那覇空港に降りたった行き場のない私を我謝さんといっしょに迎えにきてくれた仲村君のところに移った。

爪をたてて出血させてしまってから、宮地さんは目覚めてしまったようで、私に傷をつけてもらいたがり、私とひとつになったときに生傷が沁みることによろこびを見いだすようになってしまい、さすがに持て余したのだ。

こじれるかと身構えながら出ていくと告げて頭をさげたのだが、宮地さんはどこか安堵をにじませて、一生尽くしますと凄いことを口にして私の手をとった。誰も鮎さんを縛れないとも付け加えた。悪王女は御褒美に宮地さんをときどき傷つけてやろうと決め、柔らかく頷いてやった。

「御褒美って、私も偉なったたな」

苦笑すると仲村君が得体の知れない葉っぱをほぐす手をとめた。私が苦笑を不明瞭な笑みに変えてはぐらかすと、仲村君は作業を再開した。

仲村君のマンションはとまりんの近くだった。仲村君は首里の名家のお坊ちゃんで、このマンションは父親の持ち物らしい。私も似たような境遇だったが、よけいなことは口にしない。

ただ借りたドライヤーで髪を乾かしながらお金に困っていることを正直に訴えると、仲村君は指先をこすりあわせて乾燥しきった葉っぱの破片を落とし、臀ポケットに入れた札入れの中身全て、折った一枚のお札で九枚のお札をまとめてあるものを二つ、黙って差しだしてくれた。

「ちょっと博奕《ばくち》に嵌まったことがあって、そんときに覚えたんです」

恥ずかしそうに伏し目がちに呟いたので、なんのことかと小首を傾げると、こういうお札のまとめ方をズクというのだそうで、中学時代の悪友に誘われて辻《つじ》にある賭場で博奕をしていたことがあるという。

「――ヤクザなんですか」

「なわけないでしょう。遊びです」

ぼんやり手にしている二十万を早くしまえと目で促して、続けた。

「三百万ほど溶けちゃったあたりで股間がムズムズしだして、でも、結局五百万くらい溶かすまで抜けられませんでした。元を正せば家の金だからヘラヘラしてられますけど、いい鴨《かも》ってとこですか」

なんとも屈託のない笑顔なので、しかも二十万貸してもらったお札を口にする余地もないこだわりのなさなので、私も笑顔を返すしかない。

「僕って利用されやすいんです。いまはほとんど我謝先生の運転手です」

私も仲村君を利用しているので、上目遣いで、小声で、ごめんなさいと謝った。

「鮎さんは別。なんか気持ちが楽だから」

「楽？」

「僕、脱力してるようで、いつも気を張ってるんです。緊張しているように見えない演技をしてるのかな。よくわかんないけど。でも、鮎さんだとすごく楽。僕——」

微妙に言い渋るので、私はさりげなく視線をはずす。窓外に拡がる藍と緑の溶けあった海は泊大橋《とまりおおはし》で上下に分断されて完全に凪いでいるが、ほんのわずか夕暮れの色が落ちてきた気配だ。

仲村君は得体の知れない葉っぱを細かくする作業を再開した。ふしぎな人で、朝方訪ねて、一晩中宮地さんに寝かせてもらえなかったということは省いて眠っていないと訴えると、あっさり自分のベッドを明け渡してくれ、私は昼過ぎまで熟睡した。寝具の綺麗さが印象的で、それでもシーツに鼻を押しつけて幽かな仲村君の体臭を嗅ぎとったときは妙に安堵したものだ。

目覚めたら遅い昼食の素麺《そうめん》の炒め物をつくってくれた。味の素が効いていてとても美味しかった。洋書の画集などがあったのでずいぶん長いあいだ眺めていたら、お風呂の準備ができてますと小声で囁かれた。

常日頃から磨きあげていなければ絶対に維持できない清潔さのバスルームだったが、塩素臭などは感じられず、すっかりリラックスして長湯して、全身を丹念に洗った。

着替えがないのでトランクスまで仲村君のものを一式借りた。お風呂からでたら、すっとドライヤーを手わたされた。

そろそろ夕暮れの時刻になるが、仲村君は恩着せがましさがまったくない稀有な人で、私を求めることもなく気負いのない言葉の遣り取りを続けている。

ちなみに同人誌の集まりに置いてきてしまった画帳の入ったトートバッグは仲村君が預かってくれていて、同人をはじめあちこちに連絡をとってくれたあげく宮地さんのところにも連絡が入り、それが仲村君のところに転がり込むきっかけになった。

「僕、マザコンなのかな。おふくろといるとすごく緊張するんです。誰よりも緊張する」

先ほどの話の続きだった。いきなり藍緑を押しやって水平線が朱に染まった。

「私はファザコンですよ」

会話はそれで終わってしまった。けれど間がもたないことからくる居心地の悪さは欠片もない。当たりの柔らかなモヘアのソファーに背をあずけて東シナ海に沈む夕陽を眺めていると、仲村君がガラスのパイプに得体の知れない葉っぱを詰めて、私に示した。

「夕食前に一服するけど、鮎さんは？」

「それ、なんですか？　薬草？」

「マリファナです。ハッパ」

　藝大でも嵌まっている人がいたが、私は孤立していたので噂を耳にしただけだった。アメリカやカナダその他の国では合法化が進んでいることや、医療用大麻等々の一応の知識はあるから、軽口をたたく。

「じゃあ、薬草ですね」

　仲村君は嬉しそうに頷いた。

「カリフォルニア産のオーガニック物で無農薬ですよ。米軍基地が多いから、幾らでも手に入る」

　私はタバコもまともに喫《す》えないと正直に呟いた。ただし拒絶の口調ではない。喫ってみたかった。仲村君となら喫ってみたかった。害がないならぜひと身をのりだすと、害らしい害はないけれど——と煮え切らない。

「僕には下心があるから」

　明かしてしまったら下心ではないだろうと悪戯っぽい眼差しを意識して見つめたが、仲村君はあくまでも真顔だ。

「鮎さんを気持ちよくさせて、その——」

「どうしたいのか教えてください」

「ずっとここにいてほしいから」

私は率直に返した。

「先のことは、なんとも言えません。私は悪王女だから」

「なんですか、それ」

「気が向いたら話してあげる」

「あ、悪王女っぽい」

頬笑みあった。笑んだまま仲村君が立ちあがった。きっと運動が得意だったのだろう、筋肉質に見えるが、過剰さはない。動きは見事に軽やかだ。キッチンからレジ袋をもってきて私の隣に座った。ちゃんと距離をとっていて、じつに遠慮深い。

「僕、不眠なんです。で、いろんな眠剤を処方してもらってたけど、耐性がついてしまったり副作用とか離脱症状がきつくて、行き着いたのがマリファナってわけです」

「眠れるんですか」

「これはジャック・ザ・リッパー、切り裂きジャックって物騒な名前のサティバ系の品種なので昂揚します。眠る前にはインディカ系のグランダディ・パープルを嗜《たしな》みます」

「嗜むんですか」

「嗜みます。鮎さんのように熟睡できる人には不要だろうけれど」

「とりあえず切り裂かれてもいいけれど、喫えるかな」

「僕がこのレジ袋を煙で充たします。鮎さんは口と鼻を覆って普通に息をすればケムがちゃんと肺に入るってわけです」

ジャック・ザ・リッパーはレモンの香りが強いなどと言われていますけど、実際はすごくいがらっぽいので咽《む》せないように――と注意してから、仲村君はつぶしたレジ袋を煙で充たして膨らましてくれた。私がレジ袋を口と鼻に宛がって煙を呼吸しはじめたのを確認して、仲村君もパイプを咥えて深く吸いこんだ。パイプのなかの葉が赤熱し、枯葉を燃やした匂いが拡がる。

ふたたび煙を充たしてもらってレジ袋を口と鼻にあててスーハーしたが、なにも起きない。横目で窺った仲村君はパイプを灰皿にもどして、とろりと溶けはじめているようだ。うらやましさと所在なさに半乾きの髪をもちあげて首の後ろに風を通していると、いきなり背筋がのび、そしてその反動か力が抜けてしまった。永遠の脱力という言葉が泛んだ。仲村君が柔らかい眼差しで見つめていた。鼓動が速まったような気がして、やや不安になった私が見つめかえすと、僕が膝枕してあげる――と仲村君が囁いてきた。

私はすとんと軀を横たえた。

仲村君の硬い太腿に頭をあずけると不安は去った。半眼になっているようだが、自分ではよくわからない。菱形《ひしがた》を主体にした幾何学模様の光輝が烈しく明滅している。美しいが度が過ぎている。仲村君が瞼に指先を添えてそっと閉じてくれた。

とたんに私は沈みはじめ、それは際限のない沈下で、仲村君の太腿を抜け、マンションの基礎を経て地球の中心に落ちていった。凄まじい落下の快感だ。瞼の裏側では粘るマグマが爆ぜ、なぜか私は急に首や肩の凝りを感じて仲村君の膝で首を折り曲げると喘ぎが洩れそうな心地好さだ。しばらく意識を軀各部の凝りに集中して、それがほどけていく快感に全身をもじもじするように動かしていた。

「鮎さん。夜に負けかけている夕陽が最後の悪足掻きをしているよ」

遠い彼方から降ってきた仲村君の声に目をひらくと、藍に沈みきった東シナ海が夕陽の最後の欠片の朱をのみこんでいた。

言葉にすればそれだけなのだが、世界は明暗双方に現実にはありえない光輝あふれる輪郭を与えていた。どこかゴッホ末期の作品を思わせる強烈な色彩だった。

いまだかつて目の当たりにしたことのないスペクタクルが眼前に拡がっていて息をするのを忘れた。私は仲村君の目と完全にひとつになって海と夕陽の性交を見つめていた。

ふと仲村君が私の髪を優しく撫でていることに気付いた。

「仲村君、ちょっと――」

「触れないほうがいい？」

「ううん、触れて。撫でて。ただ――」

「ただ？」

「あやうい声がでてしまいそうで」

「聞きたいな、あやうい声」

私は茫然《ぼうぜん》としていた。強すぎ、凄すぎて捉えどころのない快感というものがあるのだ。髪の毛そのものに、頭髪の一本一本に性感が宿り、激烈な快感をもたらす。私は無意識のうちに仲村君の手の動きに合わせて太腿をきつくすりあわせて、すぐに絶頂に至り、鋭い悲鳴のような声をあげてしまった。声が抑えられなくなって、仲村君がそっと唇を押さえてきた。

「仲村君、おかえしがしたい」

完全に暗くなった海と空に背をむけて、着衣越しに仲村君の強張りに頰ずりする。仲村君が身悶えした。

「鮎さん、僕はタニがちいさいから自信がないんだ」

「タニ？」

「――おちんちん」

「沖縄ではタニって言うの？」

「そう。胤《たね》からきているらしい。でね」

「うん」

「昔から、沖縄の姓に小谷はあるけど、大谷はない――って」

一瞬の間をおいて、私は笑い声をあげてしまった。笑いが抑えられない。仲村君も屈託なく大笑いしている。あとで知ったのだが、麻の笑いというらしい。笑いながら、仲村君がおもしろいことを言うからと切れぎれに咎めつつ、なんの躊躇いもなく仲村君のチノパンのジッパーをおろしていた。私は眼前の仲村君を見あげた。

「凄い。バベルの塔」

「恥ずかしいよ。麻のせいだよ。錯覚だよ」

「ちがう。聳えたつバベルの塔」

私は指先で鋼の塔を翫《もてあそ》び、羞恥も忘れて唇を触れさせた。必死に背伸びしてバベルの塔の先端に接吻した。人間は天にまで達する塔を建てて神と等しい地位にのぼろうとした。神は同一言語をもつノアの子孫たちの結束と能力を危惧し、彼らの言葉を混乱させ、意思の疎通を阻害して塔の建設を断念させた。神の高みに立てなかったノアの子孫たちは失意のまま世界各地に散っていき、無数の言語をもつ多様な民族となった。その天にまで達しかけている巨大な塔を私は含んでいた。私は神になっていた。こうしてバベルの塔に刺激を加えれば、やがて炸裂して倒壊する。その光景が閉じた瞼の裏側にありありと見えていた。いまだかつて覚えたことのない万能感に覆いつくされて、私という神は悪王女として仲村君を支配した。もちろん安易な瓦解は許さない。私の口の中に鮮烈な樹液の香りが充ち、苦みと甘味の複合した男の味が喉を打ち据えた。仲村君は物寂しさに囚われた猛獣の吼え声をあげ、身をよじらせ痙攣し続けた。バベルの塔は屹立《きつりつ》したままだ。私はバベルの塔を求め、塔そのものを私の内側におさめ、閉じ込めた。私は仲村君のかたちに合わせて完全に密着し、仲村君の動作に完全にリンクしてまとわりつく。

「こんなに凄いなんて」

「普段は、僕たち、なにも感じていないんだよね。人が本来もっている潜在能力が顕わになっているんだ」

「イボテンさん」

「それは、確かキノコだよ」

「イボテンさん」

「ベニテングタケだっけ」

「イボテンさん」

「マジックマッシュルームは食べたことあるけれど、ベニテングタケはないな。バラモン教の聖典であるリグ・ヴェーダに出てくる神に捧げる聖なる供物、ソーマはベニテングタケだっていうね。鮎さんが試してみたいなら、僕は絶対に手に入れるからね」

「イボテンさん」

会話はまったく噛みあわなかったが、いままでの性の交わりのすべてが色褪《いろあ》せる至福の時間だった。あまりの快に、私は虚ろになって横たわっていた。気付くと、仲村君が甲斐甲斐《かいがい》しく私の軀の後始末をしてくれていた。心地好い気怠さに息も間遠になってしまっている。

「なんで、詳しいの。ベニテングタケのことも言ってたよね」

「読書好きだから。それで小説なんて書けないけれど、書く人に興味をもって同人に参加した。僕は要らない知識の容れ物なんだ」

仲村君は私の両脚のあいだにちょこんと座ってティッシュを使ってくれている。

「――ごめんね、そんなことまでさせて」

「いいんだ。僕は生まれて初めて女の性器に嫌悪をもたずにいるよ」

「私は汚くない？」

「あるがまま、だよ」

「いいね。あるがまま」

「ねえ、追い焚《だ》きして夜飯を食いにいこう」

頷いて、時間を確かめて驚愕した。私たちは三時間以上も交わっていたことになるからだ。いきなり時間の概念がいかに伸縮自在で不明瞭なものかを悟らされて、私は目を瞠っていた。仲村君が私にパイプを手わたしてくれた。いまなら躊躇いなく喫える。ちゃんと喫える。そう確信した。仲村君がライターに点火してくれたが、そっと押しとどめた。

「イボテンさんて言ったでしょう」

「うん」

「イボテン酸じゃなくて、人の名前なの。ニックネームみたいなものかな。私ね」

「うん」

「イボテンさんに支配されてしまっている。天才。絵の天才。人としては問題があったかもしれないけれど、絵画に対する才能それだけで私を支配している」

「天才は鮎さんだよ。僕、画帳を勝手に見たから。幾度も見たから。当たり前の雑草が描いてあるのに、マリファナを喫ったときに見えるみたいに光に充ちていた。天才の絵だ」

「哲学の道に生えている雑草をけっこうスケッチしているのは確かだけれど」

言い淀《よど》むのも図々しいと割り切り、続けた。

「他愛ないでしょう。私は天才じゃない」

「スケッチっていっても、そのものを再現しているだけじゃなくて、なにかが加わって、余分が消されているから」

「――仲村君は凄いね」

「僕は見るだけ、読むだけ、自分ではなにもつくりだせない」

仲村君はわずかに唇を尖らせて、窓から流れこむ海の匂いのする漆黒の夜風を押しやるように深く長い溜息をついた。

「鮎さんは、イボテンさんが好きなんだね」

「うん。どうしようもなく。仲村君と愛し合っているのにイボテンさんが私を支配しているの」

「ずいぶん残酷なことを平気で」

「言わないでだますほうが、狡い気がして」

「どうしたら僕はイボテンさんを超えられるんだろう」

「無理。イボテンさん、死んじゃったから。自殺したの」

「ああ、そういうことか。生きてる人間は、死んだ人には絶対に敵《かな》わないよね」

過剰に率直なのは、麻の精のせいだろう。私は言わなくてもいいことまで言ってしまったことに打ちひしがれた。

「私、出ていくね。お金は必ず返します」

「なに、わけのわからないこと言ってるの。追い焚きして夜飯、食いにいくんでしょ。僕はイボテンさんと張り合う気なんてさらさらないから。ひょっとしたら嫉妬することもあるかもしれないけど、それは鮎さんがよけいなことを口にした罰だ。僕は鮎さんに執着してるから、鮎さんに好きな人がいようがいまいが関係ない。だいたい死んだ人なんて、鮎さんとセックスできないじゃないか。たとえ小谷だって、生きてる者の勝ちだ」

　私は笑った。声こそあげなかったが、満面の笑みを泛べていた。仲村君の手からパイプを奪った。顎をしゃくって火をつけさせる。深く喫った。咽せそうになったが、それに気付いた仲村君が口をきつく押さえてきたので派手に身悶えし、どうにか咽せずにすんだ。

　外にでられるか不安だったのだが、麻はふしぎな植物で、意識を保とうと思えばごく普通に歩くことができる。ただし夜の粘っこい闇が物陰に澱んでいるにもかかわらず、世界はいまだかつて出逢ったことのない光に充ち、いや正確には物という物がすべてその内側から発光して、ごく控えめに、けれど如実に実存を主張している。

　国道五八号線をいく車のテールライトが赤い帯を永遠に引きずって遠ざかっていく。街灯は黄金色の燦めきを路上に落とし、地面にぶつかって無限に爆ぜ、虹の七色に似た光輝であたりを充たす。思わず燦爛《さんらん》という画数の多い言葉が泛ぶ。実際に燦爛という字が脳裏に映像のかたちで示されているのだ。

　四方八方から迫る物音は妖精のはしゃいだ囁きで、排ガスの青い香りまで好ましい。行き交う人々の顔、顔、顔――すべてが美しい。美が遍在しているということを実感して、私は仲村君に寄り添いながら、いまだかつて知らなかった幸せに恍惚とする。

「それって多幸感ていうやつだね」

「あ、仲村君、醒めてる」

「そんなことはないよ。みんなが鮎さんを見ているのが嬉しい。得意な気分、最高」

「それは、私が仲村君のダボダボの服を着ているからだよ」

「さすがに僕のトランクスは大きかったね」

「風通しがよすぎるもの」

額を寄せあうようにして忍び笑いする。愉快でたまらないが、路上で麻の笑いはまずいとちゃんと規制している。夜の散歩、島ぞうりをペタペタいわせて歩くのがこれほど心地好いとは。なにしろ目にするすべての物が自ら呼吸をしているのだから！

夕御飯を食べる食堂の前に立って、私は幽かに錯乱した。鮮やかな黄色地に赤で縁取りされた黒文字が眼球に刺さってきたからだ。

「ゴッホの〈夜のカフェテラス〉や」

思わず呟くと、おどけ気味に仲村君が返してきた。

「カフェテラスじゃなくて三笠食堂《みかさしょくどう》だから」

京都ではありえない色彩の看板だ。侘寂《わびさび》では摑めないものがたしかにある。うっとり見あげていると仲村君が囁いた。

「ゴッホには、いま僕たちが見ている物その物がちゃんと見えていたんだよね。ゴッホの視覚は、こんな世界を捉えていたんだよね」

「統合失調症か双極性障害だったかもって聞いたけれど——」

「僕たちは自ら進んで喫ってこの視覚を求めたから、こう見えることを受け容れて愉しんでるけれど、いつも否応なしに景色がこんなふうに見えるんだったら、それは苦しいかもしれないね」

「でも、うらやましい、ゴッホ」

「鮎さんのいまの気持ち、わかるよ。絵が描きたくてしかたがない」

「そうなの。でも、お腹《なか》も空いた」

店内に入ると、中華鍋の熱とニンニクと油の香りが迫って愉悦に充ちた立ち眩みがおきた。セルフサービスの水を汲んで店の奥の席に座るように目で示し、仲村君がふーちゃんぷる！　と威勢のいい声をあげたので、私はおばちゃんにとうふちゃんぷるを頼んだ。

以前はワンコイン、五百円で食べられたんだけど——と仲村君が呟く。残念ながら五十円値上げしたらしい。すぐに料理が届いた。硬めで熱々の豆腐を吹くと、胡椒《こしょう》の香りにふわっと大麻の効きめがよみがえり、たまらずに口に入れると濃厚な大豆の旨味と甘味、そして幽かな苦味が口いっぱいに拡がる。驚いたのは苦味にも舌をよろこばせるなにものかが潜んでいることだ。あそこまで性の快感が増幅されるのだ。味覚もまったく別物になるだろうと予感してはいた。けれど、その予感をはるかに凌駕する鋭敏さだ。お互いの皿をつつきながら、感歎《かんたん》の溜息を連発した。

こんな具合に私はしばらく仲村君のお世話になることになった。散歩中に消えてしまったのでしばらくして父と母から電話があったが、短く沖縄で暮らすとだけ答えておいた。父は俺の放浪癖が遺伝したと笑っていた。その直後、口座にお金が振り込まれていたので仲村君にお金を返した。私はなかなか独り立ちさせてもらえないようだ。あらためて距離をおいて気付いたのだが、父も母もなぜか私に固執している。それなら利用してやれと私は割り切り、開き直った。

仲村君は私の絵画に資するようにと普天間基地関係者からアシッドと呼ばれるＬＳＤまで入手してくれた。アシッドの幻覚は、大麻の柔らかさとはまた別のソリッドさで王道の幻覚とでもいうべき凄まじさだったが、その一方で大麻にも共通していることだが媚薬《びやく》としての側面が強かった。お互いの肉と肉が融合してしまい、没我の極致を知った。ただ習慣性が欠片もないので、激烈な性感をひとときの夢と諦めさえすれば禁断症状に類することで苦しむこともなかった。

ほとんどストーカー化してしまった我謝さんだったが、オートロックに阻まれて仲村君の部屋にまでは辿り着くことができず、外に出さえしなければまとわりつかれることもない。仲村君も同人誌の集まりに顔をださなくなり、有形無形具象心象にかかわらず無数のデッサンを描き続ける私と引きこもる日々を送っていたが、最低気温が十五度以下の日もあるようになって那覇でもおしゃれな人がダウンベストなどを着るようになったころ、冷蔵のクール便が届いたと昂ぶった声で発泡スチロールの荷物を私に示した。

「鮎さん、なんだと思う？　ベニテングタケだよ！　長野の知り合いに頼んでおいたら、収穫して冷蔵便で送ってくれた」

まさかイボテンさんが届くとは！　その瞬間、私はどんな顔をしていたのだろう。一瞬だが頬に血が昇り、赤らんだと思う。舌なめずりとは違うが、口のなかで舌が複雑に動いて唾がいっぱいになった。

仲村君が膝をついてスチロール容器のガムテープを剝がしていく。蓋をひらくと冷気が頬を擽った。仲村君の背後から半透明のビニール袋を透かし見ると、直径二十センチほどもある高彩度な赤い笠が覗けた。正確にはわずかに茶がかった強烈な鮮紅色だ。表面には白い絵具を散らしたかのイボがたくさんついている。

「こんなに大きいとは思っていなかった」

「僕もびっくり。でも、こんもり丸くて程よい大きさのもいっぱい入ってるよ」

仲村君が同封されていた手紙を示す。中ぐらいのものを三本くらい、オリーブ油でソテー、効くのに三十分くらいかかるのでくれぐれも食べ過ぎぬように、大きなものは天日干ししてそれを喫ってもいい、と列挙してあった。松林だろうか、茶色い針状の松葉が堆積している上に大量のベニテングタケが群生している画像も同封されていた。画像と実物を見較べながら仲村君が嬉しそうに呟いた。

「スーパーマリオ。不思議の国のアリス。ディズニーのファンタジアにもでてきた」

書棚から日本の毒キノコという図鑑をとりだして調べる。毒成分はイボテン酸、ムシモール、ムスカリン類、アマトキシン類、溶血性タンパク。その他の化合物として1・3－ジオレイン、アマバジン、アルセノコリン、ジヒドロキシグルタミン酸、ムスカフラビン、ムスカアウリン、ベタラミン酸――とあって、中毒症状は神経系と胃腸系の複合した複雑な症状があらわれるとあった。Wikiで検索をかけてみると、イボテン酸と構造が似ているグルタミン酸は脳において興奮を伝達する重要な神経伝達物質であり、イボテン酸はグルタミン酸より三から七倍もの強力な興奮作用を持ち、イボテン酸を摂取するとグルタミン酸受容体に作用して興奮状態を引き起こす。一方ムシモールは神経伝達物質のひとつγアミノ酪酸（ＧＡＢＡ）と構造が類似する。ＧＡＢＡは抑制性の神経伝達物質であり、これがＧＡＢＡ受容体に結合することで、神経伝達物質の放出頻度を落とすように作用する。つまり脳の働きを不活発にするということである。これにより興奮と抑制が同時に起こる複雑な中毒症状が発現し、精神錯乱、譫妄《せんもう》、躁鬱、ときには幻覚の後、深い眠りに落ちる――とあり、さらにムスカリンの作用で副交感神経の末梢が興奮するらしい。

「体験記なんかでも、おなかが痛くなったり嘔吐したり下痢をしたり――精神作用だけじゃないのね」

「僕の経験則からいくとね」

「おっ、経験則」

「茶化さないでよ。この手のものの嘔吐とかは最初に覚悟を決めておけば、まあ許容範囲だよ。ただ、精神作用は、これこれこんな具合というふうにはいかないみたいだね。あれこれ複合してて、うーん、一筋縄じゃいかないようだ」

「興奮と抑制が同時に起こる複雑な中毒症状ってあるものね」

仲村君と私は視線を揃えて、冷蔵状態から解き放たれたせいで、大皿のうえで汗をかきはじめた六本の紅色のキノコを見やる。仲村君が私の顔を窺った。私はもちろん大きく頷いた。あれこれ資料を当たったところ、死ぬ人はいないとのことだ。私はイボテンさんが食べていたものを食べたい。鮮やかで蠱惑《こわく》的なキノコの前で、イボテンさんとの出逢いからほとんど全てを仲村君に語った。昼の長い沖縄だが、すっかり暮れていた。仲村君はイボテンさんの絵が見たいと言った。iPhone の画像を見せた。仲村君は女の子のような仕種で口許を押さえた。

「これは、やばい」

「裸、さんざん見てるじゃない」

「いまいましいことに、僕の気付いていない鮎さんのエロティックな部分がびっしびしに詰まってる。まいったな」

「まいらないでよ」

「――痩せてたんだね」

「うん。心のどこかに太るのはよくないことというか、罪悪感のようなものがあって。でも、イボテンさんが描いてくれたから、自分を客観視できて、頑張って体重を増やした。運動しながらだったから、けっこう大変だったよ」

「この絵よりもいまの鮎さんのほうが色っぽいと言いたいけれど、やばいなあ、この絵。なんだ、この色気。たまらない」

あきらかに仲村君はイボテンさんのタブローに恋してしまっている。誇らしいような、釈然としないような微妙な気分だ。もうそろそろいいかな――と、あえて声をかけてやった。ベニテングタケの調理開始だ。

私は包丁を使うのが得意だ。仲村君の視線を意識しながら叮嚀にスライスしていく。成分が水に溶けるとのことだから、鍋にして食べていたイボテンさんは中毒と無縁だったのかもしれない。でも私はあえて添え書きにあったとおりソテーして食べる。イボテン酸を、イボテンさんを軀のなかに取りいれてみたいからだ。

オリーブ油で炒めると、ずいぶん小さくなってしまった。鮮やかな色彩もだいぶくすんで茶色が強くなった。柄はともかく笠はふにゃふにゃだ。仲村君は特定の匂いを嗅ぎわけようとしている仔犬のような顔で鼻を近づけている。立ち昇っているのはキノコの香りとしか言いようのない匂いだが、それもオリーブ油の気配に隠れてしまう程度だ。

味付けは醤油でいくことにした。それでベニテングタケの香りはほぼ嗅ぎわけられなくなった。均等に皿に取りわけて、食べ終えたらおとなしくベッドに横になっていようと決め、万が一の嘔吐に備えて枕許に洗面器を安置してからダイニングにもどり、手を合わせて、いただきます――と神妙に声を揃え、口に運んで嚙みしめて、顔を見合わせた。

「旨い！」

「美味しい！」

同時に声をあげ、貪り食べた。図鑑などにもイボテン酸の旨味はグルタミン酸ナトリウムの十倍ほどもあるとあったが、信じ難い旨味だった。それも鰹だしではなく昆布のだしに似ている。あくまでも植物系の旨味だ。ただし昆布のような仄かな旨味ではなく、舌はおろか喉にまで沁みわたるような強烈な、けれど複雑な旨味で、私はイボテン酸の味わいに食道まで痺れる恍惚を覚えた。

「なんにもおきないね」

「なにもおきないね」

ベッドに並んで横たわった私と仲村君は同時に呟いた。なんだか、さっきから、私と仲村君はおなじ言葉を繰り返してばかりいるような気がした。具体的に心中というものがどのようなかたちを取るのかはよくわからないが、仰向けになって手をつなぎ、静かに横になっているその姿が心中に重なった。

イボテンさんと心中するところを瞼の裏側に見る。いまさらながらに自覚した。私は誰よりも執着心が強い。これだけお世話になっているのに、仲村君をイボテンさんに重ねているのだから。

デジタルの目覚ましに視線を投げる。食べてから四十分ほどたっていた。流しっぱなしにしている寝室のオーディオから聴いたことのない精緻で複雑なリズムパターンが響き、私を加減せずに揺さぶった。

「これは？」

「フェミ・クティ。ナイジェリア」

「ナイジェリア──アフリカ」

十五世紀くらいから三百年間にわたってヨーロッパ諸国による奴隷の積出しの中心になっていた土地で、奴隷海岸という地名が残っているという。訥々《とつとつ》と教えてくれるのだが、仲村君はもっと流暢《りゅうちょう》に語るのでは──と、そっと顔をむける。

ナイジェリアのミュージシャンについて語る仲村君の黒々とした瞳の奥に戸惑いがに

じんでいる。現実から遊離している気配がする。先を越されたようだ。イボテンさん、早く迎えにきて——。

フェミ・クティの音楽はポリリズムというのだろうか、複合したリズムが跳ねまわるのだが、奴隷海岸という地名を知ったせいだけでなく、たしかに綾と陰影が深い。私程度の素養だと、どのあたりにアクセントがくるのか判然としないほどにリズムが入り組んでいて、しかも超絶としかいいようのない技巧を軽々とぶつけてくる。

ナイジェリアは二千年前にノクという鉄器文化が栄えたところだ——と、遠い彼方から仲村君の声が届く。その瞬間に私は細かい譜割りで躍動するベースの重低音に取り込まれた。赤錆の浮いた巨大な鉄斧《てつぷ》を嬉々として自在に振りまわしている私の姿が見え、鉄器、鉄斧という単純な、あるいは突拍子もない飛躍に呆れた。

「仲村君、音楽が沁みる。たまらない」

「僕は痺れちゃって、もう、もう——」

「痺れ——。凄い。私も凄く痺れてる」

仲村君の痺れの訴えに暗示にかかってしまったかのように、いきなり全身を尋常でない痺れに覆いつくされて、私は控えめに硬直した。

痺れといえば、長い時間正座していて足が痺れることくらいしか知らなかったが、イボテンさんの痺れは全身が、脳までもが痺れているから凄まじい。そのバイブレーションは、強いていえば極端な感電に似ているかもしれない。ただし痺れそれ自体に不快感はない。それどころかまともに動けそうにないことをふくめて、快感だ。

痺れに遊んでいるうちに股関節がひどく凝っていることに気付き、ヨガでもするかのように大股びらきの姿勢をとる。鮎さん、僕はその気になれないよ、無理みたい、性的欲望には結びつかない——と仲村君が囁く。私も性意識とはまったく無縁だったので微笑を泛べ、凝りをほぐしているの——と返す。

私と仲村君はベッドの上で静かに全身のストレッチをはじめた。その一方で、これはあきらかにイボテンさんを迎えいれる体勢だと確信した。いまだかつて知らなかった異様なまでの痺れの奔流の芯に、イボテンさんが加減せずにじわじわ這入りこんできている。それは肉体的な快感ではなく、精神的な心地好さだ。心の充足だ。イボテンさんは行儀悪く足を拡げた私の腰骨の中心に宿り、痺れという快楽で私を静かに翻弄する。

凄いよ、これ、なんの心構えもない人がこんなに痺れちゃったらパニックをおこすよ、やばいことになるよ、この痺れを受け容れられない人もいるよ絶対、絶対いる、ところが僕はといえば気持ちよくて、踏み外す一歩手前で系図をつくりはじめたよ、僕の系図、さっきから枠をつくるのに夢中だよ、氏名を書き入れるんだ、その枠だ、文字とのバランスが重要だ、試行錯誤、自然天然、切磋琢磨《せっさたくま》、琵琶湖周遊——びわこしゅうゆう？　私の傍らのノイズを聞き咎め、しばらく思案し、結局投げだし、イボテンさんと遊ぶ。一面に漣の立った湖をゆるゆる移動していく。イボテンさんは不定形な水死体で私が引っぱっている。推進力は痺れだ。私の全身の痺れが微細な水流をおこして、それによって前後左右上下自在に移動することができる。湖面の漣は私の痺れによるものだった。漣はイボテンさんの不純をどんどん削ぎ落としていき、やがて私だけの骨となる。私はイボテンさんの灰白の骨格を抱き締める。

ふと、お蕎麦《そば》を食べたくなった。沖縄そばではなく、盛り蕎麦だ。イボテンさんよりも食い気かと苦笑し、だめでもともとだと仲村君に声をかける。乾麺の日本蕎麦ならあるという。

ベッドから立ちあがると、目眩とふらつきが烈しい。真っ直ぐ歩けない私と仲村君は転ばないように壁伝いに移動し、キッチンでタイマーを五分にセットして蕎麦を茹で、濃縮三倍のめんつゆをきっちり計量して薄めて冷たいお蕎麦を貪り食べた。とても美味しく食べたが、麻のように味覚が敏感になっているというわけでもない。過剰なほどにガスの扱いに気配りした。さんぴん茶を飲みながら、幾度も火が消えていることを確かめて歯ブラシを片手に寝室にもどった。ネットの体験記では腹痛や嘔吐とあったけれど、私たちはそういった不快感とは一切無縁なままに圧倒的な痺れの快感に浸っているうちに記憶喪失のような深い眠りに墜《お》ち、気付いたら翌日の昼近かった。

目覚めてからも、それから深夜までイボテンさんは私のなかに居すわっていて、平衡感覚が覚束ない心地好い浮遊感と気怠さが続いた。こんなに抜けが悪いなんて——と仲村君がぼやくので、それがイボテンさんだよと胸中で返した。

13

仲村君にはたくさんのものを与えられた。とりわけ視覚上の宝物をもらった。藝大で大麻を喫っている人がいるという噂を聞いて、なんでそんなリスクを負うのかと控えめに呆れ、どこかバカにしていた私だったが、それはただの臆病と怠慢だった。ゴッホの視覚。等伯《とうはく》の視覚。スーティンの視覚。イボテンさんをはじめとする抽んでた画家たちの視覚。いままで得たことのない視覚。日常生活ではありえない視覚。現実の奥に隠されている真の視覚。リスクを恐れずに一歩踏みだせば新たな視覚を得ることができたのに、あるいは追体験できたのに、それに気付きもしなかった。さらに仲村君はベニテングタケ、イボテンさんの痺れまで与えてくれたのだから、お礼の言葉もない。

衝動的に沖縄にやってきて半年以上過ぎた梅雨入りのころ、私は仲村君のマンションから出た。いよいよ我謝さんのストーキングがエスカレートして、外出した仲村君に詰めよって暴力を振るいかけたからだ。我謝さんは私が仲村君のマンションに幽閉されているという妄想を抱いてしまい、私を助けだすためならばなんでもすると迫ったのだ。それこそ警察沙汰になりそうな危うさだった。

折々に逢いにくるからと仲村君に言い含めて、雨雲が垂れ込めた五月初旬の昼下がり、那覇バスターミナルから28系統のバスに乗った。どこ行きではなく何系統とバスの番号にこだわるのは、循環の多い碁盤の目状の街である京都生まれの特徴かもしれない。

最後部に並んで座って、けれど私は唇を固く結んでいる。妄想が無数の触手をのばして無限に蔓延《はびこ》ってしまっている我謝さんには、もはや理屈が通用しない。論理の欠片も通じない。当人は眦決して私を救いだしたと信じ込んでいるのだから対処しようがない。

ほんのちょっとの距離でもタクシーに乗ることが多い沖縄県民だ。バスに乗っているのは中高生と老人ばかりで、しかも座席には空きが目立つ。画材を入れた巨大なトートバッグを車内に持ちこむのが躊躇われたが、一安心した。

読谷までどれくらいかかるのだろうか。ちょっとした旅行気分でアナウンスに耳を澄ます。安謝《あじゃ》はなんとなくわかるが、勢理客をじっちゃくと読むのは無理だ。

バスは渋滞しているゴーパチこと国道五八号線をゆるゆる北上していく。自家用車とちがってバスの最後部、視点が高いので景色を存分に愉しめる。

沖縄防衛局からロータリープラザを抜けたあたりでパックされた惣菜《そうざい》じみた清潔さの

巨大な嘉手納の基地も終わる。嘉手納バス停の次の大湾《おおわん》で沖縄バスをおりた。ちょうど一時間くらいのバスの旅だった。

ここから木綿原ビーチの我謝さんの家まで二キロ程度だ。以前我謝さんにお世話になっていたときも歩いたことがあるので時間にして三十分程度だが、ずしりと重いトートバッグの画材と格闘しなくてはならない。

「持ってあげようかね」

「けっこうです」

読谷ショッピングセンターのあたりで雨が落ちてきた。濡らしてはまずい画材はちゃんとビニール袋に包んできたが、スコールといっていい降りで、すこし心配になった。

傍らを俯き加減で歩く我謝さんを横目で窺う。雨に濡れた髪にウェーブがかかっている。端整な横顔が泣きかけているように見え、もう一押しで泣くだろうなと確信した。ほとんど無言の私のつれない態度に打ちのめされているのだ。

雨がサトウキビ畑で爆ぜている。あたりはすっかり暗くなってしまった。道路の少し先が靄って見えなくなって、海側にむかうゆるい傾斜を大量の雨水が泥を溶かした赤茶色の濁流となって疾っていく。

当然、全身ずぶ濡れで、内股にジーパンが擦れるのが、そしてスニーカーのなかにたまった水が小刻みに移動するのが苛立たしい。一緒に歩いているのがイボテンさんだったらと空想する。擦れるジーパンの感触に控えめに発情し、くっちゅくっちゅと囁き声をあげるスニーカーのなかの雨水に愉快な気分になって、イボテンさんに語りかける。私は一生懸命なにかを口ばしっているが、なぜか無音で、イボテンさんは私を無視して欠伸する。その口のなかめがけて雨粒が束になって銀色の音をたてて消えていく。白日夢だった。あまりにもリアルだったので、白く烟《けむ》る雨のなかで目を見ひらいた。

我謝さんの妄想を咎めている私自身が、じつは強固なイボテンさんの妄想に囚われている。私だけではない。宮地さんも仲村君もゴジラさんも維ちゃんも哲ちゃんも父も母も誰もかもが妄想を生きている。イボテンさんは死んでしまったけれど、やはり妄想を生きていた。雨水を吸ってよれてしまい、さらに重くなったキャンバス地のトートバッグを整えながら、抑えた声で訊いた。

「妄想って、どういう意味ですか」

ほぼ無言を貫いていたあげくの唐突な質問であったことに加え、烈しい雨音で聞きとれなかった我謝さんが弾かれたように私を見つめた。もういちどおなじことを尋ねた。我謝さんは蜂谷に指先をあてがった。

「みだりで正しくない思いのこと。根拠のない想像や信念に対してもいう。あくまでも主観的な思い込みだよ」

「だったら我謝さんは妄想を抱いています。私が仲村君を頼りました。居心地がいいので私が居続けたんです」

醒めた私の声に我謝さんは嘔吐するような調子で応えた。

「――わかってるさ。わかってる。けど、恋心は抑えようがない」

「私は、我謝さんと、セックス、したくありません」

聞き違いされる心配もないだろうが、あえて雨音に負けぬよう声を張って、言葉を句切って我謝さんの耳の奥に吹きこむように言った。豪雨に打たれてうなだれているサトウキビに合わせて我謝さんはがっくり首を折って立ちどまってしまった。

「私は度し難い妄想を抱いています。そして私はこの度し難い妄想に殉じるつもりです」

度し難い妄想とはイボテンさんに対する想いだ。だから、これはイボテンさんに対する絶対的な愛情宣言だった。他人のことはどうでもいい。私は私の大切な妄想を生きるしかない。イボテンさんの妄想が消えたときは、私が死ぬときだ。そんなことをさらりと思っていた。

「たとえ、その肌に触れることができなくても、俺は鮎にそばにいてほしい」

「では私を養ってください。私が独り立ちするまで、私の面倒を見てください。画材その他、欲しいものはなんでも買ってください。私はお金がかかりますよ。だから文学と開き直るのではなく、売れる小説を書いてください。題材はあとであげます。まずはアトリエにする部屋を用意してください。私が描いているときは絶対に立ち入らないことを、声もかけないことを約束してください」

平然と要求している最中に、雨はいきなりやんでしまった。天空の変わり身の早さに啞然としながらも居丈高に見つめていると、すべてを受け容れる——と、我謝さんは大きく頷いた。

私は確信した。ゴジラさんは奴隷のなりかけで、哲ちゃんが私の最初の奴隷だった。宮地さんも自ら奴隷宣言をした。

では私はイボテンさんの奴隷だろうか。よく、わからない。私はトートバッグを我謝さんに押しつけ、痼《しこ》った肩をこれ見よがしにぐるぐるまわした。進行方向を見やれば、とろりと濃い青空が灰褐色の雨雲を押しのけてどんどん背丈を伸ばしていく。髪を両手で揉みこむようにして雨水を地面に落としながら言う。

「我謝さん。私の奴隷になって」

「もともと鮎の奴隷だよ」

「なんでも言うことを聞くのよ」

「なんでも聞くよ。ただ——」

「ただ、なに？」

「御褒美に」

「なにがほしいの」

「躯」

「セックスしたくないって言ったはず」

「わかってる。躯だけでいい。心まで与えてくれなんて言ってない」

「まさに躯目当てね」

我謝さんの目の奥を見やって笑んでやる。とても残酷な心が迫りあがってきた。どう残酷なのかといえば、躯を与えてやりはするけれど、心はいつだってイボテンさんにあり、我謝さんが私の躯になにをしようとも、それは私がイボテンさんを想ってする密かな自慰にすぎないということだ。

「でも、それって、いままでとまったく同じか──」

独白し、まだ性に関して右も左もわからなかったころに花折峠で我謝さんに翻弄され、海辺のお家で我謝さんから性の現実を学習したときだって、すべてはイボテンさんの支配下にあり、私は誰に抱かれても結局は思いの丈のすべてをイボテンさんに収斂させていたと頷いた。私はイボテンさんの奴隷なのだ。いまの気持ちを他人が知ったら、なにを調子のよいことを──と苦笑されるだろうが、これが私の純愛だ。

私が我謝さんを軽んじるのは、じつは花折峠で与えられた快楽が、そして海辺のお家でもたらされた快楽が、イボテンさんが仕込んでくれたものを横取りしたに過ぎなかったからだ。

我謝さんの私に対する恋情、いや度を越した執着には傲慢さが隠れている。たかが息をする大人のオモチャにすぎないくせに、鮎を花開かせたのは、この俺だ――という思い込みが鬱陶しい。イボテンさんが仕掛けた爆薬に火をつけただけで威張られてはたまらない。小説家なら、それを自分の男の能力に還元してしまわないで、ほんとうのところはどうなのだろう――という慎重さと洞察力がほしかった。

イボテンさんは私にとって見えない核弾頭だった。時限装置付きで、それが爆発するのは時間の問題だった。

たまたま我謝さんだったのは、イボテンさんの采配かもしれない。イボテンさんの核分裂は巨大な火球となって私の内面をことごとく焼き尽くしてしまったのだから、私はイボテンさんに殉じるしかない。

我謝さんからすれば理不尽、あるいは不条理としか言いようがないだろうが、ほんのわずかの時間であっても我謝さんが私に錯覚をおこさせて、まがいものの好意を抱かせたことが許せない。

それにしても、なぜ、ここまで我謝さんの気配が疎ましく感じられるのだろう。私の家で初めて会ったときは、胸を高鳴らせて維ちゃんと台所で噂しあったのに、あのときの昂ぶりはどこに消えてしまったのか。なぜ我謝さんはここまで格下げされなくてはならないのか。

簡易舗装を赤茶けた色に染めながらも早くも乾きはじめた真っ直ぐな道を、我謝さんの前に立って行く。仲村君の服を借りているからだぶだぶだ。いったいどこに隠れていたのかという太い縫い針を束ねたかのような強烈な陽射しを受けながら足早に歩くと、Tシャツの肩口あたりから胸許限定だけれど、じわじわ乾いていく。

我謝さんは鬱陶しいが、我謝さんのお家は素敵だ。室内を濡らさないように玄関口にトートバッグを置き、屈んで画材を取りだしていると、背後から我謝さんが重なって抱き締めてきた。愛する人となら濡れ鼠《ねずみ》も好ましいが、玄関の暗がりで胴震いがおきた。

「離して。画帳が濡れていたりしたら目も当てられないから確かめないと」

我謝さんは即座に力をゆるめた。

勝手知ったる我謝さんの家。衣装棚からTシャツとジーパンを持ちだして、年がら年中四六時中男物、しかもまったく変わらない恰好だ――と愉快な気分になりながらバスルームで髪の水気を切り、手早く全身を拭いた。重いトートバッグを下げていた肩が赤く変色して、すこしだけ皮膚が剝けていた。

我謝さんはキッチンで私に背を向けて軀を拭いていた。私の気配に臆病そうな眼差しをむけ、部屋を用意してあると力なく呟いて、率先して持てるかぎりの画材を抱えて上階にあがっていく。私はビニール袋からだした画帳を手に我謝さんの大きな背中を見あげつつ、イーゼルを買わせようと決めて螺旋階段を踏みしめる。

　我謝さんが書斎にしていた、このお家でいちばんの部屋だった。仲村君の部屋からも水平線が見えたが、ここから見える水平線がゆるやかな楕円を描くさまは無限の絵解きといった趣、漠として捉えどころがない。この圧倒的な海を私のものにできるなら、我謝さんに多少は許してあげてもいいかと不純な思いを抱いたとたんに、沸点に達してしまったのだろう、力尽くでフローリングの床に押し倒してきた。

「やめてください。そういう態度で接するなら、二度と私に触れることができなくなりますよ」

「――さっきまでは、もっと砕けた口調だった」

「礼を尽くすのは、距離を取りたいからですよ。我謝さんは私の奴隷になるって言ったじゃないですか。御主人様のお許しがないのに力まかせなんて図々しすぎる」

「――申し訳ありません」

「とにかく、この部屋で息をしないで」

　はい、と我謝さんは出ていった。私は思わず両頰を手で押さえて目を見ひらいた。息をしないで、なんていう科白が吐けるとは。見事な悪王女ぶりではないか。嬉しさに似た昂ぶりと怖さの入り交じった気分を鎮めようとあらためて海を見る。

　洋上の彼方に影がさしていた。目を凝らすと、そのほんのわずかだけ影に覆われた海面が銀色に爆ぜているのがわかった。青空の北の一角に黒雲が沁みだした毒の気配で垂れ込めて、海と雲のあいだが翳っている。烈しい降雨のせいで、そこだけ視界がさえぎられているのだ。私を濡らしたスコールが沖まで移動したのだろうか。

いきなり我に返ってしまった。洋上で烟るスコールを見つめながら息を呑む。濡れたのは私と我謝さんだ。けれど思いのなかで完全に我謝さんは消滅し、濡れたのは私だけになっていた。我謝さんに対してとことん酷薄に振る舞う自分が見えてしまった。仲村君との生活を壊されたこともあり、いまだって我謝さんに対して相当に惨《むご》く振る舞ってはいる。けれどこの先、理由がなくたって、私は我謝さんをいたぶる。

複雑な水路がある。誰にも水の行方が予測できない迷路めいたそこに水を流すと、なぜか必ず水車を回転させるところにしか水は流れていかない。水車がまわると、あわせて回転する複雑な歯車を介して微妙な装置が発電をはじめる。我謝さんを虐めるための動力源となる。なんとか流路を変えたくても、水路があまりにも複雑なので、当の私にもどうにもできない。加虐は、こういう仕組みでできあがっていることに気付いてしまった私は、ちいさくうなだれた。未来に対する罪悪感とでもいうべきものに口をすぼめ気味にしながら、凪いだ海の一片を予測のつかない動きで移動しつつ暴虐の限りを尽くすスコールを上目遣いで凝視した。

驟雨《しゅうう》と呼ばれるだけあってスコールは私の前から消えたときのように前触れもなくあ

っさり消え去ってしまい、いつのまにか私は穏やかにして捉えどころのない海と対面させられていた。腰に疲労が凝固していた。肉体の疲れではない。一緒に暮らすには微妙な対象と一つ屋根の下ということからくる心の澱みが腰に凝縮してしまっているのだ。

たぶん我謝さんもあちこち痼って崩壊寸前だろう。ほとんど無意識のうちにベッドに座り込んだ。マットレスが柔らかく沈みこんで支えた。真新しいベッドだった。私でも知っているアメリカの有名なメーカーのものだ。俯き加減でしばらく思案して、我謝さんの名を呼んだ。声がちいさすぎて聞こえないようだ。大声をだすのは気恥ずかしかったが、深呼吸して呼んだ。おずおずというオノマトペそのままの様子で我謝さんが部屋に入ってきた。

「新しいの、買ったんだ？」

「鮎を迎えるために」

「セミダブルはいい選択ね。シングルだったらせまいって文句言いそうだし、ダブルだったら気持ち悪いって絶対に言ったから」

さっそく底意地の悪い私だ。我謝さんはがっくり首を折り、だらりと手を下げて動かない。失意のポーズか——と醒めきった目で見やり、命令口調で迫る。

「横になって」

「横——」

「早く！　腹這い！」

なぜ私は叱りつけているのだろう。いまさらながらに自分の様子に怪訝さを覚えつつ、ベッドに俯せになった我謝さんの腰にまたがる。上体を前傾させる。首筋に手がかかったとたんに我謝さんは大げさに痙攣した。私は素知らぬ顔で太く毛むくじゃらの首を揉みほぐしていく。

「首ってあまり強く揉むと、頭痛になってしまうよね」

「——そうかな」

「私は、そうだよ。強く揉まれると気持ちいいけれど、あとが大変」

高校生のころのような口調になっていることを意識し、いっそのこと京都弁にもどしてしまおうかと思案しつつ肩に手をかける。鎧を着込んでいるかのようで、まさに私の手にあまる。

「筋肉なのか凝りなのか、よくわからない」

「ああ、気持ちがいいよ」

「やっぱ凝り？」

「——鮎といて、凄く緊張したからね」

ふんと鼻で笑って、いけずな鮎ちゃんは、やっぱりこの男には京都弁を聞かせてやらないと決め、ほとんどほぐれていないのがわかっていながら肩から肩胛骨に移って、さらに背筋から腰を揉みほぐしていく。両方のお臀の筋肉のくぼみにそれぞれ掌をあてがって全体重をかけてやると、あぅ――と我謝さんは奇妙な声をあげ、ごく控えめに反り返った。気持ちいい？　と問うと、幾度も頷いた。

御機嫌とりをする気がないのと、がっしりどっしりした我謝さんの軀が好みではないのとで私は全身を揉んでやるという当初の熱意を喪い、短い両足を端折《はしょ》って、我謝さんの上から離れた。

私は苛立っていた。貧弱なイボテンさんの軀を揉んであげたかった。痩せて不健康なイボテンさんの腰にまたがって、性をきつく押しあてて、その筋張った全身を幾時間でも揉んであげたかった。私はイボテンさんに密着させているから窃かに幾度も極めてしまうけれど、イボテンさんはうたた寝しはじめるにきまっている。だらしなく涎をたらして枕を汚すにきまっている。ちいさな鼾をかくにきまっている。

立ち尽くして海を見つめている私を我謝さんが抱き締めてきた。逆らわない。けれど協力もしない。Ｔシャツに手がかかった。囁き声で呟く。

「男物を着るのが当たり前になってしまったの。だぶだぶのゆるゆる。いちど楽をしてしまうと、軀に密着したものなんて着られなくなってしまう」

ずぶ濡れになって着替えたせいで、ブラジャーやショーツの類いを身につけていないから、私は簡単に全裸にされて、全身に我謝さんの熱烈な口唇の挨拶を受けた。

私は一切お返しをしない。黙って横たわっている。それなのに我謝さんの昂ぶりようは桁外れで、額に稲妻のような血管が浮いているのが見えたときは、破裂してしまうのではないかと呆れた。

足の指の股まで舐められたあげく、足裏を舌が這う。私はくすぐったがりなのに、なにも感じない。一方で、もしイボテンさんがおなじことをしたら、私は発狂めいた反応をしてしまうことも直覚していた。

醒めきった私は、性的快感は全身に張り巡らされた神経組織の関与もあるが、やはり脳そのものの問題である――と安っぽい生理学者のようなことを思っていた。

哀願されたので、許してあげた。私自身が潤っていたかどうかはよくわからない。でも我謝さんが唾液でべとべとにしていたから、多少の軋みと共に迎えいれていた。我慢の限界という泥臭い言葉が似合う我謝さんの動作だった。いきなり雄叫びが私の鼓膜にぶつかってきた。上目遣いで窺う。

「まさか」

「――ごめん」

私の疑念から逃げだすように顔を背けて我謝さんは荒い息をついている。凄まじい発汗だ。それにしても一分にもみたぬあいだの出来事ではないか。

「このまま続けてもいいか」

続けるもなにも、私が負担を感じる間もなく炸裂してしまったのだ。黙って見あげていると、私の顔色を窺いながら単調な作業を再開した。

「生まれて初めてだ。こんな激烈な気持ちよさを味わったのは。こんなに早かったのも生まれて初めてだ。でも、最短距離で駆け抜けてしまって、とても惜しい気分だ」

生憎《あいにく》、私は体温のある死体だ。沈黙を守ったまま重みに耐えてやる。一気に突っ走ってゴールしたせいか、以前の、終極と無縁な我謝さんにもどってしまっていた。

どれくらい時間がたっただろうか。ただただ単純労働に従事して飽くことをしらない我謝さんが、おずおずと声をかけてきた。

「ミックワーブイがあがりかけたとき」

私の怪訝な眼差しに気付いた我謝さんが、ヤマトゥ――日本の本土では差別用語と指摘されて遣えないだろうが、目が見えない人の雨降り、いわば前が見えなくなるほどの土砂降りのことだと解説し、私がちいさく頷いてみせると、合わせたかのようにちいさく息をついて続けた。

「文学と開き直るのではなく、売れる小説を書けと。題材はあとであげると」

こんどは、私は、大きく頷いた。

題材はあとであげる――。

ずいぶん傲慢で図々しいことを口にしたものだ。悪というよりも際限なく舞いあがった自己中王女だ。こんな私でもちやほやされ、優位に立ってさえいれば、こんな具合につけあがるのだ。迫りあがる羞恥を圧し隠し、一呼吸おいて問いかける。

「私に運転させて花折峠に行くとき、京都を舞台にした作品がどんな内容になるのかって尋ねたら、我謝さんは真面目な顔でスケベーな小説って答えましたよね」

「――そんなこともあったね」

「ということは、書いていないんですか」

我謝さんの頬にしょんぼりした気配がにじんだが、私の内側の我謝さんの硬度は一切ゆるがない。男としての力は、なかなかのものだ。

「書いてくださいよ、スケベーな小説を。書くべきですよ、スケベーな小説。だって」

「だって？」

「だって、スケベーじゃないですか」

「――イラーっていうんだ。漢字で書くと、色者か」

私のうえで汗を滴らせている男は、どう見ても色者ではない。そこそこの嘘をつくための雑多な知識を詰めこんだ、字が書けるだけのスケベーな動物だ。

「やっぱ、我謝さんは、ぜんぜんイラーじゃない」

「それはそれで、寂しい」

おこがましいけれどと前置きして、イラーは私だと胸中で呟く。それに感応したのだろう、俺が出逢ったすべての男女のなかで鮎がいちばんイラーだ――と棒読みするように言った。私は否定せず、笑みを返し、花折峠の山中での率直な気持ちを語ることにしたが、またもや口調が変わっていた。

「我謝さんは、私の奴隷を貫徹できますか」

「できる。それが、よろこびだから」

「奴隷のよろこびってありますよね」

「鮎はサディストだ。それを知って」

「それを知って？」

「俺はマゾヒズムに目覚めた」

「じゃあ、まるくおさまりましたね」

「奴隷には返す言葉もない」

「ところが私は、イボテンさんという人の奴隷なんです」

イボテン酸、イボテン酸と我謝さんの唇が動く。まちがいなくベニテングタケの成分を呟いているのだ。

もちろん小説家なので男の綽名《あだな》のようなものであることを即座に悟ってくれた。それを見てとって、私は花折峠の山中で我謝さんから排泄欲を充たしてくれと迫られたとき、じつはその直前までイボテンさんの暴力的な排泄欲をさんざん充たしてあげてきて、嫌悪と諦念の時間を過ごしてきたことを修飾のない生々しい言葉で語った。

「我謝さんは私の腕に鳥肌が立ったことに気付いてくれましたよね」

「――覚えてない」

「いいんです。とにかく、しょんぼりしている我謝さんを盗み見ているうちに得体の知れない罪悪感に囚われて、私は花折峠で自分ができる最大限のこと、つまりイボテンさんに仕込まれたあれこれを我謝さんにしてあげたというわけです」

イボテンさんに仕込まれたあれこれ――というあたりで、小説云々では動じることなくあれほど猛々しかった我謝さんの鋼が、粘土細工あたりまで格下げになった。

男は絶望的に女の過去に弱いし、比較に弱い。それでもまだ私のなかに居座っているのだから、我謝さんは真性のマゾヒストで、やはり私はサディストだと自覚し、委細かまわず東京藝大に入学し、取手キャンパスに赴き、梅雨入りのころ、無数の生首が転がる裏山の奥でイボテンさんと出逢ったことを語った。

習作の廃材でつくられた直方体の家、スーパーカブ、ベニテングタケも採れたというデイパックのなかのキノコ、降雨と雨宿り、儲かる舟の藻を刈る舟、その超絶技巧、手洗いを止められぬイボテンさん、雨水の流入、座れと目で示された寝台に拡げられた漣じみた皺が寄った群青色――。

「汚濁なんていうと大げさかもしれませんけれど、ホームレス扱いされていた人なので、万年床の寝袋とか、凄まじかったです」

「そんな汚濁のなかで鮎は――」

「汚濁って言葉にしてしまうと、あまりたいしたものじゃなくなってしまいますね。臭いとか粘りとか、汚れの色とか、我謝さんがちゃんと表現してください」

「――よかったのか」

　寝台の壁際の暗がりにやや斜めになって飾ってあった利根川――坂東太郎について語るつもりだった。けれど流れは性急な我謝さんのせいでいきなり性に向かってしまい、方向転換もできなくなってしまった。

　坂東太郎、天才の仕事に関しては別誂えの枠でとことん語るべきだ、と気持ちを切り替える。いまは爪を切ってあげて、鼻筋をなぞられたこと、貌の計測、悪臭まみれの接吻とさらなる全身の計測、それは軀の内部にまで及んだこと。いよいよ烈しくなってきた雨音、指で出血させられたこと、その血を舐めてもらったこと。汚濁の極致のイボテンさんの性器を洗ってやったこと。私の手による炸裂。寝袋のなかの安寧。そのあとに与えられた信じ難い痛み――。

「どうだろう。よかったっていえばよかったけれど、初めてだったんで、いまとなっては痛かっただけのような気もする」

　よかったのか――という問いかけにずいぶん間をおいて答え、我謝さんに全体重をかけるように促して、その耳朶に唇を触れさせ、気持ちが昂ぶると咬みながら、イボテンさんの手順を覚えているかぎり細大洩らさず囁いた。呆れたことにイボテンさんの動作を我謝さんがそのままなぞってくる。これは想定していなかった。私はイボテンさんに抱かれている。もう語れない。ただ、ただ夢中になってしがみつく。

イボテンさん。

イボテンさん。

イボテンさん。

イボテンさん。

イボテンさん。

イボテンさん。

イボテンさん！

連呼して、気が遠くなった。

どれくらい時間がたっただろう。イボテンさんの懐から帰ってきたら、傍らで胡坐をかいて腕組みした我謝さんが眉をつりあげて瞬きもせずに睨みつけていた。

意識が飛んでしまうほどの強烈な快にして曖昧で不明瞭な終極を手繰り寄せながら、それはそうだ——と開き直る。抱いているさなかにちがう男の名を連呼されたら、誰だって平静ではいられないだろう。

ぼんやりそんなことを思いながらも、私はまだイボテンさんの余韻に放心していた。心地好い腰の痺れも抜けていない。我謝さんが精一杯抑えた声で言った。

「鮎はな、イボテンさんとやらの死に強い印象を与えられたに過ぎないんだよ」

こんな安っぽいことを口にするなんて。これほどまでに考えが浅く足りないことを小説家が言葉にしてしまうなんて——。嫉妬のせいだろうか。それともただ単にバカなだけなのか。

「我謝さんは、印象にまさるものがあるとお考えですか」

「お考え——」

「あまりにチープなんで、叮嚀語で遠ざけるしかないじゃないですか」

「だが、俺の言うとおりだろう。鮎は印象に縛りつけられてしまっているんだよ」

「私は画家です。画家としての程度はさておき、あくまでも画家なんです。画家にとって印象が、イメージがすべてです」

それはそれとして、はっきり覚えていないけれど、やはり私は我を忘れてイボテンさんの名を連呼して女の窮極に達したのだろう。心の中で繰り返したのではなく、実際に声にだしたのだ。次からは控えるにしても、私の半開きの唇から声が洩れなくたって我謝さんは疑心暗鬼から逃れられないだろう。自分がバカであると気付いていないこの男を、私はどう処置してあげればよいのか。

「我謝さん」

「――なに」

「奴隷になるって、こういうことなの。私の心が我謝さんにないという現実を、ちゃんと受け容れて」

我謝さんは頭をかきむしった。唸り声をあげた。芝居がかっていたが、けっしてお芝居ではないことが伝わった。面倒臭いという身も蓋もない投げ遣りなものが湧いたが、私はそれを意識的に罪悪感と憐《あわれ》みの感情に振りむけた。とたんに肌が収縮した。

身震いしそうになるのをこらえながら上体をおこし、スマートフォンを手にし、イボテンさんが描いた私の裸体を我謝さんの眼前に突きつけた。つまり印象を、激突させてやった。

一瞬、我謝さんは仰け反り、ぐぐっと喉を鳴らした。いちいち大げさな人だ。呆れ気味に見やった瞬間に、スマートフォンを奪われた。これも貧乏揺すりなのだろうか、我謝さんは胡坐をかいたまま烈しく軀を上下に揺らせ、画像を凝視している。

「この絵は、この絵はどこにある」

「――この春に、祇園にできた画廊に展示してあるはず」

「鮎のお父さん絡みか」

私は頷き、揶揄に聞こえぬよう気配りして商売人としての父を語った。我謝さんは爆ぜるように立ちあがり、床でくたくたになっていたズボンに足をとおし、かりゆしのボタンもまともに嵌めずに部屋をでていった。階下で怒鳴るようにタクシーを呼ぶ声がした。夕暮れの気配が忍び寄っていた。関空に飛ぶ最後の飛行機は二十時過ぎだったか。間に合いはするだろうが、いやはや短絡気味だ。私はしおらしく留守番することにした。この海辺の邸宅でひとり、ひたすら絵を描けるのだ。笑みが抑えられなかった。

＊

三日でもどってきてしまった。私はがっかりした顔を隠さない。ベランダに背をむけて立つ我謝さんの背後から流れこむ夜風に雨の気配がまじってきて、海鳴りがぼやけはじめた。我謝さんは疲れ果てていて肩が落ち、中途半端に口が開いたままであることに気付いていないようだ。私は百号まで描ける大きさの四十万円ほどする室内イーゼルを買えと迫った。我謝さんは頷き、私が命じるままに通販サイトにアクセスして注文してくれた。

「京都は、どうだった？」

「ん。まあ」

「ふうん。まあまあ、か」

しばらく我謝さんは俯いていたが、ふっと短い溜息をつくと、大振りな紙の手提げバッグから画廊の案内をとりだした。

いきなり横たわった裸の私と対面させられた。これ一点しか遺された作品がない画家の非売の絵をカバーに使う。商魂たくましい父ならではだ。

高名な日本画家の企画展のさなかだったけれど、誰もがイボテンさんの作品に吸いよせられていた——と我謝さんが呟いた。手をのばして手提げバッグの中を一瞥すると、無数に複製された痩せていたころの私がおさまっていた。

「お父さんが、絶対に売らないと言ったのでケンカした」

「だって、私の絵だもの。貸しているだけだから。つまり父に商談の権利はないの」

「鮎の目の前で、切り裂いてやるつもりだった」

「かわりに、この複製を切り裂く？　もしそうなら余裕をみせていたって、これだけたくさんあると、ある瞬間に私、ヒステリーをおこすかも」

「——裂かない」

「だったらこんな大量にいらないじゃない」

「鮎の裸がポスターみたいな扱いで売られているのに耐えられなかった」

私は頰笑んだ。当然ながらいくら買い占めたって、いくらでも複製できてしまうわけだから、我謝さんは無駄遣いをした。でも、やむにやまれずしてしまう愚かな行為は、いつだって愛おしい。

一枚抜きだす。名のある書家に書かせたものだろう、金文に似せた書体で祇園画廊と入っているのが興醒めだが、壁のどこに飾ろうか思案していると、我謝さんが抑えた声で迫ってきた。

「スケベーな小説を書く。小説家なんて水商売、売れるか売れないかはわからないが、俺なりに精一杯、読み手に劣情を催させる小説を書く。だから鮎は俺に生い立ちからなにからなにまで、心と軀の襞《ひだ》の裏の裏まで、すべて語ってくれ。題材をくれると言ったんだから、それは鮎の義務であり、それを遣って書くことは俺の権利だ」

私は痩せた私を壁に立てかけ、ベッドに横たわり、手をのばす。腕枕してあげると囁くと、我謝さんは分厚い軀をちいさく丸めて胎児の恰好になり、私の腋に顔を埋めた。

腋窩からくぐもった声がした。

「もう題名は決めてあるんだ」

「どんな？」

「花折」

いいな——と思った。だから気のない声をかえした。

「も少し俗っぽいほうがいいかな」

「小説は俺の仕事だ。口出しするな」

返事のかわりに癖毛を丹念に撫でてやる。耳毛が飛びだしている耳の奥に、吐息のような声を吹きこんでやる。

「私は逆子だった」

14

これも取材というのだろうか。我謝さんは私の話が寄り道や回り道になってしまっても辛抱強く聞き役に徹し、無駄話もふくめて毎日、夕食時からはじまって最低でも三時間ほど必ず生い立ちを語らせた。

それは私を縛る手段なのではと邪推したくなるような執着ぶりで、私の喋ったことを細大洩らさずメモしていく。

メモ用紙は作品が雑誌に載るときや単行本として出版される前に届くゲラ刷りと呼ばれる校正刷りを真っ二つに切り、その裏を再利用したもので、サインペンを使うのは筆圧が軽くすむので腱鞘炎《けんしょうえん》等、指を傷めることがすくないからだそうだ。

なぜ手書きかというと、私に確認させて簡単に時系列を整えることができるからだ。自分で喋っていてつくづく感じたのだが、人は生い立ちを語っても厳密な時系列に沿って流れていくわけではなく、連想から新たな記憶がよみがえることも多く、行きつ戻りつするものなのだ。

だからこそそのメモ用紙で、藝大のころの話から唐突に幼いころの出来事に話が遡ってしまっても、メモを入れ替えるだけで正しい順番に整えることができるというわけだ。また同じ話でも語っているうちに修飾していってしまう場合もあれば、記憶それ自体が針小棒大とでもいおうか、ほとんど虚構である場合さえあって、つくづく私は嘘つきなんだなあという実感をもった。

けれど紙のメモならば、こんな記憶の修正に関する事柄でも簡単に入れ替えができ、我謝さんは毎晩、メモを叮嚀に仕分けしてから床に就く。

職業小説家として小説に対する真摯かつ徒労を厭わない姿勢は努力といった安っぽく単純な言葉では括れない底力に充ちていて、畏怖を覚えた。絵の巧拙はデッサンの確かさ等々、特殊技能の側面があるので素人にもわかりやすい。音楽も、そうだろう。ピアノや歌の巧い下手は一聴すれば、だいたいわかってしまう。

けれど我謝さんは、あえて言語という基本的に誰にでも操れる記号的抽象を用いて表現に携わっている。

学校教育を受けてさえいれば、メールの文章くらいなら誰にでも書けてしまうからつい錯覚してしまうのだが、言語で森羅万象を表すというのは相当な難事だ。

　見直したというのも失礼な物言いだが、我謝さんの才能に感服してしまっていた。ところが我謝さんに対する崇敬の念は、なぜか反転して加虐の気配が濃厚になっていき、私は我謝さんをいじめてイボテンさんに対する愛情をより強くするというメビウスの輪に取り込まれていた。

　イボテンさんの自殺現場に残されていた私の裸体を描いた作品を目の当たりにした瞬間がいまでも鮮やかに泛ぶ。

　私は自分の裸体を凝視している自分に気付き、その瞬間に合わせ鏡のなかに顔を突っこんだのと同様な無限の虚像の渦中にあり、しかも虚構の永遠に浸っている私に思い至るという、いったい自分はどこに在るのかという根源的ともいえる堂々巡りの幻惑に塡まり込んでしまった。

　烈しい戸惑いのさなかの私の在りかを確定してくれたのは、ふしぎなことに堂々巡りの幻惑そのもの、私に対面した私という自分自身のメビウスの輪、あるいはクラインの壺だった。

　それはイボテンさんが与えてくれた意識における新たな視点で、頭のなかで同心円が共振しながら精緻な回転を続ける環状をなす感情――愛情の境地だった。

イボテンさんは私が誰なのかということを作品で教えてくれたのだ。私が揺るぎなく在るものであるということを示してくれた。

そんな心の師とでもいうべきイボテンさんを愛さずにいられるはずもない。死者に対する情愛が環《わ》となってぐるぐる廻るのを常に視《み》ながら、私は自分が自分として背筋をのばして立つことができる。

おそらく当人はまったく意識していないのだが、我謝さんはその回転を阻碍《そがい》しようとする。イボテンさんの能力を横取り、あるいは剽窃《ひょうせつ》して私を支配しようとする。

これこそが抽象の極致――虚構で表現を為す小説家の仕事なのだが、言語を操る職業につきもののメカニズムに気付いてしまった私は、逆にイボテンさんに対する愛情を、我謝さんという表現者を蔑ろにして踏みつけにすることで確信し、より深めていくという加虐の環から逃れられなくなっていた。

年表づくりの作業がはじまってたいしてたたぬうちに、自分を語っているうちに固ってきたイボテンさんに対する想い、我謝さんに対する苛立ちと加虐の感情、観念的なそれらをあまさず告げると、我謝さんは平然と頷き、細かく相槌《あいづち》を打って私の気を逸らさず、ときに私自身がはっとさせられる疑問を差しはさみながらA４を半分に切ったメモ用紙にサインペンをはしらせた。

我謝さんのほうが一枚上手であるということだが、それが敬愛の念に結びつかない。

私という女は年齢からすると途轍《とてつ》もない思惟《しい》の持ち主だと我謝さんは感心し、褒めてくれるのだが、思惟などという大層な言葉を遣われたとたんに、頭でっかちを指摘されたと感じてしまい、奥深い羞恥を刺激されるばかりだった。

その一方で我謝さんは私と同年齢だったころの自身の知性や精神の程度に照らしあわせて、私をある種の天才であると決めつけているようなところもあった。

我謝さんの偏見、女は劣るものであり、二十歳前後の頭は空っぽであるという安っぽい思い込みが腹立たしく、それは二十歳前後の我謝さんがバカだっただけ——と、ますます私のサディズムが刺激された。

メモ用紙をつくるのはいつしか指先が器用な私の仕事になって、週に一度くらいの頻度で我謝さんの過去の作品が印刷されて無数の赤い指摘や修正が入った校正刷りに定規を当て、カッターで真っ二つに断ち割った。

校正刷りは、真っ白だったその裏側まですべて小説に奉仕するために文字で覆いつくされていく。

これは凄いことだ。私は心窃かに我謝さんのメモを慾した。執筆が終わったら、このメモを私のものにしたいと念じた。でも、メモは我謝さんの創作の骨格で、血や肉であるように感じられ、だからこそ素直にくださいと言えず、類推しようのない不機嫌にくすぶる私を我謝さんはもてあまし、途方に暮れるのだった。

生まれたときからいままでの私の矮小な、けれど詳細な、私自身さえ知らなかった細部が羅列されたミニマルな歴史年表、いや日めくりカレンダーじみたメモが完成したのは十月初旬だった。

本来ならばこれだけ取材しても虚構を構築するときにはほとんど棄ててしまうのだが、今回はとことん使ってやる——と我謝さんは笑った。

その笑顔に誘いこまれたのか、自分でも呆れるくらい事務的に、作品が完成したらメモをくださいと口にしていた。

あきらかに我謝さんはメモそれ自体には執着を抱いておらず、だから他人事のように頷いた。

私は夏から秋にかけて心の底にくすぶらせていた不機嫌をいきなり反転させて上機嫌、忠犬に餌を与えるような気分で、ずっと拒絶していた肌に存分に触れさせてやり、我謝さんは御褒美の理由がわからぬままに烈しく猛り、私の奥の奥に精を充たした。

メモの完成と同時に我謝さんは納戸というのだろうか、物置部屋のようなせまく光の入らない部屋にこもって〈花折〉の執筆をはじめた。

我謝さんは完全に閉じてしまい、私の存在自体が念頭から消え去ってしまったようだ。狼狽にまでは至らないが、これは私にとってかなり衝撃だった。

悪王女は執筆と秤《はかり》にかけられて、抛りだされてしまったのだ。

マゾヒストに相手をしてもらえなくなったサディストは居場所を喪ってしまい、哲ちゃんに無理を言って取手ナンバーのままのスーパーカブを読谷まで送ってもらい、画帳の入ったメッセンジャーバッグを襷掛《たすきが》けして沖縄のあちこちをのんびり走るようになった。

沖縄という島は、カブで走るのにちょうどいい広さだ。十一月中旬、がじまる食堂で昼御飯、骨汁を頼んで、さて、どこに行こうかなと思案しはじめた瞬間、眼前に丼《どんぶり》から四方八方に派手にはみだした灰褐色の骨の山がテーブルに置かれ、噂には聞いていたが度肝を抜かれた。

嘘か真《まこと》か沖縄そばのスープをとった残りの豚骨を料理として提供したのが始まりというが、たぶんチェーンソーで切断されたものだろう、すっぱり断たれて切断面のエッジが立った巨大な背骨らしき部位が丼から飛びだしている見てくれの圧倒的な迫力は、数ある沖縄料理のなかでも超弩級《ちょうどきゅう》だ。

骨のうえには炒めたレタス、そして大量のおろし生姜《しょうが》がのっている。どのように食べるのが最上か思案して、とりあえずレタスと生姜を山盛りの御飯の上に待避させて、骨にこびりついた肉を引き剝がす作業に集中した。剝がした肉や軟骨はスープにもどす。ときどき骨にむしゃぶりつく。肉を前歯で引き剝がす。餓えきった犬だ。なんとも愉快だ。しかも！　美味しい。旨い。たまらない。食べきれるかと身構えた量だったけれど、肉や軟骨に食傷しはじめたころを狙ったかのようにスープの奥から出現した昆布が口直しになり、すべて食べきってしまった。

肉をあまさず刮げとられた無数の骨が大皿に山盛りのテトラポッド状態となっているのをあらためて一瞥し、スマートフォンで写真を撮るようになんでもデッサンしてしまう私は素早く骨の姿を画帳に定着させた。

店をでて、同人誌の集まりの世話役の方に連絡をとって宮地さんの働いているモータースの場所を訊き、国体道路から裏道ばかりをつないで北谷を離れ、那覇を目指す。空色に塗られた泉崎《いずみさき》の四階建てのビルの一階が宮地さんの職場だった。

「久しぶり。愛車のメンテをしてもらおうと思って訪ねたの」

整備工場の奥からウエスで手指の油を拭きながら歩道近くまで出てきた宮地さんは、十一月とは思えない陽射しに眩しそうに目を細め、無言でカブのレバーやペダルに触れ、エンジンの音に耳を澄まし、問題ないと呟き、それでもエンジンオイルを替えてくれることになった。

「沖縄の気温を考えると冬でも10W―40のほうがいいですね。思い切ってカストロの合成油、使います」

なにを言っているのかまったくわからないが、いい油を入れてくれるというニュアンスは伝わってきた。

エンジンの下のボルトを外してでてきたオイルは真っ黒で、私は眉を顰めた。宮地さんが首を左右に振った。オイルがちゃんと仕事をしているからこそ真っ黒に汚れるのだという。古いオイルはほぼ出きったようだったが、宮地さんはキックペダルを三回、踏みおろした。するとまた、つつつっ——と黒いオイルが垂れ落ちてきた。

真新しい黄金色のオイルがエンジンに飲みこまれていくのを見守るのはいい気分だ。整備代金を訊くとオイルも微々たる量なのでいらないという。宮地さんはこのモータースをひとりでまかされていた。店仕舞いしてしまおうかな——と呟いて壁の時計を一瞥した宮地さんはじつに切なそうだった。

「客もくるし、五時までは店にいないと。もしよかったら鮎さん、部屋で待っていてくれますか」

私は頷き、鍵を受けとり、そっと身を寄せて頰を指先でなぞり、宮地さんの発情を肌の熱から感じとり、柔らかく頰笑んでフルフェイスのヘルメットをかぶって顔を隠し、カブにまたがる。

キックして驚いた。ペダルがすごく軽い。エンジンの音も振動もすっかりまろやかになっている。オイルでこれほどまでに差がでるとは。嬉しさに呼吸が乱れるほどだった。

城岳公園まで走り、ベンチに座って颪に乗って届くどんぐり保育園の園児たちの声を聞き、それにかぶさるラジオのＤＪの十一月だというのに二十八度というお喋りに耳を澄ます。

たしかに陽射しは秋のものではない。けれど高台なのでいい風が抜ける。那覇高の生徒だろう、カップルがやってきた。男の子の方が私をチラチラ見るので女の子はすっかり不機嫌になってしまった。じゃまをしては悪いので立ち去ることにした。

ずいぶん長いあいだ訪ねていなかったのだが、宮地さんの部屋はすっかり片付いて綺麗になっていた。ベッドシーツや枕カバーが洗濯したてなのがわかって、宮地さんの気持ちが伝わって申し訳ない気分になった。切なくなった。

仲村君のところのように糊《のり》のきいた純白とはいかないけれど、幽かに洗剤の香りがのこるベッドに転がって、肌を合わせたときのことを反芻し、もっとも性慾が強いのは宮地さんだと結論する。

私と逢えない時間を宮地さんはどうやって解消したのだろう。彼女がいるのかもしれない。同人誌の集まりでも熱い視線を注ぐ女子が幾人もいたし、その気になれば不自由しないだろう。

私はといえば、我謝さんや仲村君以外にもその場の気分で節操なく幾人かに軀を許し、性的な慾望を存分に充たしている。極めるときはいつだってイボテンさん！　と心の中で名を呼ぶが、私はただの淫乱かもしれない。

私というちっぽけなニンフォマニアは取り留めのない思いに耽っているうちに、すぅっと眠りに墜ちてしまった。

夢で、ニンフォマニアにちっぽけと付け加えたことを糾弾された。夢のなかで自分自身の弾劾裁判、私のニンフォマニアの度合いの大小は他人が決めることである——と妙に顔色が白く覇気のない裁判官である私が判決を下した。

ゆっくり目覚めた。宮地さんが窓際に座ってタバコを喫っていた。外は完全に暗くなって、とろりとした濃い夜が流れこんできていた。

私は起きあがって水道で口をすすぎ、宮地さんの隣に腰をおろした。宮地さんの息が乱れた。でも以前のようにがつがつせずに乱れた息のまま、人差し指と中指にはさんだタバコの先端で輝く朱を見つめている。

タバコの火の美しさに気付き、早く先端の灰を落としてもっと鮮やかな色彩を見せてくれないかなと凝視していると、宮地さんは前屈みになって灰皿代わりのお皿にぐいとタバコの先端を押しつけた。

「すみません。ニコ中なもんで」

にこちゅう——ニコチン中毒か。ふしぎなことにタバコは消えたとたんに脂臭い厭な臭いを放つ。宮地さんは俯き加減で深い溜息をついた。

ようやく気付いた。宮地さんは私に手をだせないのだ。私は素知らぬ顔をつくって宮地さんの頭のうしろに右手をのばした。そのまま加減せずに力を込め、胸許に宮地さんをぐいと押しつける。

　昼からカブで走りまわって汗も流していない。でも、私の体臭を宮地さんにじっくり嗅がせてあげたい。いつだったか我謝さんが、鮎は軀の匂いがほとんどないのが寂しいと言ったことが念頭にあった。

　宮地さんは小刻みに頰を動かして私の乳首をさぐる。男物のTシャツにスポーツブラなので、Tシャツばかりがよれて宮地さんが癇癪《かんしゃく》をおこしそうなのが伝わった。あやすように宮地さんの頭を撫でてやる。きつく接吻し、タバコ臭い唾を吸いたい。毒の唾を味わいたい。

　宮地さんは低く唸るような声をあげて十秒ほども痙攣し、そのまま虚脱しかけたが、けれど重みをかけずに私から離れた。

　烈しかった余韻で、まだベッドが揺れているかのような錯覚がおきた。私は呼吸を整えながら宮地さんの首筋から鎖骨のあたりを濡らした汗に掌を這わせた。

　心のなかではイボテンさんの発汗を愛おしんでいた。やはり他人の肉体を用いた自慰だった。私は一生、イボテンさんとだけ交わっていくのだろうか。もし、そうだとすると、死者というものは永遠の命をもっているようなものだ。

　以前の宮地さんだったら連続して私を抱き締めたのに、まだときどき胴震いしながら虚ろな眼差しを中空に投げている。そっと窺うと、震え声で言った。

「きつかった。凄かった。こんなのは、初めてです」

「よかった。嬉しい」

「こんな思いをさせてもらえるなんて。俺は奴隷だったはずなのに」

「覚えてたんだ？」

「忘れようもない」

「奴隷だったら、なんでも言うことを聞くんだよね」

「聞く。聞きます」

「じゃあ教えて。宮地さん、私がいなくなってから、どう処理していたの」

「処理――。性的な？」

「そう」

「凄い質問だ。とんでもない質問だ」

「好奇心。男の人は、どう処置するのかなって。私の奴隷は私以外の女の人と、こうしたのかなって」

宮地さんは沈黙した。黙りこんでしまったのだから、私以外の人と肌を合わせたということだ。べつに咎めるつもりもない。私だって好きなようにしてきたのだから。

「鮎さん」

「どうしたの、あらたまって」

「俺は性慾が強い」

「そうみたいね」

「ときどき抑えがきかなくなります」

「きかなくなるのか」同人誌は、俺にとっては捌《は》け口《ぐち》だった。性慾を発散する場でした」

「あ、なんとなく」

「わかってた？」

「うん。でも、それは、宮地さんだけじゃないでしょう。それに男女も関係ないよね。あそこには偽善の厭な臭いが漂っていた。文学に名を借りて、みんな恥知らずにも、至上の愛を狙ってた」

「まあ、そうだけど。いや、たしかに鮎さんの言うとおりだ」

私は黙りこんでしまった宮地さんの引き締まった筋肉質な胸を静かに撫でさする。なぜかいままであえて見ようとせず、微妙に顔をそむけて対峙《たいじ》を避けてきた男という性が凝固した肉体だ。

強靭だが、痩せている。いいかげんな食生活や不摂生といった不健康が仄見える。全身を覆った汗にお酒や煙草の匂いが仕込まれている。鑿《のみ》の一撃で穿《うが》ったかの深くえぐれた臍《へそ》のちいさな翳《かげ》りに無限が潜んでいる。行間の豊かな肉体だ。掌に尖った乳首が刺さりそうだ。

脇腹に浮いた肋骨の手触り、凹凸の精緻さにうっとりする。胸から性器に至る漆黒の体毛の流れは静かな濁流で、悍《たけだけ》しいまでの男の美しさが凝固している。気を許すと流され、溺れてしまいそうだ。

「鮎さん、俺、耐えた。なんか欺瞞《ぎまん》だなって感じがして。文学的じゃないなって。だから同人誌の女は、避けた。そのかわり」

「その、かわり？」

「人肌が恋しくなると、栄町《さかえまち》に行った」

人肌って、いいな。笑みが泛んだ。栄町というのはなんだかわからなかった。宮地さんがたたみかけた。

「栄町で、婆さんを買った」

「買う」

「そう。十五分、五千円で」

買うというのだから売春だろう。しかしたった十五分でなにをするのか。五千円は安価すぎるのではないか。それとも相場はそんなものなのか。

「ほんとうにお婆さん？」

「五十だと若い。六十過ぎがけっこういる。七十歳だって現役。みんな避妊いらず。病気が怖いから、つけてもらうけど」

　ほんとうなんだから、と力説する口調がなんともいえない。こんな可愛らしい人だったなんて。自分のお母さんのような年齢の女性と肌を合わせる。煩悶があっただろう。同人誌の女を見繕って性慾を発散しあうよりは、はるかに文学的だ。私は宮地さんの胸に頬をきつく押しあて、その鼓動を聴く。

「鮎さん、信じてませんね？」

「信じてるよ」

「いや、信じてない。俺は婆さんを抱いて、きつく目を閉じて、鮎さんを想って果てていたんだ。いまから行こう。栄町に行こう。俺の言っていることが嘘じゃないって証明できるから」

　なにを息んでいるのか。でも苦笑もしなかったし、揶揄もしなかった。私は宮地さんの文学を見たい。所詮は傍観者。それでも、その気配を感じたい。

　文学でも芸術でもなんでもいい。表現は結局は生き方なのだ。宮地さんは跳ね起き、昼間に着ていた作業着を手にした。動いているうちに宮地さんが流れだしてきて下着を汚さないようティッシュをはさみこみ、私も身支度した。

　並んで階段をおりながら、十五分五千円という時間と価格について訊いた。

　チョンの間というらしい。チョンの間という語感に妙に納得させられてしまった。さすがに宮地さんは濃厚なサービスを受けても十五分では無理なので、三十分で一万円払っていたという。

まだ時間が早いから女はでていないかもと宮地さんが呟く。スマホで時間を確かめる。八時をまわっていた。まあまあ夜だよ、と返すと、沖縄で夜というのは午前零時すぎからだと宮地さんは諭す口調だ。それでも九時まで時間をつぶせば、それなりに立ってるだろうと言った。

立っている——立ちんぼと称される街娼《がいしょう》のことらしい。ま、トシで立ってるのがつらくてビールや泡盛のケース、ひっくりかえして座ってるオバアもいるけど——と吐き棄てるように付け加えた。

距離にして二キロほどとのことだが、宮地さんは近くの駐車場の愛車のエンジンをかけた。軽のジムニーだったが職業柄、大改造が施してあるそうで、真っ直ぐなら速いと笑う。車高が高いのでカーブでムチャをすると簡単に横転してしまうと、さらに笑う。安里《あさと》駅前のりうぼうにジムニーを駐め、時間つぶしに栄町市場に踏み入れた。牧志《まきし》の公設市場だって充分にディープなのだが、昼は市場で夜は飲み屋街に変貌するとのことで、路上にまで椅子をだして皆が飲食している栄町市場は瞬きを忘れるほどに恰好よかった。

路上に面したカウンターにパイプ椅子が四脚並んでいる餃子の店で腹ごしらえをした。

生姜が効いていて美味しかった。なにか隠し味があるのか尋ねたら、餃子をつくっている人は日本語がよくわからないらしかった。

頼んだビールは缶だったので、すべて飲みほさずに手にもってパイプ椅子から立ちあがった。また訪れたい。こんどは海老《え》蒸《び》餃子を食べたい。宮地さんは二本目の缶ビールをもっていたので、もう片方の腕をとって、また連れてきてとせがんだ。

もともとせまくるしい市場の道だが、裏路地に入るといよいよ舗装も荒れて足裏にデコボコが伝わってくる。目につくのは山羊《やぎ》料理の店ばかりだ。幽かな便臭のような香りは、山羊肉の匂いだ。

やがて山羊の煮える匂いさえ消えて、あたりが暗くなった。照明に類するものが一切ない。湿気がきつく、黴臭い。私にとっては完全な迷路で、幽かな不安に落ち着かない気分でビールを飲みほしたが、宮地さんは脱力している。ようやく灯りのある路地にでた。

「旅館とスナックばかり――」

異様に古い木造と、モルタルやコンクリの建物が混在しているが、そのどれもが呆れるほどに安普請で、うらぶれているとしか言いようのない落ちこんだ景色だ。

スナックが連なる路地には看板や開けっぱなしのドアから洩れる黄色い光があるが、旅館だらけの裏路地は、真っ赤なコーラの自販機の光がいちばん明るい。ビールの空き缶を自販機に附属の缶入れに落とす。

奥の路地で立ち小便をしている人がいる。その背後から、いかがですか——と声をかけている女の人がいる。男は立ち小便をしたまま怠そうに首だけ曲げて振りかえり、声をかけた女の人を一瞥した。その唇がババアと動くのがわかった。

なるほど、真っ白けの厚化粧に罅が入って見えるほどに皺が深い。

すこし行くと、黄色いビールの空き箱にちょこんと腰かけた真っ赤な唇に目の上が鮮やかな空色のお婆さんが二人、申し合わせたように真っ黒に染めた黒すぎて沈んで見える髪をいじりながら、けれどカップルの私たちとは目を合わせようとはせず、どこか放心した眼差しを湿り気が澱んだ曖昧な夜の暗がりに投げている。その前を行き過ぎて、いきなり胸苦しくなった。

「ねえ、宮地さん、やばいよ」

「やばくないですよ。べつに怖い人がいるわけでもないし」

「ちがう、やばいの」

立ちどまり、怪訝そうに見つめてきた宮地さんの首に、なぜか手をかけてしまった。

宮地さんは目を見ひらいたが、静かに佇んでいる。私は一瞬ぎゅっと絞めて、すぐに手をはずし、耳許に顔を押しあてて訊いた。

「私にも買える？」

宮地さんの唇が動いた。言葉は発せられなかった。頬に困惑の歪みが刻まれている。お金ならあるから――と迫ると、宮地さんは上目遣いで窘《たしな》めてきた。

「見世物じゃないから。娼婦にだって誇りがあるから」

「私にだって絵描きの誇りがあるわ」

「今夜の鮎さん、すこし変だ」

指摘されて、いきなり思い当たった。我謝さんが執筆に集中して、まったく相手をしてくれなくなった。たぶん私は我謝さんが入念にメモを取っている時点から、焦りの種子のようなものを仕込まれてしまったのだ。我謝さんの執筆態度は、画帳を拡げては形状を記録する長閑な私の日々とは隔絶した真摯なものだった。我謝さんをはじめとする他人を踏み台にするのはいいが、趣味のデッサンに毛の生えたような作品を漠然と描いているだけの私が絵描きといえるか。

「あの人たちを描いてみたい。十五分、五千円はモデル料としたら悪くないはず」

「でもね、あの人たちが売るものは、あくまでも軀なんだ。肉なんだ」

「その肉が描きたいの。私は見てしまった」

「なにを」

「私の将来の姿を。未来の私を」

「感傷じゃないのか」

「そうかもしれない。でも、私はようやく私のモチーフを見つけたの。イボテンさんにはモチーフがあった。絶対的なモチーフがあった。ところが坂東太郎を平然と私に置き換えて命そのものを消し去ってしまったから、私は罪の意識に似た引け目を抱いてしまっていたの。私は、ずっと、なにを描いていいかわからなかったの。漠然としたテーマらしきものはあったような気もするけれど、モチーフがなかった。技術だけが向上していく自分が胸苦しかった。居たたまれなかった。描くものがない不安に苛まれていた」

勢い込む私がなにを言っているのか理解できるはずもないだろうが、それでも宮地さんは私の切実を感じとってくれ、短く息をつくと甲で額をこすり、どの人が描きたい？と訊いてくれた。私は宮地さんにすがった。さっきのビール箱に座っていたお婆さん、右側のお婆さん、歳取ったほうのお婆さん——と掠れ声で哀願した。

宮地さんがお婆さんの前に立ち、軽く腰をかがめた。耳打ちするような様子でなにか語りかけている。

私は宮地さんの背後で息を詰め、鼓動を速めながら交渉の行方を見守る。私一人だったら言いだせなかっただろう。あるいは衝動に負けて、お金を払いますからモデルになってくださいと頼んだか。いや、絶対に無理だ。娼婦にだって誇りがある——という宮地さんの言葉がいまさらながらに身に沁みる。いや、私の軀を打ち据える。

多少若いほうのお婆さんが私と宮地さんに等分に視線を投げ、口説かれているお婆さんになにか囁いた。お婆さんは耳が悪いらしく、軀をよじって反対側の耳を傾け、そしてわずかに肩をすくめた。

顎をしゃくられた。私はお婆さんに従って古い琉球瓦を載せた旅館の玄関にむかった。振りかえると、宮地さんはお婆さんが座っていた空き箱に腰をおろし、若いお婆さんに飲みかけの缶ビールを勧めていた。

立ちどまってしまった私に、お婆さんがもういちど顎をしゃくった。上階にあがる階段は砂埃で足裏が細かく軋んだ。

六畳間か。やっつけ仕事の床の間らしきものがあり、じっとり湿った黴臭い緋色《ひいろ》のカーペットが敷き詰めてあるその上に布団が敷いてあった。こういうのも万年床というのだろうかと何気なく敷布に触れたら、その下にさらに敷かれているビニールかなにかのがさっと乾いた感触を感じとって、あわてて手を引っ込めた。体液が敷き布団に染みこまないための配慮だということは私にだってわかる。

お婆さんはそんな私と布団を見較べ、大儀そうに横座りすると、あらためて私を見あげた。

「前払い」

私はあわてて財布を取りだし、一万円札をわたし、三十分お願いしますと頭をさげた。お婆さんはなにも言わずに布団の隅に札を挿しいれた。

メッセンジャーバッグから画帳とコンテやステッドラーの鉛筆が入った筆箱を取りだした。自分でも焦った手つきだと揶揄したくなるほどせわしなかった。顫えているのがわかったので、頑張れ鮎！　と自分に気合いを入れた。

「みんな電気、消してくれって言うけどね」

「──それは困ります」

「真っ暗にすればさ、なにがなにやらわからなくなるさあ。あとは想像力ってもんがあるからねぇ」

かかか──とお婆さんはまばらな茶褐色の乱杙歯《らんぐいば》を剝きだしにして笑った。私がつられて笑顔のかたちに顔を歪めたとたんに、お婆さんは笑みを消し、言った。

「で、女相手でも脱ぐのかい」

「はい」

「威勢のいい声だね」

「すみません」

「ほんとうに絵描きさんかい」

「はい。駆け出しです」

「頭は真っ黒だけどさ」

「はい」

「陰毛は白髪だよ」

お婆さんはまたかかかと笑ったが、もう私は追従《ついしょう》しなかった。お婆さんは舌打ちし、雑な手つきで裸になった。古びてはいたが若い女の子と変わらない下着類だった。

私は思いのほか冷静な声で万年床のうえに横たわるように頼んで、お婆さんが面倒くさがるほどにしつこくポーズをつけた。正確には、お婆さんが妙なポーズをつくってしまうので自然に横たわるように、力を抜くように心を砕いた。この遣り取りでお婆さんも軀の力を抜いて、偽の欠伸を洩らすくらいにはなった。

「──あの」

「なに」

「計測していいですか」

「なに？」

「顔や軀を測らせてください」

私は膝行《いざ》ってお婆さんに覆い被さるような体勢をとった。お婆さんは構えた。

「べーるひゃー！」

「はい？　なんて言ったんですか」

「やだよ。あんた、レズってやつかい」

「触れるだけ、測るだけです」

私はお婆さんの顔に触れた。お婆さんは厭がった。手足の先端が小刻みに揺れて、落ち着かない。私はイボテンさんになったつもりで、委細かまわずお婆さんの骨格を測っていく。

お婆さんは貧乏揺すりを続けていたが、私の手に性意識の欠片もなく、それどころかノギスじみた無機的なものであることを悟り、上目遣いで私を窺いながら鎮まった。

顔から首、肩、胸と下降していき、イボテンさんのように指を挿しいれることこそしなかったが一礼してまばらな白髪の生えているあたりにも触れた。

足指まで計測を終えるのに十分ほどかけ、私は眼前の老残を感傷をまじえずに冷徹に描いた。皺の一本まで正確にあらわしたかったので鉛筆で描く。老婆の目に泛んだ好奇心が鬱陶しかった。けれど体勢はともかく、感情の動きまで支配することはできない。

命は厄介だ――と胸中で吐き棄てながら、十分ほどでデッサンを仕上げた。

お婆さんが上体を起こし、なにやら機嫌のよい声と共に覗きこんできた。

その顔全体が、烈しく歪んだ。

お婆さんは現実を目の当たりにしてしまったのだ。黙りこんで、俯いてしまった。それどころか目尻に涙がにじんでいた。

私は無表情にそれを見やり、軽く目を閉じて先ほどの計測データを脳裏で組み立て、新たにデッサンをとる。

お婆さんは泣きかけていたが、それでも一万円もらったのだからと、先ほどと同様のポーズをとろうとした。私は脳裏の計測データに集中してそれを完全に無視した。描きあげたときは契約時間の三十分を過ぎていた。私は一礼して、描きあげたばかりのデッサンをお婆さんの前に差しだした。

それは先ほどと同じポーズで横たわってはいるけれど、より残酷な現実を描いたものだった。

けれど、お婆さんの顔が輝いた。隠されていたすべての照明がいきなりオンになったかのような明るさだった。

「あんた、なんで知ってるのぉ？」

「似ていますか」

「たましぬがしたあ！　似てるなんてもんじゃないさあ。驚いたよお。まいったわぁ。十八歳かな。まだ宮古《みやこ》にいたころの――」

お婆さんはいきなり唇を震わせた。まばらな歯がかちかち音を立てるほどだった。手放しで泣きだした。

とたんに私も抑えようのない悲しみに覆いつくされて、お婆さんの手をとって泣いた。声をあげて泣いた。

私は裸の、皺だらけのお婆さんをきつく抱き締めて泣いた。けれど当然ながらお婆さんの嗚咽《おえつ》のほうが深く、悲しく、切なく、痛ましかった。

お婆さんは実体で、私は単なる記録者にすぎない。計測から割り出した十八歳は、たぶんお婆さんが理想としていた十八歳の自分自身で、けれど理想であるがゆえに真実のお婆さんの十八歳なのだった。

十分ほど泣き濡れたか。私はお婆さんの身支度を手伝った。お婆さんはまだしゃくりあげていたけれど、唇の端に照れ笑いに似た笑みを泛べてもいた。

「ねえ、あんた」

「はい」

「この絵、もらえるかな。若いころのほう」

「これは持って帰って油絵に仕上げます。だから油絵を描きあげたら、このデッサンはお母さんに差しあげます。約束します。宮地さんに、ここに連れてきてもらいますから」

お婆さんは未練を溜息といっしょに押しだして、頷いた。

「お母さん」

「なんだい」

「稼がないと」

「――そうだねぇ。稼がないとね」

お婆さんは目を雑にこすり、手の甲に附着した目脂を敷き布団になすりつけた。階下におりると、若いほうのお婆さんと宮地さんが手持ちぶさたな顔つきでタバコを喫っていた。

それがさあ――と、いきなりお婆さんが私の絵の上手さを褒めはじめた。美代《みよ》ちゃんも描いてもらえばいいよ――と熱心に迫る。美代ちゃんは勘違いしたらしく、銭を取られるのはいやだよ――と横をむき、たまたま視線がぶつかった宮地さんに、ついでだからこんどはあんたがあがっていきなよ――と作業服の肩口を抓んで引っぱった。

15

しばらく通っているうちに、ひめゆり学徒隊で有名な沖縄県立第一高等女学校の跡地につくられたのが栄町であるということを知った。乙女が集ったその土地に市場と社交街という名の売春地帯ができあがってしまったことは皮肉だと訳知りに言う人もいたが、栄町こそが、ひめゆりにふさわしいと私は感じていた。過去と現在の関係というものは、乙女が売春婦――という具合に変貌していくものだ。そもそも生活そのものを我謝さんに依存している私は、決まった額のお金を貰《もら》わないだけの売春婦だと自覚していた。

週に一度くらいの頻度で女たちをデッサンしにあらわれる私は、すっかり栄町のお婆さんたちのあいだで有名人になってしまい、横になっているだけで五千円なり一万円なりの金が入るということで売り込みにくるお婆さんもけっこういた。底抜けに性格のよい人もいれば、信じ難い性格の悪さをぶつけてくる人もいた。それは一般社会とまったく同じだが、全裸になって私の視線に曝されるということで、親愛と拒絶、そのどちらもいささか常軌を逸した気配になったが、そこには常に過剰な孤独が隠されていた。

私は絵描きの小娘にすぎず、私の三倍ほども歴史を刻んで生きてきた彼女たちの孤独に深入りせぬよう気配りし、自分が目にすぎないという分を守って出過ぎず、さりとて引っ込みすぎず、ただひたすら精確に老いた女たちの軀を画帳に定着し、またイボテンさん仕込みの精緻な計測を欠かさず、それをもとに読谷のアトリエにこもってキャンバスに油彩で仕上げることに集中した。当然ながら現在の軀と計測によって肉付けしていく十八歳のころの軀、一人に二点ずつ描きあげていく。イボテンさんに倣ってすべてM15号に統一した。

読谷のアトリエというのは私が言いだしたならばさすがに図々しいが、私が画業に集中しだしたことに気付いた我謝さんが得意げに周囲に吹聴《ふいちょう》してまわった言葉が、いつのまにか定着してしまったのだ。

人懐こいというか公私の区別がほとんどない沖縄の人たちが読谷のアトリエを訪れると、私の制作情況をさりげなく、けれどつぶさに観察している我謝さんが、今日は鮎ちゃん、集中しているから騒いだらいかんよー、スタバにでも行こうかね——といった具合に読谷イオンタウンに連れだしてくれる。私は階下の幽かなざわめきを感じとりはするが、機嫌を悪くする前にその気配は消え去っているというわけで、我謝さんの濃《こま》やかな心遣いはときに過剰で逆に腹立たしいこともあるが、ほんとうに感謝してもしきれないほどだ。

栄町に連れていってもらって最初に描いたお婆さんのタブローが完成したとき、宮地さんに連絡をとり、ジムニーで迎えにきてもらった。手許に残しておきたかったけれど、差しあげますと約束したのだから、計測による十八歳のころのデッサンを額装して、お婆さんのところにもっていくことにしたのだ。額を小脇に抱えて市場の暗がりを行く。

唐突に宮地さんが言った。

「あっちは覚えていないだろうけど、俺、あのお婆さんを抱いたことがあるんです」

告白されても、かえす言葉がない。私はちいさく肩をすくめた。それを黙殺と勘違いしたのか、宮地さんは勢い込んで続けた。

「内面に関しては、とても滑らかでした」

なにを言いだすのかと呆れ気味に見やる。宮地さんはかまわず続ける。

「若いうちはヒダヒダがたっぷりあるんですよ。でも、年齢を重ねると、女性は滑らかな筒に変貌していく」

私は咳払いして、気合いを入れて、しかも平然とした声をつくって訊く。

「やっぱ、ヒダヒダがあるほうが？」

「そりゃあ、もう」

「私はだいじょうぶかな」

「鮎さんはだいじょうぶなんてもんじゃないから。凄いですよ。凄いヒダヒダ」

「――あまり嬉しくないな」

「ヒダヒダ？」

「やめなさい」

「怒られたぁ」

おどけて身を引いたが、すぐに私の耳朶に唇を触れさせるくらい近づいて囁く。

「さすがに歳だから濡れないんですよ。栄町のお婆ちゃんたちは潤滑の問題を、基本、コンビニで買ったベビーオイルで処置するわけだけれど」

「ちがったの？」

「なんか生臭いなって。そのくせ、馴染む香りだなって」

微妙な話なので、私は曖昧に視線を逸らしたが、宮地さんは平然と続けた。

「問い詰めたら、婆さん、しれっと吐《ぬ》かしたんですよ。――ラードだって。しかも自分で豚脂を溶かした手づくりだって」

豚の脂と唇を動かしたけれど、なぜか声がでなかった。宮地さんがぼやき声で言う。

「沖縄のオバアはよく拵えるんです。豚の脂身をじわじわ煮詰めてラード。最後は新聞紙に水分を沁ませて完成。俺の子供のころは、よく脂身を煮る甘くて生臭い匂いが裏路地に漂ってたもんです。ま、ハンドクリームにしたりもするから、アレのときの潤滑油になってもふしぎじゃないけど」

ハンドクリームにするくらいならば、用いてもいいような気もする。けっこうねっとりして悪くないのかもしれない。けれど内側で腐敗酸敗したりしないのだろうか。私が心配するようなことでもないが、気になってしかたがない。あえて興味のなさそうな、気のない口調で訊く。

「ふーん。ラードの使い心地は？」

宮地さんが身を乗りだして私の顔を覗きこんできた。

「真に受けたんですか」

私は一気に虚脱し、苦笑し、加減せずに宮地さんのお臀を叩いた。宮地さんは大笑いしたけれど、すぐに真顔になった。

「あのお婆ちゃんとしたのは、事実です」

それだけ言うと、唇をきつく結んでしまった。私は宮地さんに気付かれぬようにちいさく頷き、沈黙した。

慣れてしまえば栄町社交街は案外居心地のよい場所だ。十五分五千円の料金のうちの三千円がお婆さんの取り分で、残りは旅館に入ることも、お婆さんたちが例外なくヤミ金からお金を借りていて、十万円借りた時点で四万円差し引かれる週掛けと称される高利に曝されて青息吐息であることも、若い女の子が多かった真栄原新町や吉原《よしはら》といった社交街が潰されてしまったにもかかわらず栄町だけが残っているのは、取り締まってしまえば膨大な数の高齢者が行き場をなくしてしまうからで、警察は社交街の駐車違反を取り締まりはしても売春そのものは見逃している——と、なにもかもわかったうえで、この旧赤線地帯のだらけた投げ遣りな空気が肌に馴染んでしまっていて、重々しく過酷な過去を背負い、老いた現在はただ息をしているだけで、先がごく短いであろう未来に対してなんの希望も持たずに生きる老婆たちの姿をごく自然に自分に重ね合わせて、女たちの老いた貌と肉体と、その肉体が絶頂だったころの肢体と顔貌を並列するという画業に夢中になっていた。

私は膨大な作品数になるであろうこの連作を心窃かに〈花折〉と名付けていた。もちろん我謝さんが書いている作品から貰い受けたものだ。花折峠の由来は古い伝承によると、美しく気立てのよい娘が他の女たちに妬まれたあげく、大雨の日に峠から川に突き落とされてしまい、けれど娘は掠り傷ひとつなく生還する。娘が落ちたところには折れた花が絨毯《じゆうたん》のように折り重なって咲き乱れていた、ということからきているそうだ。

咲き乱れた、けれど無数の折れた花——。それは女という性の象徴となりえると直観した。我謝さんも言っていたが、美しく気立てのよい娘というあたりが引っかかる。美しくなくても、気立てがよくなくても突き落とされることがあるのが、女だ。

それでも、咲き乱れた、けれど無数の折れた花——は女の象徴たりえる。

老残を曝すお婆さんも、まだかろうじて女を誇る母も、心の底を見せない維ちゃんも、そして性的慾望が強く、それに合わせるように自己顕示も強烈だけれど表現に関わりあったものだから素直にそれを発散することができずに、なにやら一歩引いた笑みの奥のくぐもった気配でかろうじて世界とつながっている本質的に無様な私も、そしてこれを読んでいるあなたも、感傷をまぶして言ってしまうが、折れた花だ。

お客さんの相手をしているのだろう。片方のビールの空き箱が無人だった。今夜はすこし空気が冷たいですね——と美代ちゃんに頭をさげる。美代ちゃんは頷きながら頰笑んだ。私をじっと見あげ、頰笑んだまま言った。

「一足遅かったね。死んじゃったよ」

私が額装したデッサンを示すと、美代ちゃんは深く頷いた。美代ちゃんの顔には笑みが深い皺として刻まれてしまっていた。こんな笑いもあるのだ——と放心し、宮地さんに促されて栄町をあとにした。

16

モチーフを得た私は執筆に集中する我謝さんと同様、ほぼ完全な引きこもりとなった。唯一の外出はイオンタウンに食料品など必要不可欠なものを買いにカブを走らせるくらいで、息抜きといえば家の前の海に浮かぶことだったが、早朝の海がやや冷たく感じられるようになったころ、ずいぶん久しぶりにカブで那覇まで行き、おもろまちの画材店でキャンバスの下地をつくるためにジェッソを求めた。

通販で事足りるといってしまえばそれまでだが、沖縄は画材店が少なく不便だ。レンブラント油絵具のいくつかのほしい色が見当たらず、明度の高い中間色から漂うレンブラントならではの紅花油の香りの記憶がよみがえり、ちいさく苛立った。

コールドグレーの色あいを加えればつくりだせる色ではある。だから絶対に必要というわけでもなかったのだが、その色が欠品だったせいで描く意欲が失せてしまった。

カブを走らせる前は必要な画材を手に入れたら即座に読谷にもどるつもりだったが、

仲村君と逢うことにした。

宮地さんは生まれ育ちに絡みつく貧困を隠さない。それは人格や痩せているけれど筋肉質な軀に深みを附与しているけれど、車の下に潜り込んで作業することで歪んでしまった頸椎の曲がりに似た鬱陶しさもある。

実家がお金持ちなので鬱屈を外に出さずにすますことができ、よくも悪くも生活臭を排除できるのが仲村君だ。

ひょっとしたら、抱えこんでいる憂鬱を大麻がもたらす快感で霧散させているのかもしれない。お酒でおなじことをすれば軀を壊すし、人格の崩壊を招きかねないが、麻は執着心の薄い柔和な羊をつくりだす。ずるい言いかたをすれば、仲村君となら諸々あとくされがない。

スマートフォンで遣り取りしているうちに思いもしなかった疼きに襲われた。まさに通販で事足りるのに、こうしてわざわざ那覇まで出向いたのは、描くことに夢中で忘れ去っていた軀の慾求が私の底の底で窃かに滾っていたせいだ。

電波で濾過《ろか》されているにもかかわらず、男の慾情がにじんだ低く抑えた声が刺さって、その針先が私をちりちり擽る。

執着と無縁と決めつけていた仲村君の放つ慾望が私の脊椎を突き抜けて、腰骨の芯に集中した。切迫を隠さない仲村君の声に誘発されるかのように、肌と肌を触れあわせたいという混じりけのない衝動が迫りあがり、無意識のうちにも、ずいぶん長いあいだ禁欲していたことに思い至った。

あえて我謝さんを遠ざけることが当然のことのようになってしまっていたのだ。もちろん意識無意識を問わず禁慾が表現衝動に昇華されることは実感しているが、それが多大なる不自然を内包していることも理解している。発情期をじゃまされた猫が絵を描くことに集中しはじめるはずもない。

我謝さんはさぞや切ない思いをしているだろうが、私の裡のサディズムは我謝さんとの交わりを拒絶することによろこびを見いだしていた。正確にはよろこびというよりも満足に似た気配だが、なぜ、そんな底意地の悪いことをあえてするのか私自身にもよくわからない。大仰なことを言ってしまえば、私の内面の悪が我謝さんという触媒によって顕在化してしまうとでも言えばいいか。

もっとも我謝さんは〈花折〉執筆以来、そして第一稿が完成して推敲《すいこう》に集中しているいま、私など眼中にないようだ。

たぶん加虐被虐には無為が大きな役割を果たしている。あるいは為すべきことを見失った苛立ちを含んだもどかしさ、歯痒《はがゆ》さのような不定愁訴が必須なのだ。逆説的にボードレールの倦怠《けんたい》と憂鬱が文学として成立する理由だ。

だから我謝さんにとって私は性の対象からさしあたり除外され、たぶん我謝さんは

〈花折〉作中の私と深く交わり、現実の私と我謝さんの関係は至って平穏なものになっていたし、淡白なものに変わっていた。

仲村君は例の煙を決める余裕もなく私を抱き締め、私もそれに応えてベッドで揺れた。異物を一切含まない純粋に欲しいという衝動のおかげで深く、きつく、やるせなささえ覚える交わりだった。

存分に極めて放心し、まだ腰骨のあたりに残っているとろりと粘る甘い痺れを愛おしみながら窓外に視線を投げ、若狭バースに停泊している巨大な客船が夕靄に滲む姿をぼんやり眺めていると仲村君が囁いた。

「あの船、千五百人以上乗せてるんだって」

仲村君が腕をのばしてきたので、そこに頭を安置する。汗に濡れた腋窩に鼻先を挿しいれ、仲村君の匂いを愉しむ。

安らぐ。鼓動も呼吸も鎮まって、軀がゆるみきっている。私は動物であり、生き物だ。そんな実感を得ているさなかに気付いた。仲村君に密着したまま思わず心の中で目を瞠っていた。

なぜかイボテンさんがあらわれなかったのだ。交わっているさなかにも、幾度も極めた頂上でも、イボテンさんは沈黙していた。姿をみせなかった。私の生と性を支配していたはずなのに存在が消え去ってしまっていた。気配の欠片も感じられなかった。しかもいまの私はイボテンさんを忘れ去ってしまっていたことに対して肌全体に控えめな驚愕をまとってはいたけれど、忘却に対する後ろめたさも、裏切ったという疚《やま》しさも罪悪感も覚えていなかった。

ずいぶん久々のセックスだったので、肌そのものを求め、想念ではなく実体を欲する気持ちが先にたったせいだろうか。私は人として、女として交わったのではなく、生物の♀として交わったのだろうか。欲しいという真っ直ぐな衝動には、イボテンさんが介在する余地がなかったのかもしれない。

発情期の動物から人に、女にもどった私はそんな小賢しいことを考え、イボテンさんが立ち顕れていた性の交わりは、ずいぶん混濁した根深い快楽に覆いつくされていたことを実感した。

濁った快と、透《す》き徹《とお》った快。

優劣などつくはずもない。快と括ることはできても、質がまったくちがう。快楽には人の快と動物の快があるのだ。

肌の様子から私が思いに耽っていることに気付いたらしい仲村君が、怪訝そうな視線を投げてきた。イボテンさんがあらわれなかったことを告げようかどうか迷った。極めて私的なことだから——と、あえて沈黙した。

あれほどまでに思い詰めていたのに、常に私の心の中心に居すわっていたことなのに、異様なまでに軽い。イボテンさんは、どこに消えてしまったのか。

　仲村君のすてきなところはこういったときに立ち入ってこないことだ。詮索してこないことだ。

　なぜ訊いてこないの？　と、あえて問いかければ、鮎さんには鮎さんの思いがあるだろうし——と、頬笑むだろう。それが諦念によってもたらされたものであっても、我謝さんのような強引さの無様さとは無縁なのだ。仲村君は過剰に立ち入ってこない。私も過剰に立ち入らない。でも、軀と軀はこんなに深くきつく熔《と》けあった。

　私はイボテンさんの不在、いや消滅に気持ちを波立たせてはいたけれど、不安や畏れとはまったく無縁だった。仲村君の肌の熱に身をまかせたまま、こんなことを考えた。

——子供は成長していくにしたがって、ふとした瞬間に、いままで依存していた父母を見おろすときがやってくる。私が両親に対する依存から脱却できているかどうかはともかく、それに似通ったことが起きたような気がする。

　画家としてのイボテンさんを見おろすなどおこがましくて図々しいが、少なくとも人としての、男としてのイボテンさんを見おろしている私がいる。

「そうか！　モチーフを得たからよ」

　腋窩から顔をあげて思わず声にだして言った。さらに勢い込んで、続けた。

「モチーフを得たことによって画家としての自負が生まれたの。もちろん程度の差はあるけれど、私は画家ですって衒《てら》いなく呟けるようになったみたい」

「僕にとって鮎さんはずっと画家だけどね」

突拍子もない私を仲村君はこうして滑らかに受け容れてくれる。安堵のにじんだ笑みをかえした。

私はイボテンさんに対しても画家ですとごく自然に呟けるようになったのだ。藝大を中退してしまったけれど、いままでは指先の器用な、オリジナリティの希薄な画学生にすぎなかったのだ。その自覚があったから、イボテンさんに対して俯き加減にならざるをえなかった。甘えと劣等感が綯《な》いまぜになった感情に支配されていて、だからイボテンさんに主導権を握られていた。

もちろん画家としてのレベルの差異は否定できない。イボテンさんは超越している。けれど、それでも私は画家だ。画家になれた。モチーフによって画家としての自負をつくりあげることができた。

モチーフとテーマは似通っているけれど、まったく別の事柄でもある。私は油彩を志した当時から人を描きたいというテーマを抱いてはいたけれど、具体的なモチーフを見つけられぬまま足掻いていた。

人を、女を描きたいという文学的な要素を多分に含んだ主題をもってはいても、それは言語というきっちり枠の定まった揺るぎない抽象で物語を定着しなければならない小説とちがって脳裏の映像が主体で、どこか雰囲気に流れやすく、細部が曖昧だった。

つまり作品そのものを構成する個々の造形的要素――モチーフを発見することができていなかった。宮地さんに栄町に連れていかれるまでは。

過不足のない脂肪と筋肉をまとった仲村君の脇腹に私は頰ずりしていた。舞いあがっていた。解き放たれていた。

唐突に気付いた。我謝さんに対するサディズムは、代償行為だった。私はイボテンさんに支配されていて身じろぎできず、硬直したまま耐えていた。

私は仲村君のおへそに指先を挿しいれながら呟くような調子で言った。

「我謝さんによると、エクスタシーというのは普段の普通の通常の日常の意識が消え去ってしまって、変貌してしまうことを意味するんだって」

「普段の普通の通常の日常の意識――。なんのこっちゃ」

「ねえ。なんのこっちゃだよね。でね、エクスタシーのさなかにある人は外界に対する感覚を喪失するのと同時に筋肉のカタレプシー状態を伴うんだって」

「カタレプシー？」

「昏迷して受動的な姿勢のまま固まってしまうこと。自分では制馭できない緊張状態。ぜんぶ我謝さんが教えてくれたことの焼き直しだけれど、私はそういう状態に入ってしまったことがある」

「そうか。たしかに鮎さんはエクスタシーの頂点で受け身で固まったまま硬直して、僕がしてやったりと思っていると、小刻みに痙攣しはじめる」

「してやったり、って思うんだ？」

「嘘。僕も結局はエクスタシーで、カタレプシーだ」

「たしかに仲村君、きつく反り返って硬直するものね」

生きていたら画家として尊敬はしても、人間としてはどうだっただろう。イボテンさんは死によってボロをださずにすんで、それどころか私のなかでどんどん巨大になっていって、私を支配した。やわな私などが知る由もなかった過剰な性交と殴打という遣り口で、私を支配してしまった。

単なる性慾と暴力だったなら私はとっくに見切りをつけていた。棄て去っていた。けれどイボテンさんは画家として途轍もない才能をもっていた。その一点で、私はイボテンさんの奴隷になった。

けれど私も支配慾が強い人間だ。だからこそ表現の道に入ったのだ。絵が描けるということは私の唯一の取り柄であり、私は絵画で抽んでて、他人を平伏させたいと心窃かに希《ねが》っているのだ。

ところが私は修業中の半人前で自信も自負もなく、その鬱屈が超越的な画家であるイボテンさんに対する絶対的服従となってあらわれた。なにしろ存在しない人なのだから、その圧倒的な力は揺るぐことがない。

言い方を換えればすべてのマイナスは死によってプラスに転化し、欠点は帳消しになって美点にさえなってしまっている。

だから私は死者に完璧に支配され、それによってねじまげられた私自身の支配欲は我謝さんに対するサディズムとしてあらわれてしまった。

我謝さんは単純にわがままをぶつけやすい対象なのだ。年齢差もあるのだろうが無理難題を吹きかけても、それを許容してくれるのが我謝さんだ。いまならはっきり断言できるが、私は我謝さんに甘えていたのだ。

「仲村君」

「なに」

「私、理屈っぽくていやになる」

「そこいらのオッサンとかさ」

「うん」

「女はバカだって思ってるよね」

「うん。バカなオッサンにかぎって、ね」

「でもさ、バカな女やバカなオッサンて括るんじゃなくてさ、実際は男女その他の属性一切関係なくバカな人間がいる、っていうことだよね」

「——バカって幸せだね」

「まあね。他人のことをバカだと思って嗤っていればいいんだからね」

「それってバカのメビウスの輪でクラインの壺だね」

躯のあちこちを彷徨う私の指先に仲村君は擽ったそうに身をよじり、バベルの塔を居丈高に、どこか恥ずかしそうに聳えたたせたまま逃げだし、あの薬草を準備しはじめた。背中を丸めたその姿を見つめる。背に点々と浮きだした脊椎の尖りが、どこか恐竜を想わせる。草食の、温和な竜だ。

私の視線を感じたのだろう、言うべきか黙っているべきか悩んだんだけれど——と前置きし、一呼吸おいて、背をむけたままくぐもった声で呟いた。

「我謝先生、あちこちから借金してる。借金しまくってる」

思いも寄らない仲村君の言葉に、意識せずに訊いてしまった。

「仲村君からも？」

「うん」

言わなければよかったかな——と仲村君はガラスパイプを手に振りかえり、口をすぼめて俯きかけたけれど、結局は強い口調で続けた。

「僕は金を貸すときは、相手にあげるつもりなんだ。だから、僕の借金はどうでもいい。

でも、他の人から借りた金は、そうはいかない。たぶん我謝先生、貯金を取り崩して生活してたんだ。それが追いつかなくなった。借金の噂を聞くようになったのは、この六月くらいからかな。知り合いだけでなく、ムチャクチャな利子をとる闇金からも借りているらしいんだ」

「——私、平然と寄生してて、まったく気付かなかった」

「鮎さん。我謝先生を助けてあげて」

*

気持ちの整理がつかず、もちろん煙を喫うのは辞退し、その晩遅くに読谷にもどった。帰り道、台風の先駆けの雨に降られ、ずぶ濡れになってしまった。夜が白く烟るほどの豪雨だった。

仲村君の部屋で漠然と眺めていた予報によると台風は相当大型とのことで、イオンタウンのマックスバリュに寄って食料品を多めに買い込んだ。沖縄ならではの二十四時間営業だが、買い出しでいつもより客が多く、濡れた恰好も気にならなかった。

浴室で濡れた服を脱いでいると、ドアが控えめにノックされた。我謝さんがドアの外から声をかけてきた。

「濡れちゃったみたいだね。大丈夫か？」

「ずぶ濡れ。でも開き直ると、雨って気持ちいい」

気恥ずかしいことを口にした。あわてて補足する。

「あったかい沖縄だから言えることかもしれないけれど。沖縄の雨は、容赦ないわりに優しいから好きなの」

「でも直撃らしいよ。Force Protection Condition Delta 級らしい」

耳に手をかざしてドア越しの声に集中したが、英語の発音が達者すぎた。

「なんて言ったの？　聞きとれない」

「台風、警戒レベル、デルタ級だってさ」

「デルタ？」

「米軍のテロ警戒の――」

結局、曖昧に我謝さんは言葉を呑み、私は誘いこまれるようにバスタオルを巻いた姿でドアをひらいてしまった。我謝さんは凝視しかけて、あわてて視線をそらした。困らせる気はないから後ろを向いていてもらって素早く身支度した。

「夕御飯、食べた？」

「早い時間にカップ焼きそば」

「なにか、つくろうか」

「それを期待してたんだ」

深夜に揚げ物でもないだろうと思いつつ、我謝さんがコーヒー豆を挽くのに使う電動コーヒーミルを転用して古くなった食パンを細かくしてパン粉にし、特売のアグー豚のロースの薄切りを丸めて層状に仕立ててあげてトンカツをつくった。こんがり揚がった衣からは幽かにコーヒーの芳香が漂っていた。

まさに貪り食べるという勢いで我謝さんはトンカツを頰張る。その姿に、車体の後部で銀色に光る巨大な金属のプレートが圧倒的な力で回転しながら軽々とゴミを圧縮して呑みこんでいく清掃車を想い描いてしまった。

ごおおおお——と、海からうねる低音の轟きが伝わってくるのに耳を澄ます。いつもより海鳴りが強烈なのは、台風が近づいているせいだろう。沖縄と台風の関係は近親憎悪にちかいものがある。巨大なのが直撃すれば被害は甚大だが、こなければ水不足だ。水不足とは関係ないけれど、私が寄生しているせいで我謝さんはお金が不足している。

「ねえ、我謝さん」

含みのある私の気配を察した我謝さんがトンカツを目の高さにもちあげてとぼける。

「美味いなあ、たまらないなあ、俺には揚げ物とかつくれないよ。手順を想像しただけで回れ右さぁ」

「美味しくてよかった。お金、ないんだね」

「なんだかな。その科白」

「お金、ないんでしょう」

「はい。ありません」

「軽いな。すごく軽い」

「まくとぅそーけー、なんくるないさぁ」

「あ、逃げた。意味わからないし。でも、けっこうきついと見た」

「どうだろうねえ。〈花折〉がどっかに連載されて本になってベストセラーになれば、即座に我謝家の経済は、いまふうの意味でのなんくるないさぁになるさ」

私は我謝さんの半分くらいのペースでしか食べられないので、まだトンカツが残っている。それを我謝さんのお皿にそっと置くと、凄い勢いで箸がのびて我謝さんの無精鬚に覆われた口におさまった。

「ごめんなさい」

「誰かなあ、貸したとか借りてるとか要らんことをいう奴は。無粋な奴だねえ。いやらしい奴だ。俺が貸したら、絶対に黙っているけれどねえ」

闇金融のことにはあえて触れず、無理遣り笑顔をつくる。

「なんとかしないとね。私、完全に寄生虫だもん」

「そうだねえ。御主人様は奴隷を食わさなければならないんだよ」

おどけて返してきた我謝さんをじっと見つめる。その黒々とした瞳に凝視する私の貌が映っている。私に据えられた我謝さんの瞳孔が拡がったり縮んだりするのがわかった。生臭いブラックホールだ。

「我謝さん」

「なに」

「もうすこし我慢して。父にお金をせびれば解決するかもしれないけれど、それはしたくないの。結果的にはおなじことなのかもしれないけれど、私がちゃんとするから」

一呼吸おいて、付け加える。

「いま持っているお金や、たいした額じゃないけれど口座にあるお金は全部吐きだすね」

我謝さんは申し訳なさそうな上目遣いで下唇を人差し指と拇指で抓み、翫び、なにか言いかけたが、首を左右に振って言葉を呑みこんだ。私はダイニングテーブルに両肘をついて身を乗りだして尋ねる。

「あえて訊くけれど、なんのあてもなく〈花折〉を書いていたの？」

「まあね。俺の初版なんて二千部だから。千五百円の定価で、印税は三十万。源泉引かれりゃ三十万切っちゃう。これだけの時間をかけてしまっているじゃないか。まずいとは思ってる。さすがに年収二十七万とかじゃ、やってられないよ。つまり純文学の雑誌に売り込んでも意味がない」

「厳しいんだね。我謝さん、あんなに大きな文学賞を受賞したのに」

「あれは有難かったねえ。瞬間最大風速だったよ。でも、いまでは元の木阿弥《もくあみ》。以前、宮地が小説すばるの新人賞に応募していいとこまでいったって得意がってたから、伝手《つて》を頼って、それこそ小説すばるにでも売り込もうかなあ。この出版不況のなかでもあの社は、まあまあ景気がよさそうだからね。でも、もうすこし推敲を重ねたいなあ」

「わかった。とにかく、こんどは私がなんとかする」

我謝さんは突っ張らずに頷いた。その貌には掛け値なしの満面の笑みが泛んでいた。

「じゃあ、仕事にもどるね。御馳走様《ごちそうさま》。鮎は料理が上手だね。それも決まりきった手順じゃなくて、頭を働かせてさっと美味しいものをつくっちゃうところがクールですごく恰好いい」

褒められて一瞬、顔を輝かせてしまった。けれど推敲のために我謝さんがあっさり棺桶のような納戸に引っ込んでしまって、取り残された私は、いよいよ烈しく呻き泣き叫ぶ海鳴りに全身を覆いつくされた。

台風は翌日の夕刻、沖縄本島を直撃した時点で嫌がらせのように速度を弱めた。すべてのシャッターをおろした我謝さんのお家は真四角の城塞じみていたが、風雨だけでなく波浪まで打ちつけてきて、その鞭打ちのたびにシャッターが軋むのは当然のこととして分厚いコンクリの壁までもが烈しい衝撃を受けて異様な圧迫のある音を立てる。思わず耳をふさいで身を竦める。

　とっくに停電してしまって真っ暗だ。たまらなくなって闇のなかを足先で段をさぐりつつ階下におりた。納戸のドアをそっとひらくと、世界がこんなに荒れ狂っているのに沖縄の民謡だろうか、とぅばるまよぉ～と我謝さんは裏返った声の鼻唄交りでプリントアウトした〈花折〉の原稿を懐中電灯で照らして推敲していた。

「心配じゃないの？」

「ＬＥＤだから長持ちするし、予備の単一もほれ、このとおり。だから心配していないねえ。明かりがなくなったら不貞寝《ふてね》するよ」

「電池の持ちのことじゃなくて、嵐」

「ま、こんなもんだよ、沖縄の台風は」

「――一緒に寝てほしい」

　あわてて付け加える。

「仕事のじゃまをしてごめんなさい。でも、ちょっと怖くて――」

「ごめん。気がまわらなかったよ。いかんねぇ。推敲って、じつに愉しいんだよ。鮎だって鏡を前に姿かたちを整えるのは悪い気分じゃないだろう」

「私は鏡に実体を、真実を映してしまうほうだから、あんまり」

「ふーん。女は鏡に嘘を映すっていうのは偏見か。俺も思春期にはたっぷり嘘を映して、見たいものしか見なかったからなあ。これで美男子ぶってたんだからお笑い種だよね」

ベッドで我謝さんに腕枕してもらい、ようやく張り詰めた肌がゆるんだ。停電でエアコンも止まってしまっているから閉め切った室内は湿気がきつい。でも新鮮な大気よりも我謝さんと私の呼吸で濁って澱んだ空気のほうがいまは安らぐ。

「はじめて夏休みに我謝さんのお家に居候させてもらったときにも台風がきた。我謝さんは女の人のところに行ってしまって、もどらなかったんだよ。あのときも暴風雨と波が乱打してた。私はひとりで膝を抱えてじっとしてたんだよ」

薄闇のなかで、俺が？　と我謝さんが自分の顔を指した。呆れた。留守にして四日めにもどった我謝さんは、和らげる女との交わりでは射精に至らず——と凄いことを口にしていたのだ。わりとそのときの気分で話をつくるようなところが我謝さんにはある。小説家の放つ言葉は虚言と紙一重だ。記憶にないなら、あるいは忘れたふりをしたいならば、しかたがないし対処しようがない。

「我謝さん」

「なに」

「なんで不自然な恰好してるんですか」

わかっていて、わざと訊く私は意地悪だ。いまさらながらに我謝さんは男の硬直を悟られぬよう、さらに私から下半身を離して取り繕った。

我謝さんは奴隷を貫徹するつもりらしい。私はイボテンさんの呪縛から逃れたこと、正しくは私が画家としての自負をもったことによりイボテンさんに見放されてしまったことを告げようか思案した。

でも、仲村君にもなにも言わなかったのと同様、黙っていることにした。

理由は、性のさなかにおける支配からは解放されたけれど、それでも私はイボテンさんが大好きだからだ。もう俺は必要ないよ——とイボテンさんは私から離れていってしまったけれど、私はいまだってイボテンさんが好きだ。

好きという感情は善悪とか世間体とかをあっさり超えてしまい、私には制馭できない荒馬だ。もう飼い慣らすことは諦めた。せいぜい外に飛び出ないようにしっかり閉じ込めておこう。

「我謝さん。ぎゅってして」

「——いいのか。抑えがきかなくなるよ」

「してほしいの」

嵐の夜ということもあって、すべての抑制から解き放たれたそれからの濃密な時間はすばらしかった。

外で荒れ狂う風雨と波浪に合わせて私と我謝さんはすべての加減を忘れて爆ぜた。声にも体温にも体液にも動作にもなにもかもが性本来の暴風雨じみた荒々しさがあった。際限なく私を苛む我謝さんに、ああこの人はひたすら耐えていたのだ——と胸が乱れた。

想われるということはこれほどまでに快感で、しかも私を残酷にした。反省も謝罪もしないけれど、優しくはしてあげる。我謝さんはそれを物足りなく感じるだろうか。私はサディズムを発揮したほうがいいのだろうか。でも、それだと奉仕するサディストという奇妙な顚倒《てんとう》がおきてしまう。

目指せ、自然体だ！　と快のあいまに自分に言い聞かせて、私は我謝さんを最奥にまで受け容れるために徹底した自然体をとる。

17

本気でお金をねだれば、父は家を傾かせてでも私を助けてくれる。前後を省いて、生活が苦しくて立ちゆかないと縋り、甘えればすむことだ。けれど、そんな単純な遣り口で問題を解決したくはなかった。我謝さんの借金は、我謝さん自身の創作と私の創作が重なった結果だ。

私は創作に励んでいればお金はどこからか湧いてくるものと高を括っていた世間知らずのアホだった。思い込みはあっさり崩れ去って、私は仲村君が口にした闇金という言葉に当の我謝さんよりも狼狽えていた。その一方で、作品に対する絶対的な自信があるわけではないが、それでも確実にあるレベルに達してはいると自負していた。

けれど漠然とした自己満足は見苦しい。すべての創作物に対する評価は自分ではなく他人がするものだ——と肚を括り、父に栄町の女たちの連作に絡めて自作を金銭で評価してもらうための相談をした。

私が切実にお金を必要としていることを即座に見抜いたようだが、すべては作品を見てからや——と、実に冷徹に父は突き放してきた。遊び歩いてお金がなくなってしまったと訴えたならば舌打ちしながらでも送金してくれただろう。だが創作が絡んでいるからこその厳しさだった。必需品ではない創作物を金銭に換えるということは、そういうことだと否応なしに納得させられた。

私は我謝さんに徹底的に推敲してもらいたかったから、この調子だとアルバイトかパートをさがして生活費を稼がなければと開き直って就職情報サイトをあたり、沖縄県の現状を凝縮したかのようなあまりにも乏しく貧しい求人に頭を抱えているさなか、なんの前触れもなく空港に着いたと連絡があり、祇園画廊の経営者である五十年配の女性をともなって父が読谷までやってきた。

開口一番、自身の体型を縦はともかく横方向の空間占有率がやたらと高いと笑いとばした綾部《あやべ》さんは、若いころは某巨大企業の創始者のコレクションを主体にした私設美術館の副館長としてお飾りの館長をうまく立てながら作品の購入から展示の企画まで完璧に実務を取り仕切っていたという。すべてを差し措いて駆けつけてくれた気配を察して恐縮する私に野太く豪快な笑いで応えた。

「読谷村にはすてきなリゾートホテルがたくさんありますから、骨休みです」

「ついこのあいだまでは、朝早くに海に入っていました。このあたりの海は最高です」

祇園画廊以前だが、取引をしている窯元があったので綾部さんは折々に読谷を訪れていたそうだ。柳宗悦《やなぎむねよし》の民藝絡みで、読谷の焼き物は根強い人気があるという。道理で待ち合わせにイオンタウンのスターバックスを指定してきたわけだ。

綾部さんは東京生まれの東京育ちとのことなので、どこでも京都弁を貫く父とちがって標準語で遣り取りすることにした。その父はどこか仏頂面だ。我謝さんと会うのが気詰まりなのかと尋ねると、ぷいと横をむいた。こういう状態の父は、じつに厄介な生き物だ。到着したばかりで疲れているだろうから絵を見せるのは明日にでもと逃げを打つと、綾部さんは豊かな頬が揺れるくらい首を大きく左右に振った。

「先生はお嬢さんのことが気懸かりで気懸かりで、飛行機のなかでも貧乏揺すりが止まらなかったんですよ」

「よけいなことを言うな」

「ほんとうのことじゃないですか。カタカタカタカタ。幾度、先生の膝頭を押さえたことか。おかげで私もじつに落ち着かなかった」

「あれは、やな――」

「まさか飛行機に乗るのが怖かった?」

　痩せて背の高い父と、こぢんまりしているけれど太った綾部さんが並ぶ姿は戯画化された人物そのもので、私はさりげなく笑いを怺えた。タクシーを止めようとしたが、距離にして一キロ半もないので我謝さんのお家まで歩いていくという。ずいぶん詳しい。調べたのは綾部さんか。それとも行き当たりばったりができない父だろうか。

「イボテンさんの絵ですけれど、お預かりしたまま御挨拶にも訪れず、忸怩たるものがありましたが、いちいち過剰反応するなと先生にさんざん叱られたものですから」

　いかにも父らしい物言いだ。またもや笑いが泛んでしまった。半分笑ったまま、ずっと訊きたかったことを、不安を隠さずに問いかける。

「あの絵、どうですか」

　どうやら綾部さんは言いたくてしかたがなかったようだ。落ち着いた、けれど熱のこもった口調で教えてくれた。

「画廊の窈かなアイコンとなっています。毎日昼過ぎに、あの絵に逢いにくる御老人がいらっしゃいます。京都市内にお住まいではないのでしょう、日曜日に必ず見にきて十五分くらい佇んでいらっしゃる方もおられます。イボテンという名前のせいで、どうもスペインかどこかの画家と勘違いしている方が多いようです」

「結局、本名経歴その他、一切わからずじまいでした」

「はい」

と、頷いたきり綾部さんは口を噤んでしまったので、私も黙って海からの風にザワザワ揺れるサトウキビ畑のなかの直線を黙々と歩く。あの台風に薙《な》ぎ倒されたはずのサトウキビの大部分は背筋をのばしていた。潮騒が耳につくようになってきたころ、綾部さんが呟くように言った。

「愛されていたのですね」

「はい?」

「鮎さんは、イボテンさんに愛されていた」

「——そう思われますか」

「はい。あの絵にあふれる愛情にどれだけ嫉妬し、羨望を抱いたか」

綾部さんは血の色が消えるほどにきつく唇を結んだ。私はいきなりこみあげるものに突き動かされ、にじんでしまった涙を手の甲でこすった。父がいなかったら、声をあげて泣いていたかもしれない。

京都では御世話になりましたと頭をさげまくる家出同然の娘の同棲相手と対面した父は不快な面差しを隠しもせず、それでも、じつにええところにお構えですな――と我謝さんのお家を褒めた。

演技なのか地なのか、我謝さんは福笑いのような満面の笑みでそれに応えた。私が我謝さんの立場だったら適当に逃げだしてしまうところだが、画廊経営者が私の絵を見にきたと知って、私の絵のすばらしさを凄い勢いで捲したてはじめた。小説家だけあって比喩その他見事なものだが、感動を訴えるのに能弁は逆効果であることを他人事のように思い知らされた。

いまや私のアトリエとなってしまったこの家でいちばんの部屋に案内した。海風は夕ブローにとってよくないけれど、窓外に拡がる水平線と空を味わってほしくてあえて窓を開け放っておいた。

「どうです、この海。こんな贅沢なアトリエはそうそうないでしょう」

まるで自分の持ち物のような自慢だが、この最上のシチュエーションを誇らずにはいられなかった。けれど綾部さんは空返事して海と空をおざなりに一瞥しただけで私の連作の前に膝をついた。いまは亡き最初のお婆さん以来、自分でも多作すぎると揶揄したくなる勢いで描きまくったので、完成度の高いものだけを並べておいたのだが、デッサンその他すべてを見せてくれと迫られた。

中途半端なもの、未完のものまですべて提示すると、綾部さんは膝で立ったまま、老眼鏡らしきものをかけてキャンバスの裏側まで吟味しはじめた。

おそるおそる父を窺う。一瞬、その頬がひどく痩《こ》けてしまったように感じられた。焦燥に似た気配と諦念に近い笑みが唇の端に泛んでいた。

こんな父の表情を、どう解釈すればいいのか。父の貌から逃げたかった。

けれど自分のことのように緊張している我謝さんと口をきくのもわざとらしいし、徹底的に絵画という名の商品を調べ抜いている綾部さんには声をかけられるはずもなく、さりとて沈黙があまりにも気詰まりで、追従気味な上目遣いで父に訊いた。

「どうやろ」

「うむ」

「私、ずっとテーマだけは心の底に抱いていたんです。けれど描けへんかった。それなのに老いた女のいまの姿と、過去のいちばん輝かしかったころの姿というモチーフを得たとたんに、自分でも呆れる勢いで描きまくってしまいました」

「テーマなんて猿でも持てる。小説家がいる前で言うのもなんやけど、テーマいうたら本質は文学や。で、文学する心の足りん奴はただのスローガンをテーマと勘違いする。鮎のテーマも、言うたらなんやけどスローガンみたいなもんやったんとちがうか」

「はい。えら恥ずかしいけど、正直に言います。人を描きたいというテーマを抱いていました。油彩を志したときから、人を——」

「偉いもんや。御大層なもんや。が、漠然としたもんや」

「そうやったんです。人を描く。人生とか青春とか苦悩とか愛とか死とか憎しみとか、そういった抽象と同程度で、実際には絵がまったく見えていませんでした」

我謝さんが遣り取りをする父と私の顔を感慨深げに見て、綾部さんに視線をもどした。綾部さんの精査は尋常でないというか常軌を逸したもので、しかもいつ嵌めたのか白い薄い手袋をして私の絵を扱っていた。

「人を描くというテーマだけのときは、まさに御題目といった感じでした。すべては曖昧で不明瞭やった。まともに像を結ばへんかった。お婆さんたちに申し訳ない、いう感傷があるさかい、口にしたくはないのですけど、老いた娼婦というモチーフを得たとたんに描ける！　思いました。老いた娼婦。これも感傷と軽蔑されるかもしれませんけど他人事やのうて、まさに娼婦は私そのもので、自分を描くのだと決めたとたんに過敏になる一方で意識的に鈍くなることができました」

勢い込んだので息が続かなくなり、深く息を吸って続けた。

「鈍麻、いうんですか。鋭かったら描けしまへん。私は過剰に抱えているナイーブを完全に棄ててしまいました。イボテンさんに教わった計測を応用してお婆さんの若かったころ、その軀がいちばん輝いていたであろう十八歳くらいのころを老いと並列して描こ

う と決めたとたん、私のモチーフは完璧なものとなって、図々しい物言いですけど、妙な自信さえ湧いてもうて、こうしてお父さんと綾部さんを呼び寄せてしまいました」

　綾部さんが膝をついたまま振りかえり、私を見あげる。

「これらの作品は無数の、けれど女という性に還元できる人の真の姿を描いたものです。失礼ですが、若い鮎さんがこれを描いたことに驚愕させられています」

　面映ゆさに俯く。綾部さんは短く息をつくと、眼差しを伏せた。

「これを見て生きることの残酷さを感じない女はいないでしょう。光り輝く刹那の若さ、そしてじわじわだらだら訪れる老い。ひどい作品です。俯きたいのは、こんなものを見させられた私のほうです」

　申し訳ありません――と呟いたつもりだったが、声にならなかった。

「これらはすべて祇園画廊で引きとらせていただきます。念のためにお尋ねしますが、他の画商などに声がけしておりませんよね」

「はい。本来ならばまったくの赤の他人の評価を受けるべきでしたが、急のことで、お金になる確率が高くないと困るので、狡いとは思いましたが父にすがりました」

「よかった。鮎さんは祇園画廊の専属ということで、以後、生活費その他金銭的なことは一切お気になさらず、創作に励んでいただきます。できうる限りのことはさせていただきますが、さしあたり入り用な額については、我謝先生と私が直に相談したほうが早そうですね」

敏感にして鈍感な我謝さんは綾部さんの視線を受けて、ようやくこれが借金返済のためになされたことであることを悟り、決まり悪そうに首の後ろを掻き、私に睨み据えるような一瞥を投げると、しょんぼりした溜息をついた。感情の流れが手に取るようにわかる我謝さんに、綾部さんの頰笑みが深くなる。

「横紙破りの綾部と呼ばれています。十一月の予定を打ち遣って三日の休日から〈花折〉の連作を展示いたします。合わせて今後、あれこれ仕掛けますので鮎さんにもマスコミをはじめとして、あちこち御足労願うことになります。画家は絵を描いていればいい。もっともらしい言い種ですけれど、鮎さんもお金の大切さが身に沁みていらっしゃるでしょうから御協力願えますよね」

畳み込まれて、頷くしかなかった。十一月の予定に入っていたらしい洋画の大家の名をあげ、どうするねん――と父が苦笑いまじりの渋面をつくる。あんな手癖とは価値がちがいます――と綾部さんがかえす。目論見どおり、いやそれ以上にうまくいったというのに私はリアリティをまったく感じられずに、浮ついた気分を持て余した。そんな私の心を読み切ったかのように、綾部さんが老いてどこか放心している娼婦を示して言った。

「イボテンさんは鮎さんのこっち側を描かずに逝ってしまわれましたね」

言葉にしなくてもわかってもらえると信じて、私は綾部さんを真っ直ぐ見つめた。綾部さんは頷き、ようやく立ちあがって私の耳朶に触れんばかりに顔を近づけて囁いた。

「この連作の、真の完成を目の当たりにするためにも、私はとことん長生きしなければなりませんね」

「はい」

と、抑えた、けれど強い声で応えた。綾部さんは満足げに笑んで、我謝さんに視線を投げた。我謝さんが決まり悪そうに鼻梁に無数の皺を刻む。間が悪いな、と思いつつも綾部さんに声をかける。

「もうひとつ。綾部さん、私、もう、この連作にこだわらず、自由に描けます」

「はい。私は実作できないけれど、それでもモチーフを得た作家は逆にテーマに縛られず自由自在に描けることを充分に承知し、理解しています。どうか多作なさってください。いまは、たくさん描くときです」

目の奥で私に念を押して綾部さんは我謝さんに向きなおった。父は二人を交互に見やり、私に向けて顎をしゃくった。

海にでた。目を細めて父は夕陽に顔を向けている。脇から白い眉と睫毛、そして目尻に刻まれた深い皺を見つめていると、ぼそりと呟いた。

「綾部は遣り手や。マスコミ露出までふくめて、えらいことになるで」

「それは、きついかも」

　打ち寄せる波は穏やかで、柱時計じみた単調さで時を刻んでいる。台風の暴虐をこの長閑で柔らかな律動の裏側に孕ませているのだとしたら、海はほんとうに恐ろしい。

「俺は向いとる、思うけどな」

「マスコミ？」

「諸々。画を描くこと以外の諸々」

「なるようになれいうとこかな。現実味がないから、いまは、どうでもええわ」

「我謝の借金のおかげで、おまえも独り立ちできそうやな」

　私はやや声を落として、我謝さんが借金をしなければならなくなった顚末を語った。我謝さんは生活苦その他一切私に感じさせず、それに甘えて〈花折〉の連作に集中できたからこそ、まがりなりにも私の画業が密度をもちはじめたのだと力説した。

「我謝はいかにも生活力と無縁やからな」

　私は背後を振りかえる。

「相続した遺産、ぜんぶ使てこ《こ》の家建てたって得意そうやった」

　父は幽かに頷いて、沖のバリアリーフで控えめに砕ける波に視線を投げた。海鳥が伝い歩いているところをみると引き潮になりかかっているようだ。

「なあ、鮎」

「はい」

「腹立たしいことやけど、おまえには真の芸術性がある。今日という今日は確信せざるをえへんというか、思い知らされたわ。俺は画を描くのをやめとうなった」

かえす言葉がなく、珊瑚の細片をもてあそんで揺れる波を見つめる。

「おまえの芸術性は、お母さんから受け継いだもんや」

意味を摑めず、父の横顔を凝視する。

「あの女いう言い種もないけど、あの女はしょうもない女や。身勝手で飽き性で、わがままで。残念ながら、こらえ性が欠片もあらへんからまともな作品を完成させることができひん。残酷なもんでな、才能だけではいかんともしがたいうわけや。けどな、感覚。感受性の鋭さと豊かさ、そして、ねじ曲がり具合は最上にして最高や。あの女は感情がロココや。鮎には俺の実直とあの女の感性が遺伝したいうことや」

ヤドカリが父の足許で小首を傾げるような仕種をしている。それを見守っているうちに迫りあがってきた。

私は母から多大なものをもらっていた！

実感だった。

短く息をついた。苦笑いと共に呟いた。

「私がお母さんからいちばんもらったんは、多情なところや」

「父親に言うことか」

「ごめん」

「俺は妻の奉仕者やと自嘲気味に生きてきたけど、こんどは娘の奉仕者にならざるをえんわ。女に呪われた人生や」

思わず吹きだしてしまった。さんざん好き放題してきたくせに、いまだって自分のしたいようにしているくせに、ほんとうにそんなふうに感じているのだろうか。

父は眉間に縦皺を刻んで私を睨んだが、すぐにつられて含み笑いに似たくぐもった笑い声をあげた。

「女に奉仕する。男にとって最高の人生や」

たぶん本心なのだろう。カラッとした声だった。こらえ性の欠片もない母が父と一緒にいる理由のいくらかが理解できた。

「綾部よりも条件のいい契約を持ってくるところもあるやろ。けど、長い目で見たらあの女にまかせるのが最良や。ええな」

「はい。『この人でいい』ではなくて『この人がいい』――って実感してます」

「あの女、俺の絵を見るときは、じつに淡白や。神妙な目つきしたあげく、ぺらぺら褒めあげる」

「お父さん。私、絵描きとしてやっていけるんやろか」

「まだそんなこと言うてんのか。俺はおまえの奉仕者や言うたやろ。肚据えて描け」

私は深く頷き、父とならんで潮風を受けながら夕陽を見つめる。

絶対に口にできないけれど父を太陽に、母を海に擬《なぞら》えていた。男を太陽に、女を海に擬えていた。海よりもはるかに大きいくせして太陽は海に呑みこまれつつある。夕陽は海面を朱に染めあげることしかできずに海に沈みこんでいく。

＊

綾部さんがあらゆる媒体に私を売り込んだおかげで沖縄、京都、東京と行ったり来たりの慌ただしい日々が翌春まで続いた。テレビ番組のコメンテーターの依頼まで入ったが、それは叮嚀にお断りした。

ひょっとしたら綾部さんが仕掛けたのかもしれないが、なぜか私は恋多き女として扱われ、面映ゆいよりも戸惑いばかりで、しかもそこには奔放という芸術家的特権を無理遣り附与されてしまったことからくる悪臭もあったけれど、それで私の作品が流通していくならば——と、性的なニュアンスも込みで恋多き女を受け容れて、割り切ることにした。

本音で、つまらない女と見られるよりはよほどましだ。なによりも私に心と肉体を曝してくれたお婆さんたちに得意げに報告できるというものだ。

我謝さんの〈花折〉も掲載誌がきまった。一挙掲載を打診されたが、あえて四十枚ずつ十数回にわけて連載というかたちにしてもらったという。一挙掲載で原稿料をもらうとすべて遣ってしまうので、毎月四十枚ぶんの原稿料を振り込んでもらうことにしたと我謝さんは笑った。

私のチープなサディズムはおさまってしまっていたが、我謝さんがそれとなく求めるので悪王女ぶりを発揮している。どうやら嫉妬心が駆動力になるようで、私に恋多き女を演じさせているようなところさえある。ともあれ我謝さんと私の同棲生活は波瀾《はらん》含みではあるが、お互いの創作に関してはよい方向に作用しているようだ。

多情な恋多き女はどうやら妊娠しないたちらしく、残念ながら母の言う最高の快楽とは無縁なままだ。でも創作そのものが快楽であり、恍惚だ。マスコミ等の露出が一段落してから私は鬱憤をはらすかのように絵を描くことに集中した。母の味わった快楽に達することはできないかもしれない。けれど逆子だった私は無数の作品を生みだす。

私は無限に生みだそう。私は限りなく生みだせる。そんな自信と自負が私を覆いつくして、収縮しつつも和らぐというふしぎな肌の状態をつくりだす。そっと熱をもった肌をさすりながら、老いさらばえたときのことを窃かに想う。

醜くしぼんで衰え、乾ききって縮緬皺のできてしまった軀を横たえ、鏡に映す。鏡は、ゴジラさんと一緒に入ったラブホテルのベッド脇にこれ見よがしに設えてあったような横長の微妙に曇ったものがふさわしい。

綾部さんに約束したとおり〈花折〉の連作の老いた娼婦たちに注いだ視線以上に仮借のない眼差しで自分の老いを見据え、イボテンさんの絵とおなじポーズをとった老残をキャンバスに定着し、イボテンさんの描いてくれた十代の私の裸体と並列する。そのときはじめて〈花折〉の連作は完結する。

〈花折〉は私とイボテンさんの共同制作なのだ。イボテンさんの弟子である私は、計測によって七十歳の私を描くこともできる。それだけの技術をもっている。

けれど大切なのは私自身に訪れた老いを直接我が目で凝視し、描ききることなのだ。老婆となった私を解剖し尽くして表現し、提示することだ。

だから〈花折〉の連作は、私の心と肉体が老いに浸蝕されるまで、いったん打ち止めにする。

〈花折〉の完成は五十年先か、六十年先になるか。それを思うと昂ぶる。わくわくする。老婆になるまでまちがいなく生きると確信している自身の図々しさに呆れる。

新たな作品に取りかかる。恋多き女というイメージは、たぶん母から受け継いだのだろう。ぼんやり佇んでいても、そう受けとられてしまうのだ——と結局は苦笑い気味に納得してしまった。あわせて母からはセンセーショナルというニュアンスも受け継いでいることをいまでは自覚している。

いま、私は同性を扇情したい。なによりも私自身の慾情——生きる力が、私のまわりにいる男を描きたいという衝動をもたらした。女のヌードばかりが裸ではない。ヌードが男の慾動に奉仕してきたならば、女の慾する裸体があってしかるべきだ。

最初に誰よりも哲ちゃんを描きたくなったのがふしぎだったが、兄の裸体を描くという扇情は夾雑物が多すぎる。その関係性から微妙で過剰な性意識がにじみかねないと判断した。センセーショナリズムも行き過ぎれば見透かされる。哲ちゃんは無数の男のなかにそっとまぎれこませるくらいでちょうどいい。まずは大多数の女が美しいと感じるであろうフォルムを追求することにした。

私と関係のある男の中で、普遍的な性的対象になりうるのは誰だろうか。どんな女から見ても否定しようのない男性性をもっている男は誰か。考えこんでしまった。

人間性だの才能だの社会的地位だのといった余剰を剝ぎとって、男としてのフォルムが美しいのは、誰か。一筋縄ではいかない。ギリシア神話の登場人物のような裸体を描いてすますわけにもいかない。

いざ描く段になると、恋多き女のはずが、たいしたサンプルも持っていないことに気付かされた。これは私の怠慢だ。この先、じっくり解消していこう。

ありありと脳裏に描くことができるイボテンさんの肉体は、普遍的な男のフォルムとは無縁だ。どちらかといえば醜く愛おしい、あの栄養失調気味の軀を世に問うのはまだ早すぎる。なによりも私の精神のほうが熟していないこともあり、抽象性が強すぎて扱いきれない。

我謝さんの裸体はどうか。短い脚をほんの少しだけ強調してあらわしたら、どうか。首を左右に振る。短足の美男子。いかにもあざとい。いつか絶対に描いてやるが、小説家という名の自意識の化け物だ。さしあたりモデルになってくれるはずもない。

老いた父の肉体は〈花折〉の連作に重なってしまいかねない。哲ちゃんもそうだが血のつながりというものは始末に負えない。父というだけで男性器が過剰に意識されてしまうあたりが私の描写を浮ついたものにしてしまうだろう。とはいえ我謝さんと同様、いつか必ず描いてやる。

仲村君はバランスがすばらしい。仲村君の醸しだすものを好ましく感じる女はたくさんいるだろう。けれどその肉体は歪みがなさすぎる。ギリシア神話的とはまた違うけれど、最大公約数に媚びすぎてしまいそうだ。マザーコンプレックスも含めて、その心情の奥底にまで至ったときに描くべきだろう。

消去していくうちに、幽かに首の曲がっている宮地さんの姿が泛んだ。仰向けになって自動車のおなかに潜り込んで作業している油まみれの男。日本は右ハンドルだから首もその方向に曲がってしまったと笑う男。仕事と不摂生で削ぎ落とした余剰の一切ない肉体。もともと心のどこかで宮地さんを描くべきだと思っていた。

私と関わりを持つ男は、おしなべて自意識が強いが、宮地さんの拒絶は滑稽なほどだった。けれど描くために目についた男とあらためて性の交わりを持つわけにもいかない実績の薄い恋多き女は、宮地さんを逃がすわけにはいかない。口にするのを躊躇いはしたが、破れかぶれで宮地さんの耳の奥に奴隷と囁いた。

＊

基調となるローアンバー、陶土を想わせる粘りのある不透明な琥珀色《こはくいろ》は男の肌そのものだ。そこに紫がかった紺青のプルシャンブルーを幽かに混色して彩度を加減して神秘を孕ませ、キャンバスに安置する。

その色調を確かめるために絵筆を握りしめてやや上体を引いて目を細める。我知らず左の掌でそっとおなかを押さえていた。

胎動を感じ、息を詰める。

ようやく緊張から解き放たれてポーズも安定し、肌がゆるみはじめていた宮地さんに私の気が伝わって脊椎に力が流れて骨格が再構築され、筋肉や無数の腱が張り詰め、血流も増して血管が青い稲妻じみたうねりで浮きあがり、男ならではのテンションが横溢する。唇は真一文字に結ばれ、目つきが狩人のものとなる。そればかりか宮地さんの欲情までもがあからさまになって、それを見てとった瞬間、目眩に似たよろこびにつつまれ、キャンバスという名の子宮に顕れた存在の秘密を、細心の注意を払って育てあげていく。

私は、逆子だった。

作中、ベニテングタケを食する描写があります。野生キノコを食する会などで、その旨味に舌鼓を打つそうです。ただし幻覚状態に至らぬよう、ごく少量にとどめているようです。作者も長野県在住の友人に頼んでベニテングタケを送ってもらい、人体実験——食してみました。初回は加減して食べたので作中に描写したとおりのことが起こりました。二度目は極限を目指し大量に食べてみました。嘔吐して意識をなくし、その嘔吐物の上で一昼夜寝込んでしまうという最悪の状態に陥りました。ベニテングタケを食することは、犯罪を構成しません。けれど、大量に食せば最悪の状態に陥ります。じつはあちこちに自生しているので、この作品を読んで試してみようという方がいらっしゃるかもしれません。どうか、程々を守ってください。

花村萬月

本作はフィクションであり、実在の個人、団体とは関係がありません。

解説

豊﨑由美

花村萬月はなんでも書ける。

ジュネとカミュを突き抜く切っ先で人間存在の本質を問い、第一一九回芥川賞を受賞した『ゲルマニウムの夜』。自分では光ることができない月のような人間の、太陽をにらみつけるがごとき生き方を見せ、第一九回吉川英治文学新人賞を受賞した『皆月』。大飢饉のあった天明年間に起きた皆既日食の日に、無惨な死を遂げた人々の姿を凄絶な文体で描き、第三〇回柴田錬三郎賞を受賞した暗黒時代小説集『日蝕《ひは》えつきる』。冷酷無比なインテリヤクザの不器用な愛が胸を打つ連作極道小説『笑う山崎』。自伝小説『百万遍』シリーズ。裏伊賀の忍びの一族に生まれた絶世の美貌と異能を持つ少女を主人公に、ブリーディングや天皇制といったきわどいテーマに肉迫する山田風太郎オマージュ忍者小説『錏娥哢妊《あがるた》』。女子高生一人称語りで萬月ファンを騒然とさせた少女小説『なかで、ごめんね』。織田信長をめぐるたくさんの「なぜ」に、信長の日記というスタイルで迫る憑依《ひょうい》型時代小説『完本　信長私記』。架空の大陸、架空の帝国に君臨する愛すべき愚物の皇帝の物語を、博覧強記の筆致で駆け抜ける『帝国』。

ほんの一部を書き出しただけでも、花村萬月が書こうと思えばなんでも書ける小説家であることは一目瞭然だ。純文学、ミステリー、時代小説、SFといったジャンルのことだけを言っているのではない。世界について、だ。人間について、だ。考えてみると、それは神の所業に近い。そんな人間が同時代に存在していて、現在進行形で新作が読める幸運を思いながらも、ちょっとおそろしいような気にもなる。なぜなら、それは人間の枠をはみ出した異形に違いないからだ。花村萬月の小説にはそんな過剰な何かがある。

では、この『花折』はどうか。

主人公は高名な日本画家の父と美しい母のもと、逆子として生まれた鮎子。この作品は、読み進んでいけばわかるが、沖縄の作家・我謝が鮎子に綿密な取材をした上で完成させた、鮎子一人称による小説なのである。

三歳半の頃に完璧な円を描いたことから絵描きとしての資質に太鼓判を押され、父親の寵愛《ちょうあい》のもと、才能を開花していく鮎子。東京藝術大学の油画に合格し、生まれ育った京都を離れ、一年時を過ごさなくてはならない茨城県取手《とりで》市に居を構えた鮎子は、そこで運命の男と出会う。

イボテンさん。勝手に建てた掘っ立て小屋に住み、縁起物の「藻刈舟《もがりぶね》」を描いた掛け軸を売って糊口《ここう》をしのぎながら、坂東太郎（利根川）の絵ばかりを描いている男。鮎子はイボテンさんに頼まれて、自分の躯《からだ》を触らせる。それは、計測。イボテンさんの指は鮎子の膣《ちつ》にまで侵入し、計測するだけだったはずなのに、大雨で浸水が進む中、二人は躯を合わせることになる。

以来、イボテンさんの性慾《せいよく》は際限がなく、鮎子を途方に暮れさせる。

〈初めてのときに、苦痛の芯に何か予兆が隠されていることを悟ってはいたが、残念ながら幾度肌を合わせても予兆のままで、痛みこそなくなったが、生活のすべてが性の交わりを中心にまわるようになってしまい、イボテンさんの果てしない性的慾望を心窃《ひそ》かに疎ましく感じることもあった〉

〈初めての夜の、あの不思議な輝きといまだかつて感じたことのなかった充実は幻想だったのだろうか〉、そんな失望を覚えだしていた時、夏休みに帰省することを告げた鮎子をイボテンさんは殴る。

京都に帰った鮎子は二人目の男と出会う。それが先に名を出した小説家の我謝さんだ。花折峠までの取材で運転手役を務めた鮎子は、そこで我謝さんに抱かれる。そして、初めての快楽を得る。その快に誘われるように、沖縄県の読谷《よみたん》にある自宅に帰るという彼についていってしまうのだ。我謝さんとのセックスで〈肌の収縮と弛緩《しかん》、そしてまだ続いている内面の収縮と弛緩、さらには心の底の収縮と弛緩を〉、エクスタシーとそれにともなう外界に対する感覚喪失と筋肉のカタレプシー状態を知った鮎子は、イボテンさんを忘れる。しかし、蜜月は長くは続かない。自分の中にあって不満でならない〈観念の肥満〉を、言葉と知識の連なりでさらにあおってくる小説家に対しても、鮎子は失望してしまうのだ。

鮎子のヰタセクスアリスを描く花村萬月の筆致は、他の作品同様、目を瞠《みは》るものになっている。花村といえば、暴力とセックスを描かせたら右に出る者はいないとまで評価されている作家だけれど、その描写の技量を惜しみなく鮎子に注いでいるのだ。イボテンさんや我謝さんとのセックスで女性としての花をひらかせていくばかりでなく、鮎子は自分が何者であるかを知り、自分が望む芸術が何であるかを少しずつ理解していく。ただエロティックなだけではない。花村萬月の性愛描写にはビルドゥングスロマンの火薬が仕込まれているのだ。

我謝のもとを離れ、やがて取手の家に帰った鮎子を待っていたのは、イボテンさんの死の報。

〈首吊《くびつ》りだったらしいんだけど、取手の暑さじゃん。腐乱したあげく、首と胴が離れちゃって、床というか土間だな、首と胴がそれぞれ土間に落ちてほとんど液状化、主《あるじ》をなくした首吊りの輪っかだけがぼんやり下がってたんだってさ〉

イボテンさんの家に行った鮎子は、〈土間に濃緑の苔《こけ》のような人のかたちをした染み〉と、横長のM15号サイズのキャンバスに描かれた自分の裸体画を発見する。

〈自分の裸体を凝視している自分に気付くという、合わせ鏡のなかに顔を突っこんだのとおなじような虚像の無限、そんな永遠に浸っている自分に思い至るという自分自身のメビウスの輪、あるいはクラインの壺《つぼ》。無数の自分があふれかえる堂々巡りの幻惑に塡《は》まり込んで、頭の中で同心円が共振しながら不規則な回転を続けている〉

天才が描いた、この畢生《ひっせい》の一枚を見て以降、鮎子はイボテンさんによってメビウスの輪の虜囚となってしまうのだ。自分が経験した性の快楽は我謝さんから与えられたものではなく、〈ただただイボテンさんの重みに耐えることについやされた取手での日々において、内緒で私の軀の奥深くに仕込まれていた爆薬だったのだ〉〈私の性は花折峠で花ひらいたのではない。私の花は、とっくにイボテンさんに手折られていたのだ〉という、鮎子に夢中になってしまった我謝さんにとっては残酷でしかない気づき。

〈快楽とはやさしく念入りに附与される額縁入りの御褒美のようなものではなく、烈《はげ》しくぶつけられて欠けさせられた紫水晶の鋭い尖《とが》りからもたらされる痙攣《けいれん》なのだ。快楽とは、埋めようとする足掻《あが》きが内包している目眩《めまい》であり、罪と罰の凝縮した悪の甘やかな香りをその奥底に漂わせる折られた花心の断面から滴り落ちる体液なのだ〉という、他の萬月作品にも共通する性愛観の核心を突く素晴らしい表現をもって、物語は鮎子が芸術家としての自分を発見していく展開へと移っていく。

着の身着のまま、ほとんど無一文で再度訪れる沖縄。自分に恋い焦がれ、ストーキングめいたふるまいに出る我謝さんを疎んで、他の男の家を渡り歩き、性の営みの絶頂では必ずイボテンさんに抱かれる幻想に身をゆだねる鮎子。そんな鮎子がついに出会う、心の底から書いてみたいというモチーフの発見。画家としても花ひらいていく鮎子が、途轍《とてつ》もない才能を持っていたイボテンさんの呪縛を解かれ、真に自由な女として自立していくまでを描く第11節以降の物語は、芸術家小説として痛快だ。

なんでも書ける、誰にでもなれる小説家・花村萬月はこの作品で、女性視点を用いて絵画の世界について書いている。ただ絵描きの女を主人公にしただけではない。画家が作品に立ち向かう際の精神、絵画がどのように成立するのか、その具体的な手法にまで筆致は及ぶ。自身、若い頃に絵を描いていたという経験が助けになっているかもしれないが、花村萬月自身が一流の画家というわけではない。にもかかわらず、イボテンさんが書いた坂東太郎や鮎子の裸体画、モチーフを発見して以降の鮎子の作品が、読んでいれば「素晴らしい」と「わかる」のだ。花村萬月の〈文字という抽象を用いた具象〉によって、わからされてしまうのだ。

これは女性の軀と自立にまつわる物語であり、女性という鏡に映された性慾に翻弄されるしかない男たちの物語であり、芸術家小説であり、カミーユ・クローデルとロダンの関係のような女性にとってのメンターをめぐる物語としても読め、その流れにおいてはある種のフェミニズム小説でもありと、さまざまな読みごたえを備えた作品なのだけれど、それを支えているのが博識。他の作品を読んでもわかるのだけれど、花村萬月の旺盛な知識欲は宗教や神話から、科学全般、歴史にまで及んでいる。そうした博覧強記もまた、なんでも書けて、誰にでもなれるこの小説家の異形と偉業の後ろ盾になっているのだ。

でも、だからこその「欠点」もあると、わたしは思う。教えたがりなのだ。多くの作品で、登場人物の口を借りて、もしくは地の文で、花村萬月は自分の知識を読者と共有しようとする。『花折』でも、そう。だから、どんな作品を読んでもためになってしまう。大事なところは、少し離れた箇所で再度説明しようともする。タイトルの意味も明かしてしまう。

そうした傾向を「欠点」ではなく「親切」と解釈することも可能だし、エンターテインメントには不可欠なのだと言われればうなずくしかないのだけれど、ひねくれているわたしは、そこに読者への不信があるのではないかと疑ってしまうのだ。ここまで説明しないと理解できないのではないか、そんな不信が、なんでも知っていてなんでもわかる花村萬月にはあるのではないか。

わたしは不親切な花村萬月の新作が読んでみたい。花村萬月という途轍もない才能の持ち主の信頼に値する読者になれるよう、精進していきたい。


（とよざき・ゆみ　書評家）

本書は、二〇一八年十一月、集英社より刊行されました。

初出
「小説すばる」二〇一七年五月号〜二〇一八年四月号

集英社文庫

花《はな》 折《おれ》

2021年9月25日　第1刷　　定価はカバーに表示してあります。

著　者　花村萬月《はなむらまんげつ》

発行者　徳永　真

発行所　株式会社　集英社
東京都千代田区一ツ橋2-5-10　〒101-8050
電話　【編集部】03-3230-6095
【読者係】03-3230-6080
【販売部】03-3230-6393(書店専用)

印　刷　凸版印刷株式会社

製　本　凸版印刷株式会社

フォーマットデザイン　アリヤマデザインストア　　マークデザイン　居山浩二

ISBN978-4-08-744299-1 C0193